反逆のソウルイーター3
~弱者は不要といわれて剣聖(父)に追放され
The revenge of the Soul Eater.

The revenge of t
Gyokuto ／ ill Yunagi

反逆のソウルイーター

～弱者は不要といわれて剣聖（父）に追放されました～

The revenge of the Soul Eater.

3

第2巻のあらすじ

幻想一刀流の家元・御剣家を追放されたのち、無敵の「魂喰い（ソウルイーター）」となったソラ。自分を裏切った冒険者パーティに復讐を誓い、女性メンバーを次々と罠に陥れて奴隷にしてしまう。

そんな時、カナリア王国の名門貴族ドラグノート家の娘・クラウディアが呪いをかけられているのが分かった。呪いをかけたのは幻想一刀流の使い手である慈仁坊。壮絶な戦いの末、ソラは慈仁坊を斬り倒す。

しかしその騒ぎはソラの故郷・鬼ヶ島にも伝わり、御剣家はその探索に三人の剣士を派遣した。

Soul Eater.

登場人物紹介

空・ソラ……………幻想一刀流の家元・御剣家の跡取りだったが追放され、魂喰い（ソウルイーター）のソラとしてよみがえる。底知れぬ能力を持っているが、全貌は明らかではない。

ラーズ……………冒険者パーティ「隼の剣」のリーダー。空をパーティに勧誘したが、お荷物になって追い出し、よみがえったソラとの決闘に敗れる。

ミロスラフ…………「隼の剣」のメンバー。良家の出身の魔術師で気位が高い。ラーズとの仲をイリアと争っていたが、ソラに拉致され魂を喰われ、奴隷に。

ルナマリア…………「隼の剣」のメンバー。エルフの賢者。ラーズがソラに決闘を申し込んだが、あえなく負けたため、ソラの奴隷にされてしまう。

イリア……………「隼の剣」のメンバー。ラーズの幼馴染の神官。最後まで冒険者パーティを支えようとするが、ソラの姦計にはまり奴隷となる。

スズメ……………鬼人の娘で一族唯一の生き残り。蝿の王に捕らえられ、あわやのところをソラに助けられ、ソラと行動をともにする。

シール……………獣人の娘。ソラの最初の奴隷として売られてきたが、ソラに尽くす気持ちが強い。スズメのお守り役でもある。

鬼ヶ島3人組……ソラの出身地である鬼ヶ島より慈仁坊の一件を探るため派遣されたゴズ、クライア、クリムトの3人。いずれも一騎当千のつわもの。

The revenge of the

目次

The revenge of the Soul Eater.

3

プロローグ

「母さん、身体は大丈夫？」

母セーラの顔をうかがいながら、イリアは心配そうに訊《たず》ねた。

時刻は夜、場所はメルテ村の教会の一室である。

イリアとセーラが信仰する法神教は大陸における最大宗派であり、その名のとおり法を司《つかさど》っている。神官の社会的地位は高く、司祭ともなれば公的な裁判や審問を任されることもめずらしくない。

メルテ村におけるセーラもこの例に漏れず、小は村人の喧嘩の仲裁から、大は村同士の紛争の調停まで、様々な揉め事の場に引っ張り出されていた。

法神の司祭という地位への信頼にくわえ、セーラ個人に向けられた信頼も厚く、頭に血がのぼっている争いの当事者も「セーラ司祭の言うことならば」と素直に（あるいは渋々と）矛をおさめるのが常だった。

ただ、すべての揉め事が丸くおさまるわけではない。揉め事の大半は欲と欲のぶつかり合いであり、人間の醜悪な面を見せつけられる。仲裁者に悪意をぶつける者もいないわけではない。

これらはイリアも神官として幾度も経験したことだ。このところ村の内外で揉め事が頻発《ひんぱつ》していることもあり、イリアは母を案じずにはいられなかった。

この娘の心配に対し、セーラは微笑んで応じる。

「心配してくれてありがとう、イリア。私なら大丈夫です」

「でも……」

「あなたに格闘術を教えたのは私ですよ？　この程度で音をあげるような鍛え方はしていません」

そう言ってころころと笑う母を見て、イリアは困ったように眉根を寄せた。

もちろん、母が言ったことは理解している。外見はおっとりして見えるが、冒険者としてのセーラは「神官」ではなく「神官戦士」だった。培《つちか》った実力は冒険者を辞めた後も失われていない。

その意味で、未熟なイリアが母のことを心配するのはおこがましいというべきだろう。

イリアもそれはわかっているのだが、それでも母を心配せずにいられないのは、急増した揉め事の原因が他ならぬ自分にあるからである。

要するに、最近の問題の大本は先のオーク退治にあった。ソラの意向でメルテ村に譲渡された報奨金や素材の売却益、この予期せぬ大金をどのように扱うかをめぐり、メルテ村では侃々諤々《かんかんがくがく》の議論が起こっているのである。

村人同士が角つきあわせるだけでも厄介だというのに、この議論に近隣の村々まで嘴《くちばし》を挟んでくるものだから、騒ぎは一向に収まらない。

イリアは苛立たしげにかぶりを振った。

「ほんと、欲の皮の突っ張った人間っていうのは見苦し――」

「イリア」

セーラが短く娘の名前を呼ぶ。言葉も表情も決して厳しいものではなかったが、その声にはイリアの怒気をせきとめる何かが込められていた。

「っ……ご、ごめんなさい、母さん」

「あなたの言いたいことも分からないわけではありません。ただ、村の皆さんの不安な気持ちも理解してあげてほしいのです。ケール河の毒はいまだ消えず、これに呼応するように魔物の影が見え隠れするようになりました。先のオークはあなたとソラさんのおかげで事なきをえましたが、誰もがこれからの生活に不安を抱えています。そんなときに見たこともない大金が舞い込んでくれば――」

目の色を変えてしまうのも仕方ないことだ、とセーラは思う。自分だけではなく家族の未来もかかっていると思えば尚更《なおさら》に。

だから、セーラとしては揉め事が話し合いの中で収まっているうちは問題ないと考えていた。

問題なのは、自分の利益のために力に訴える者があらわれた場合である。もたらされた財貨があまりに巨額であるだけに、遠からず村の内外にそういう者たちが出てくるだろう。最悪の場合、村人同士が武器をとって争うことになりかねない。セーラはそのことを深く憂慮していた。

ただ、セーラはその不安を娘に告げようとは思わなかった。内心の焦慮を綺麗に押し隠し、澄まし顔で話題をかえる。

「それよりも——大丈夫かと訊《たず》ねたいのは私の方ですよ、イリア」

「な、何のこと？」

「気づかれていないと思っているのかもしれませんが、事あるごとに物憂げにため息をつき、村に戻ってきたラーズ君とは距離をとり、礼拝のときは心ここにあらず。これで娘の異変に気づかない母親はいません」

「う……それは」

「あなたはとうに成人し、神官戦士として独り立ちした身です。頼まれもしないのに親がしゃしゃり出るつもりはありませんが……陰で何を囁《ささや》かれているか、知らないわけではないでしょう？」

「……はい」

イリアは竜騎士であるソラと二人でオークの大群を殲滅《せんめつ》した——そういうことになっている。実際はほとんどソラひとりでやったことなのだが、自身の異常な戦闘力の高さを隠すため、ソラがイリアに命じて共同戦果という形にしたのである。

もちろん、その命令については口外を禁じられており、真相を知るのはイリアひとりしかいない。

そういった裏面を知らない村人たちの目には、無数のオークを相手に決死の戦いを繰り広げたソラとイリアが、深い絆で結ばれた仲間《パートナー》のように見えるわけである。

一方で、村に帰ってきたラーズとイリアの間には深い溝が刻まれたままだった。以前はラーズに付きっきりだったイリアが、今ではラーズを避け、ろくに言葉もかわさない。ラーズの方もその関係を受けいれている。

――イリアとラーズ、そしてソラの間に『何か』があったのではないか、と邪推する者が現れるのは必然といってよかった。

娘の反応を見て、セーラは表情をやわらげる。

「気づいているならかまいません。何にせよ、後悔のないようにしっかりと考えて決断なさい。もし、ひとりで抱えきれないと思ったのなら迷わず相談なさい。それは決して恥ずかしいことではありません」

「はい、母さん」

イリアが神妙な顔でうなずく。

ちょうどそのとき、部屋の外から二人を呼ぶ声が聞こえてきた。

「おーい、セーラ母《かあ》ちゃん、イリア姉ちゃん！　村長さまが来てるぞー。きんきゅーのよーけんだって！」

「きんきゅーだよー！」

「よーけんなのー！」

それを聞いた母娘は顔を見合わせる。
今の状況を考えれば、緊急の用件という言葉には悪い予感しかおぼえない。
そして、二人の予感はこの上なく見事に的中することになる。

ソラがメルテ村を再訪したのは、この日から数えて五日後のことであった。

第一章　再びメルテの村へ

1

イシュカを発った俺はこれといったトラブルもなく、むしろ予定していたよりもずっと早くメルテ村に到着することができた。

時間短縮はクラウ・ソラスが頑張った結果である。たぶん、セーラ司祭がつくる食事目当てだろう。以前につくってもらった料理をえらく気に入っていたっぽいし。

なお、魔獣暴走《スタンピード》の真っ最中に俺がイシュカを離れることについては、冒険者ギルドやイシュカ政庁といった主要機関に通達済みである。

イシュカ上層部の中には、この時期に俺が街を離れることに難色を示す者もいたが、そこはそれ、都市防衛のために助っ人を連れてくる――ラーズ、イリア、セーラ司祭――ということで納得させた。

そうしてメルテ村にやってきた俺は、まず空から村の様子を一望してみた。

見るかぎり、村の様子は先日訪れたときと変わりない。魔物の襲撃を受けたとか、俺が譲ったオークの利益分配で他の村と争ったとか、そういったことはなさそうである。

ただ、出歩いている村人の数が少ないのが気になった。

漠然とした不安を感じながら、以前に使用していた裏手の広場にクラウ・ソラスを下ろす。すると、竜の姿に気づいたらしいチビガキ一号《アイン》、二号《ツヴァイ》、三号《ドーラ》の三人が駆け寄ってくるのが見えた。

三人の顔には大好きな竜と再会できた喜びが満ちあふれて——いなかった。むしろまったくの逆。顔中をくしゃくしゃにして泣いていたのである。

はじめ、それを見た俺はセーラ司祭に何かあったのかと早合点し、全身が総毛立った。

脳裏をよぎったのはヒュドラの死毒に冒された者の無残な顔。

——結論から言うと、この直感は半分だけ当たっていた。

当たっていたのはメルテ村で死毒に冒された者がいる、という部分。外れていたのは毒の罹患者《りかんしゃ》がセーラ司祭である、という部分である。

死毒に冒されたのはセーラ司祭ではなかった。娘のイリアでもない。

倒れたのは『隼の剣《はやぶさ》』のリーダーであるラーズだった。

水棲馬《すいせいば》という魔物がいる。

またの名をケルピーともいうこの魔物は、名前のとおり馬の姿をしており、河や湖などの水辺に出没する。

たてがみは水草、尾は魚、胴と四脚には無数の鰭《ひれ》。

川面を駆けること地上のごとく、水中を泳ぐこと魚のごとく、ひとたび水に潜れば何時間も息継ぎなしで活動することができるという。

さらにケルピーには変身能力があり、普通の馬に化けることもできた。

どうしてそんな能力を持っているのかといえば、人間をだまして背に乗せるためである。

ケルピーの背からは非常に粘着性の強い体液が湧き出しており、一度その背に乗ってしまうと、服や肉が背に張りついて下りられなくなる。

ケルピーが人間を襲う際は、まず普通の馬をよそおって相手を油断させる。そうして背に乗るように誘導し、逃げられないようにした後で、水中深くもぐって乗り手を溺死させてしまう。

その後、ケルピーは溺れた人間を時間をかけて咀嚼《そしゃく》していく。すなわち、ケルピーは人食い《マンイーター》に分類される魔獣だった。

一説には肝臓だけは食べないらしいが、それが事実だったとしても、食われた人間には何の慰めにもならないだろう。

このケルピーがメルテ村を襲ったのだ、というのが再会したセーラ司祭の説明だった。

といっても、いきなりメルテを急襲してきたわけではない。

順を追って説明すると、俺が村にやってくる五日前、メルテの上流に位置する村から「ケルピーに襲われた」という知らせがあったそうだ。

それによると、ケルピーはケール河を流れる毒の影響を受けていたらしく、人間をだまして溺れさせようとはせず、はじめから牙を剝いて襲いかかってきたという。

幸い、ケルピーは単独であり、村人たちは協力してケール河に追い返すことに成功した。

その後、村の者たちは近隣の村が襲われる可能性を考慮し、メルテをはじめとした周囲の村々に使いを走らせたのだという。

この報告を受けたメルテ村では、手負いになったケルピーが襲ってくる可能性を考慮して河辺を警戒していた。

上流の村が冒険者抜きで追い返したことからもわかるとおり、ケルピー自体はそれほど強力な魔物ではない。実際、三日前にケルピーが襲ってきた際は、第六級冒険者であるイリアとラーズが中心になって迎え撃ち、短い戦闘の末に魔物を退治することができた。

さすがに無傷とはいかず、先頭に立って戦ったイリアとラーズがそれぞれ負傷したが、いずれも軽傷で、傷口も回復魔法ですぐに塞ぐことができたという。

——これで終わっていればめでたしめでたしだったのだが、この日を境にラーズの体調が急激に悪化しはじめる。

回復魔法では効果がなく、ならばと以前に俺が残していった解毒薬を与えると、一時的に症状が改善したが、すぐに再発してしまう。

ケルピーには呪詛《じゅそ》の力があり、みずからを討った者を呪うこともある。それを知ったセーラ司祭は解呪の魔法も試したそうだが、こちらも効果がない。

俺が村に到着したのはそんな時だった。


「私も手を尽くしたのですが……」

およそ一ヶ月ぶりに再会したセーラ司祭の顔は、深い疲労と色濃い不安が溶け合わさり、ひどく青ざめて見えた。

司祭として長く人々を癒やしてきた人だけに、ラーズの症状を見て感じるところがあるのかもしれない。これは人間の手に負える毒ではないのではないか、と。

セーラ司祭は沈痛な面持ちで説明してくれた。

「薬も魔法も、はじめは効くのです。ですが、すぐに症状が再発してしまい……それだけではありません。再発した症状は、以前に効いた薬、魔法の効き目が薄くなり、ついにはまったく効かなくなってしまうのです」

その様は、あたかも病魔が患者の体内で成長進化しているようだという。

以前にこの村を訪れた際、俺は奴隷商組合がつくった解毒薬だけでなく、ジライアオオクスの実も置いていった。セーラ司祭によれば、今のラーズにはジライアオクスの実すら効果がないそうだ。

これはいよいよヒュドラの死毒とみて間違いない。そう考えた俺は死毒について司祭に語ろうとして——ためらった。

セーラ司祭のような専門家を前に素人が賢《さか》しらぶって意見を述べるのはなかなかに勇気がいる。肝心の「不治」の部分が推測であるだけに、余計にそう思ってしまう。

なので、そこらへんのことは黙ったまま、ミロスラフの献身で出来あがった新薬を渡そうか、とも考えた。

だが、これもこれで問題がある。

ミロスラフはみずからを実験台にして新薬の安全を確認してくれたが、ラーズのように体力を消耗した患者に悪影響を与える可能性はゼロではない。竜の血は劇薬のようなもの。最悪の場合、弱ったラーズの身体に致命的なダメージを与えてしまうことも考えられた。

それを避けるために詳しく説明しようと思えば、どうしても毒の不治性に言及せざるを得ず、その不治の毒を取り除ける俺の血の秘密も明かさねばならないだろう。

いずれもセーラ司祭にとっては雲をつかむような話に違いない。眼前の女性に疑いの眼差しを向けられると思うと、舌が凍りついたように動かなくなる。ラーズの病状やイシュカの状況を考えれば、こんなところで時間を浪費している場合ではないと分かってはいるのだが。

と、そのとき、卓をはさんで向かい合っていたセーラ司祭が、不意に身を乗り出してぐっと顔を寄せてきた。

いきなりのことに、驚いて身体をのけぞらせてしまう。

「うお!?　ど、どうしました？」

「ソラさん、何かあったのですか？」

「な、なんでそう思われました……？」

問いかけると、セーラ司祭は卓の上に乗り出していた身体をもとに戻しながら、落ち着いた声音で応じた。

「ひどくお辛《つら》そうに見えたものですから。そういえば、今回の訪問の目的もまだうかがっていませんでしたね。何か相談事があるのでしたら、遠慮なくおっしゃってください」

そう言った後、今の自分の状態に思い至ったのか、司祭は恥じらうようにやつれた頬に手をあてた。

「あ……その、今の私では恃《たの》むに足りないと思われるかもしれません。ですが、これでも以前はイリアと同じ神官戦士でした。見た目よりも体力はありますので！」

ぐっと力こぶをつくってみせるセーラ司祭は、なんというか、とても可愛らしかった。一回り以上も年上の女性に向ける言葉ではないが、そうとしか言いようがない。

――この場で膝をついて、眼前の司祭さまに懺悔《ざんげ》したくなった。

今やらなければならないことはラーズの治療。それがわかっているのに何を躊躇《ちゅうちょ》する必要がある？

たしかに死毒云々《うんぬん》という俺の推測に根拠はないが、悪意をもって偽りを口にするわけではない。

その程度のこと、セーラ司祭が察してくれないわけがない！

「実は――」

俺は意を決して、今日にいたるまでの事情をセーラ司祭に詳《つまび》らかにしていく。

それに対し、セーラ司祭は終始真剣な表情で耳をかたむけてくれた。

結果、その日のうちに新しい解毒薬による治療が開始され――もちろんラーズにも最低限の説明はしておいた――ラーズを苛《さいな》んでいた苦痛は一掃されることになる。

2

「あの……ラーズのこと、ありがとうございました」

イリアが複雑な面持ちで礼を述べてきたのは、ラーズの治療が一段落した夜のことだった。

メルテの村から少し離れた林の中。夜に村人がおとずれる可能性はゼロに近い場所である。

むろんというべきか、連れ出したのは俺であり、イリアは顔を強張らせながらもおとなしくついてきた。

この場所につくや、真っ先にラーズのことで礼を述べたのは、俺の機嫌を損ねることなく話をそらそうと、イリアなりにがんばって考えた結果なのだろう。

俺は小さく肩をすくめて、相手の思惑に乗ってやることにした。

「礼ならミロスラフに言ってやれ。新しい解毒薬に関してはすべてあいつの手柄だ」

ミロスラフが自分を実験台にし、人体に害がないことを証明していなければ、即日ラーズに投与することはできなかった。それ以前に、俺は解毒薬を持って来ることさえしなかっただろう。

その意味で俺の功績はゼロに等しい。そう言うと、イリアはかぶりを振って応じた。

「それでも、実際に薬を持って来てくれたのは、その……あなた、ですから。お礼を申し上げます」

俺に対してぎこちなく敬語を使うイリアの反応がちょっと面白い。

そんなことを考えながら言葉を続ける。

「念のために言っておくが、まだ完全に治ったわけじゃないからな」

これも事実である。

毒によるラーズの症状はおさまり、快方へと向かっている。一時は蒼白だった顔色も、ずいぶん生色を取り戻している。これは俺自身の目で確認したことだ。

男の寝顔なんて見て楽しいものではないが、ラーズを「兄ちゃん」と呼んで慕っているチビガキ共に笑顔が戻ったのは、まあ喜ばしいことである。

セーラ司祭の話によれば、旧《ふる》い解毒薬を投与したときはしばらく経ってから症状がぶり返したそうだが、今のところはその兆候もない。新薬の効き目は抜群といってよかった。

だが、伝説のヒュドラの毒が、俺の血をちょっと垂らしたくらいで完全に消え去るとは考えにくい。いずれは症状が再発する、と俺は睨《にら》んでいた。これは事情を知ったセーラ司祭の見立てでもある。

「それは……」

イリアが力なくうつむく。月明かりを映した顔色は青白く、不安げだった。

ラーズの症状が再発したら、また新しい解毒薬をつくればいい。だが、これは見方をかえると俺がラーズの命を握ったことになる。俺がその気になればラーズに解毒薬を与えず、見殺しにすることもできるからだ。

むろん、セーラ司祭の手前、そんなことをする気はないが、可能か否かで問われれば可能である。

この事実はイリアにとって重い。すでに信仰という形で俺に首輪をはめられているのに、さらにラーズという手枷《てかせ》をはめられたようなものだから。

イリアが顔を青くするのも当然といえば当然だろう。おまけに、イリアの心配の種はまだ尽きていない。白い胴着を着た神官戦士は、硬い顔、硬い声でこんなことを言ってきた。

「……やっぱり、母さんに秘密を明かしたのは、意図があってのこと、ですか？」

ここで言う秘密というのは俺の同源存在《アニマ》、魂喰い《ソウルイーター》のことである。

先にレム山脈で俺に魂を喰われたイリアは同源存在《アニマ》のことを知っている。もうちょっと正確にいえば「同源存在《アニマ》」という言葉自体は知らないが、俺の中に人間を超越した何かが巣食っていることは知っている。

今回、俺はその秘密をセーラ司祭にも明かした。イリアはそれを知って「母親にまで手を出すつもりか」と疑っているわけである。

実際、前回のオーク退治の後にそれを匂わす発言をしているので、イリアの被害妄想というわけではない。

結論からいえば、この疑いは杞憂《きゆう》である。前述したとおり、俺がセーラ司祭に同源存在《アニマ》のことを明かしたのは必要に迫られてのことで、それ以外の意図はない。

俺の話を聞いたセーラ司祭はさすがに驚きを隠せない様子だったが、ラーズの治療を中断しなかったという一事が司祭の下した判断を物語っている。セーラ司祭は俺を信じてくれたのだ。

俺は肩をすくめてイリアの不安を解いてやった。

「安心しろ。司祭殿《どの》の意に反することをするつもりはないさ。秘密を明かしたのは、新しい薬の説明をするために必要だったからだ。ついでに言えば、そこまでしてラーズを治したのはミロスラフの頼みがあったからだよ。ラーズには手を出さないっていうのが、あいつが俺に協力する条件だったからな」

それにルナマリアの手前もある。俺がラーズを見殺しにしたと知れば、エルフの賢者にいらぬ反ない。


　これはイリアに関しても同様だった。先のオーク退治でイリアに服従を誓約させた俺は、それについて口外を禁じた上でイシュカに戻った。俺がいない間もイリアが命令を守ったことは、以前とかわらないセーラ司祭や村人の態度が証明している。

　いまだ心底から服従していないのは明らかだったが、少なくとも積極的に反抗しようとはしていない。

　ここでラーズを見捨てたり、利用するような真似をすれば、イリアは消極的服従から積極的反抗を植えつけることになりかねない。

　そういった諸々を考慮した上で、俺はセーラ司祭に秘密を明かしてラーズを治したのである。

「さて、無駄話はこのくらいでいいだろう――こっちに来い」

　強めの口調で言い放つと、イリアは叱られた子供のようにびくりと身体を震わせてから、うつむきがちに俺へと歩み寄ってきた。

　右手で腰をつかんで身体を抱き寄せ、左手で顎《あご》をつかんで顔をあげさせる。

　青い顔で、けれど頬だけは赤く染めたイリアの顔が眼前にある。俺は無言でその唇を塞いだ。

　唇が触れた瞬間、イリアの身体がビクリと大きく跳ねる。両手が俺の胸板に触れたのは、反射的に俺を突き飛ばそうとしたからだろう。

　だが、その行動が実行に移されることはなかった。しばらく俺の胸に置かれていたイリアの手は、やがて力なく離れていった。

――それからしばらく後、思う存分イリアの魂を堪能した俺が唇を離すと、二人の唇の間に唾液の橋がかかった。

イリアはそれに気づくことなく、俺に抱かれたまま潤《うる》んだ眼差しで俺を見上げている。はぁはぁと荒い息遣いがぞくっとするほど色っぽい。

いまや頬だけでなく満面を朱に染めたイリアの顔を見下ろしながら、俺は内心で冷徹な思考を働かせていた。

先にレム山脈でイリアに強いた誓約には抜け道がある。あれは神官戦士としてのイリアを縛る鎖になるが、逆にいえば、神官戦士ではないイリアを縛ることはできない。

俺に服従するくらいなら、とイリアが法神への信仰を捨てる可能性もないわけではなかった。他にも俺の知らない抜け道があるかもしれない。

俺が王都に行っている間、イリアが心変わりをしていないかどうか。今の一連の行為はそれを確かめるためのものだった。

その意味でいえば、今のイリアの反応は文句のつけようがない。向こうには向こうの思惑があるのだろうが、俺にとっては満足のいく結果だった。

その後、イリアはしばらく放心したように俺にもたれかかっていたが、不意に我に返ると、慌てて唇をぬぐい、そそくさと俺から離れた。

そして、おそらくは恥ずかしさをごまかすためだろう、こんなことを口走った。

「その、訊《き》きたいことが――いえ、お訊《たず》ねしたいことがあります！」

「別に無理に敬語を使わないでもいいぞ。で、何を訊《き》きたい？」

「あなたに聞いた話から推測すると、ケール河にはこれまで以上に強い毒が流れていて、それはおそらくヒュドラの毒。あの水棲馬《ケルピー》はその毒に冒されて、狂ったように村を襲った。そして、ラーズは傷口からその毒を受けてしまった、ということになると思います」

「ん、まあそんなところだろうな」

「だとしたら、どうしてラーズと同じように負傷した私は毒にかからなかったんでしょうか？　もしかして、その……」

なにやら言いにくそうにうつむいてしまうイリア。

相手の言わんとすることを察した俺は、ふむ、と腕を組んだ。

「俺の血や精が相手の身体に強い影響を与えるのは、ルナマリアも肯定していることだ」

「やっぱり、そうなんですね……」

イリアは急激な寒さに襲われたように、両手で自分の身体を抱きしめた。

死毒に冒された者の末路がどんなものか、俺はすでに一度自分の目で見ているし、それはイリアやセーラ司祭にも伝えている。

イリアは自分がそうなっていたかもしれないと考えて寒気に襲われたのだろう。ある意味、俺の行動がイリアを救ったわけだ。オーク退治のとき、俺がイリアに手を出していなければ、今ごろ寝台で横たわっていたのはラーズではなくイリアだったかもしれない。

3

「そういえば」

「は、はい、なんでしょうか？」

俺が口をひらくと、イリアがまたしても身体をビクリと震わせる。使わないでいいと言った敬語もそのままだ。

まあ、イリアにしてみれば「はいわかりました」といって以前の口調に戻す気にはなれないのだろう。

こちらとしても無理して矯正するつもりはないので、気にせず先を続けた。

「例のオークの報奨で揉めてて大変なんだって？　司祭殿があっちこっちに引っ張りだこにされてると聞いたぞ」

「え、あ、はい……え、あの、どうしてご存知なんですか？」

「チビたちが言っていた。欲の皮の突っ張った大人は見苦しいって『イリア姉ちゃん』が言ってたそうだ」

「あ！」

心当たりのあるらしいイリアが、思わず、という感じで声をあげた。あの子たちはー、と小声でうなっている。

ふむ、この反応を見るかぎり、チビたちのでたらめというわけではないようだな。俺はぼりぼりと頭をかきながら言った。

「まあ、冷静に考えたら起こって当然の揉め事だったな。俺の配慮が足りなかった」

「い、いいえ、あなたのおかげで村が救われたのは事実ですから」

「オークから助けた結果、人間同士の争いに発展しました、なんて洒落にもならん。これについては俺から村長やまわりの村に話をしておこう」

村人たちを集めて「報奨の分配で揉めるようなら前言を撤回してこの村には一銭も渡さない」と宣言すれば、それなりの効果はあるだろう。

近隣の村に関しては、俺みずから出向いてメルテ村へ干渉するなと釘を刺す。ついでに、今後の解毒薬の優先供給や、毒によって受けた被害の一部補塡など、近隣の村にとっても利益となる事項を追加しよう。

村人が俺を信用しないようなら、ドラグノート公あたりに一筆書いてもらえばよい。カナリア筆頭貴族の後ろ盾を誇示すれば、たいていの人間は頭《こうべ》を垂れるに違いない。

「こうすれば、少なくとも今よりはマシになるだろ。揉め事が起きるたび、司祭殿がひっぱり出されることもなくなるはずだ」

「あ、ありがとうございます。助かります」

俺の案を聞いたイリアは驚いたように目を丸くしながら礼を述べる。

そして、おそるおそる、という感じで疑問を口にした。

「……あの、ドラグノート公って、あのドラグノート公爵、ですよね？　カナリア筆頭貴族の」

「そのドラグノート公だぞ。王都で色々あって面識を得たんだ」

「あの、もしかしてアストリッド様ともお会いしたんですか っ？」

唐突にイリアの声が弾んだので、俺は内心で驚きつつもうなずいた。

「ん、ああ、アストリッド様ともクラウディア様とも話したぞ。一緒に買い物もしたし、アストリッド様にいたっては俺に服まで贈ってくださった。お前も知り合いだったのか？」

「知り合いなんてとんでもないです！　ただ、以前に依頼で王都に行ったときに姿をお見かけして、素敵な方だなって……！」

どうやらイリアはアストリッドに憧れの感情を抱いていたらしい。気のせいか、神官戦士の目がきらきら輝いている。

俺は肩をすくめて応じた。

「お前も近いうちに会えるさ。遠からずクラウディア様が俺の家に来ることになっている。そうなれば、アストリッド様も折に触れて顔を見せてくださるだろう」

「え？　クラウディア様って、たしか王太子殿下のご婚約者じゃあ……？」

「そのあたりは色々あったんだ。話すと長くなるから、イシュカに戻ったらまとめて話してやる」

話のついでにイリアをイシュカに連れて行くことを宣告する。

それを聞いたイリアはわずかに肩を揺らしてうつむいたが、少なくとも面と向かって拒絶してくることはなかった。

抱き寄せたときの反応といい、今といい、どうやら思ったよりもスムーズに供給役を増やすことができそうである。

——そう思って俺が内心でほくそ笑んだときだった。

「あの、一つだけ、お願いがあります」

顔をあげたイリアの目には、何かを決意した強い光が浮かんでいた。

てっきり諦観に打ち沈んでいるものとばかり思っていたが……

「言ってみろ」

どうも思ったより簡単にはいきそうもない。そう考えながら先をうながす。

すると、案の定というべきか、イリアは引き締まった表情でこんなことを言ってきた。

「私と戦ってください。本気で、です」

「……お前に勝ち目はないということは、レム山脈で教えてやったはずだがな。それとも、俺がいない間に必勝の作戦でも考えついたか？」

ややうんざりしながら問い返すと、イリアはしっかと俺を見据えたまま頭《かぶり》を振った。

「作戦なんてありません。あなたに勝てないことも理解しているつもりです」

「それでも戦ってほしい、と？　てっきり俺に従う覚悟はできてるものだと思ってたんだが」

鋭い目でイリアを睨《にら》む。

今さら言うまでもないが、俺がイリアに服従を強いたのは蝿《はえ》の王に襲われたときの報復である。

意地悪く誓約の文言の中に「生涯《しょうがい》」という言葉を付け足させたのも復讐の一環だ。

ただ、今後ミロスラフのように十分な量の魂を捧げるか、ルナマリアのように罪を償うために精励するようなら、遠からず自由の身にしてやろうとも思っていた。

それがここに来て「戦え」と来るとは。

手加減してやったのが裏目に出たか、と内心で舌打ちする。ミロスラフのように徹底して蹂躙《じゅうりん》してやるべきだったかもしれない。

そんな風に冷たい思考に身をゆだねていると、イリアが恐怖をこらえるようにぎゅっと両手を握りながら口をひらいた。

「けじめをつけたいんです。お願いします」

「けじめ、ね。それで、お前が勝ったらあの誓約はなかったことにしろってわけか？」

「……そう、ですね。そのかわり、私が負けたらあなたに従います。すでに神に誓ったことではありますが、今度は私自身の意思であなたに従います」

それを聞いて、俺は右の眉をあげる。

「いいのか、そんなことを言って？　俺が何をするかはわかっているだろう。お前がラーズから俺に乗り換えたという噂話が事実になるぞ？」

「そのつもりで申し上げました」

昼間、村で聞きかじった噂話で嘲弄《ちょうろう》しようとすると、思いのほか真剣な反応が返ってきた。

ためらうことなく断言するイリアを見て、俺は少しばかり表情をあらためる。

現実を認められずに悪あがきをしているのかと思ったが、どうもそういう雰囲気ではない。自分の敗北を覚悟し、その上で今の条件を出したのだとしたら、イリアの考えは明確だ。

神を利用した策略で従わせられるのではなく、正面から戦って負けた結果として従うことを望んでいる。

同じ服従するにしても、自分が納得できる方を選びたい。それがイリア言うところの「けじめ」なのだろう。

なんだか力こそすべてのアマゾネスみたいな物言いであるが、冷静に考えてみると、イリアは「神官」ではなく「神官戦士」である。その言動に実力主義がにじみ出るのは当然のことなのかもしれない。

すべてを了解した俺は、唇の端を吊りあげてうなずいた。

4

「か、は……！」

俺の拳《こぶし》に腹を抉《えぐ》られたイリアの口から、苦悶が呼気となって吐き出される。

血反吐《へど》がまざっていたらしく、べちゃり、と地面が赤く汚れた。

次撃を予想したイリアはその場から飛びすさろうとするが、いかんせん、腹に強烈な一撃をもらった直後なので足が言うことをきかないようだった。

生まれたての子鹿のように、と言えばおおげさだが、ふるふると震える足では思うように動けまい。

そのイリアの横腹めがけて容赦なく回し蹴りを叩き込む。

イリアはとっさに肘を下げて防御しようとしたが、震える足では踏ん張りがきかない。勢いを受けきれずに身体が地面から浮き上がり、こちらの蹴りを受け止めた肘からミシリと骨が軋《きし》む音がする。

俺はそのまま力まかせに足を振りぬいた。

「くううう!?」

細い身体が藁《わら》でつくられた案山子《かかし》のように宙を舞う。

受身を取る間もなく地面に叩きつけられ、二度、三度と地面の上を跳ねるイリア。白い胴着が土と泥にまみれ、茶褐色のまだら模様に染まっていく。

うつぶせで倒れ伏したイリアは、何とか起き上がろうとするが、その行動はもがく以上のものにはならなかった。

それも当然で、実のところ、イリアがこうして地面を這うのはすでに五度目だ。これまではすぐに立ち上がって俺の追撃に備えていたのだが、蓄積した疲労と苦痛はすでに限界に近いのだろう。

両手で地面を握り締めて呻《うめ》くイリアを悠然と見下《みお》ろしつつ、俺は何も言わずに腕を組んだ。

別にいたぶっているわけではない。本気で戦って欲しいと望んだイリアの心情を汲《く》んでのことである。

別の表現を用いれば、俺はイリアが心から「負けた」と納得できるまで付き合ってやっているのだ。

そうこうしているうちにイリアがよろめきながら立ち上がる。

ぜえはあと苦しげに息を吐きつつ、唇の端についた自分の血をぐいっと拭《ぬぐ》う。歯を食いしばってこちらを見据える表情はひどく苦しげだったが、同時に凛々しくもあった。

まだやるか、とは問わない。こちらを見る目に鋭利な戦意が点《とも》っているのがわかったから。

直後、双眸《そうぼう》を吊りあげたイリアが気合の声をあげて攻めかかってきた。

一呼吸のうちに間合いを詰めた速さは、第六級冒険者の名に恥じないもの。続けざまに打ち込まれる拳は槍のように鋭く、浴びせられる脚は鞭《むち》のようにしなって急所を蹴り砕こうとする。

打ち込まれる拳と脚は時を追うごとに激しさを増し、人の形をした颶風《ぐふう》のようだ。しかも、一つ一つの攻撃が次への布石となっている。演舞でも見るような鮮やかな連撃は、イリアが今日まで培《つちか》ってきた格闘術の精華だった。

だが、激しい攻撃ゆえに消耗も早い。おそらく今のイリアは最後の力をふりしぼって動き続けている。この攻撃が終われば、しばらくは立つこともできなくなるだろう。

俺は立て続けに打ち込まれてくる拳脚《けんきゃく》を、あるいは受けとめ、あるいは躱《かわ》しながら、イリアの勢いが途切れるのを待つ。向こうが息切れした瞬間、手痛い反撃を叩き込んで六度目の土の味を味わわせてやるつもりだった。

イリアもそれがわかっているのだろう。息つく間もない拳脚の連撃がさらに勢いを増した。

「セッ！」

鋭い出足で繰り出される前蹴り。まともに食らえば鳩尾《みぞおち》を貫かれて悶絶《もんぜつ》していただろうが、もちろんそんなヘマはしない。素早く右手の籠手でガードしてイリアの攻撃を防ぐ。

受け止めた右手に痺《しび》れるような衝撃が走る。想像以上の重い打撃に少しだけ驚いた。

と、そんな俺の反応に一瞬の隙を見出したのか、イリアの身体がふわりと浮き上がった。蹴りつけた俺の右手を支点として宙に身を躍らせたのだ。

「ハアアアアッ!!」

そのまま身体をネジのように捻《ひね》ったイリアは、反動をつけて強烈な回し蹴りを放ってくる。空中に白い弧を描くその一撃はあたかも鎌のようで、命中すれば翼獣《ワイバーン》の首でもへし折ることができたに違いない。

どこか既視感《デジャブ》を感じさせる攻撃に対し、俺は左手を掲げて真っ向からこれを受け止めた。

直後、丸太を叩きつけられたかのような衝撃が伝わってきて、あやうく左手が弾かれそうになる。

だが、なんとか耐え切った。

俺はすかさず右手を伸ばし、いつかのように宙にひるがえる胴着の裾を引っつかむや、思いきり下に引っ張る。

空中にいたイリアに抗《あらが》う術《すべ》はなく、神官戦士はそのまま地面に叩きつけられた。

倒れたイリアの胴着の裾を踏みつけて地面に縫いとめると、相手の身体に馬乗りになる。イリアの動きを封じるためだったが――すでにその必要はないようだった。

六度目の土を味わったイリアはぐったりと地面に横たわるだけで、抵抗はおろか身動《みじろ》ぎひとつしない。今の攻防にありったけの体力と集中力を注ぎ込んでいたらしく、ただただ荒い呼吸を繰り返すばかりだった。

「飛ぶのは悪手、と以前に言ったはずだがな」

「……」

その言葉に対し、イリアは無言で俺の目を見つめ返す。敵意とも戦意とも遠い眼差しは、いっそ優しげでさえある。

その顔を見て、俺はなんとなくイリアの意中を察した。

今しがたのイリアの攻撃――前蹴りから空中回し蹴りにつなげる組み立ては、先にレム山脈で戦ったときとまったく同じものだった。

イリアは最後の攻撃に、あえて以前と同じ組み立てを用いた。きっと、これもまたイリアなりのけじめなのだろう。

眼下にあるイリアの顔から、何かが確かに取り除かれている。

と、イリアがすっと瞼《まぶた》を閉じた。

別段、何を言うでもなかったが、この体勢で目を閉じる理由は古今東西ひとつしかあるまい。

差し出されたものを拒む理由は、どこを探しても見つからなかった。

5

明くる日、俺はイリアに宣言したとおり、オークの報奨に起因する不和の数々を終息させるべく立ち働いた。村長や年嵩《としかさ》の村人を集めて注意をうながし、クラウ・ソラスに乗って近隣の村々に釘を刺してまわる。その際、新たな猛毒の発生と魔獣暴走《スタンピード》の発生についても警告し、今は村同士で争っている場合ではないことも忠告しておいた。

正直なところ、反発は出ると予測していた。一を得れば二を欲しがるのが人間というものだから。

ところが、意外なことにどの村も従順そのものだった。

竜騎士の不興を買いたくなかったのか、ちらっと匂わせたドラグノート公の名前に怯《ひる》んだか、あるいは間近で見るクラウ・ソラスの迫力に威圧されたのか——不服そうな顔をする奴には勁《けい》全開で話をしてしまったから、もしかしたらそのせいかもしれないな。くくく。

ま、逆の結果が出るよりはずっとマシだろう。

もし俺が去った後で懲りずに同じことを繰り返すなら、そのときは別の手段をとるだけだ。

そんなわけで一日とかからずにこの案件を片付けた俺は、最後にセーラ司祭と一対一で話し合うことにした。

もともと、今回メルテの村にやってきた目的は、イリアとセーラ司祭、それに三人のチビたちに魔獣暴走《スタンピード》と死毒について警告し、その上で彼女たちを帝国なり聖王国なりに避難させることだった。

ただ、これを正直に言えば他の村人が黙っていないだろうし、司祭本人も固辞するだろう。だから「魔獣暴走《スタンピード》に対抗するための援軍」という名分をこしらえて、うまいことセーラ司祭をメルテ村から連れ出そうと企《たくら》んでいたのである。

だが、冷静に考えてみると、公的な裁判を任せられることもある法神の司祭様相手に、俺なんぞの虚偽が通じるとは思えない。

それに、イリアを魂の供給役として確保した今、その母親である司祭を同じ家に招くのは色々な意味で危険が大きかった。

すでに俺は、解毒薬の効力を証明するために同源存在《アニマ》のことをセーラ司祭に明かしてしまっている。魂を喰らう特性については触れていないが、セーラ司祭ほど聡《さと》い人であれば、俺や周囲の反応から真実にたどりついてしまうかもしれない。

そうなったとき、セーラ司祭がなお好意的に接してくれると思うほど、俺は能天気ではない。

そう考えると、ここは妙な手管《てくだ》を弄《ろう》さず、イリアを連れて行くだけで満足しておくべきかもしれない。

魔獣暴走《スタンピード》についてはイシュカで食い止めれば問題ないし、死毒についても新しい解毒薬の有効性を確認できたから、今後致命的な事態を招く恐れは少ない。

うん、そうだな。一を得れば二を欲しがるのが人間というものだ――なんてしたり顔で考えていたが、これ、思いっきり俺にもあてはまるな。

今の俺は一《イリア》を得た上に二《セーラ》を欲しがっている。

イリア言うところの「欲の皮の突っ張った見苦しい人間」にならないためにも、ここは自制しようそうしよう――そんな風に考えて心の手綱をひきしぼっていた俺は、セーラ司祭から開口一番「イシュカに連れていってほしい」と言われて唖然とした。

「……え？　あの、今、なんと？」

「イシュカにお戻りになる際、私も一緒に連れて行っていただけないでしょうか？　ソラさんのお手伝いをさせていただきたいのです」

真剣な表情で、一言一句たがわずに直前の言葉を繰り返すセーラ司祭。

うん、どうやら想いが高じた末の幻聴ではなかったらしい——呆然としながら、そんなことを考える。

と、そんな俺の反応を見て、セーラ司祭は哀しげに眉尻を下げた。

「もちろん、無理にとは申しません。足手まといだとお思いなら、どうかそのようにおっしゃってください」

それを聞いてハッと我に返った俺は、大慌てて首をぶんぶんと左右に振った。

「い、いえ、足手まといだなんてとんでもない！　むしろ、こちらからお願いしたいと思っていたくらいで……で、ですが、よろしいのですか？」

メルテ村におけるセーラ司祭の役割は今さら口にするまでもない。いざ疫病が発生すれば治療を一手に引き受け、いざ揉め事が発生すれば真っ先に仲裁役に擬《ぎ》せられ、八面六臂《はちめんろっぴ》の働きぶりだ。

そのセーラ司祭が村を離れると聞けば、引き止める者は必ずあらわれる。へたをすると「村から逃げ出すつもりではないか」なんて疑いを向けられかねない。

だからこそ、俺はいかに穏便にセーラ司祭を村から連れ出すか、頭をひねっていたのである。

その企みをようやく諦めた途端、まさか本人の口から連れて行ってくれと言われるとは予想だにしていなかった。

もちろん、セーラ司祭は「これからずっとあなたについていきます」などと言っているわけではあるまい。魔獣暴走《スタンピード》が終息するまでの期間限定で、助力を申し出てくれていると考えるべきだ。

ただ、それにしたってある程度の期間は村から離れざるをえない。

いったい何がセーラ司祭をその決断に駆り立てたのか。

慎重に言葉を選んで問いかけると、セーラ司祭はきょとんと目を瞬《また》かせてから、くすりと微笑んだ。

「恩義のある方が危難に直面しているのです。お役に立ちたいと考えるのは当然のことではないでしょうか？　これは私ひとりの考えではなく、この村の住人の考えでもあります。すでに私がイシュカに出向くことについては、村長の許可をいただいております」

「て、手回しがいいですね」

「ひとたび魔獣暴走《スタンピード》が発生した上は、いつ事態が急変するとも知れません。今は一分一秒でも惜しいはず。ソラさんの許可をいただいてから村長を説くよりは、村長を説いてからソラさんの許可をいただく方が良いと判断しました」

それを聞いた俺はなるほどとうなずきつつ、そっと相手の顔をうかがった。あたかも魔獣暴走《スタンピード》を経験したことがあるかのような物言いが気になったのである。

俺の視線に気づいたセーラ司祭は、正確にこちらの内心を見抜いて応じてくれた。

「ソラさんはご存知でしょうか？　この国は二十年前に一度、魔獣暴走《スタンピード》を経験しているのです」

「ああ、たしかスキム山の火山活動が原因だという……」

「そうです。当時、夫と共に冒険者をしていた私は、狂乱する魔物の群れと三日三晩戦い続けました」

どこか遠くを見る眼差しでセーラ司祭は語ってくれた。

俺に二十年前の魔獣暴走《スタンピード》の話をしたのはギルドマスターであるエルガート。考えてみれば、セーラ司祭はエルガートと同年代だ。魔獣暴走《スタンピード》を経験していても何の不思議もない。

当時、イシュカには今のような城壁は存在しなかったと聞いている。守りの拠点がない以上、狂乱する魔物の大群と真っ向からぶつかるしかない。戦いは凄惨なものにならざるをえなかっただろう。

セーラ司祭の目に痛《いた》みと悼《いた》みを見つけた俺は、自分の無用な興味が相手の古傷を抉《えぐ》ってしまったことを察して、慌てて頭を下げた。

「申し訳ありません」

「私が勝手に語っただけです。ソラさんが謝られることはありません。ただ、私は魔獣暴走《スタンピード》を知っている。中途半端な覚悟で同行を申し出たわけではありません。そのことだけは、どうかご理解ください」

その言葉に一も二もなくうなずく俺を見て、セーラ司祭は優しく微笑みながら続けた。

「私をイシュカに向かう決心をさせたのは何か、というご質問でしたが、その答えは魔獣暴走《スタンピード》です」

「はい」

「ただし、答えのすべてではありません」

「はい？」

「仮に魔獣暴走《スタンピード》の経験がなかったとしても、私は同行を申し出ました。その意味では、魔獣暴走《スタンピード》は答えの一部でさえないかもしれませんね。私に決心をうながしたのはあなたですよ、ソラさん」

「へ？」

思わず間の抜けた声をあげた俺を見て、セーラ司祭がくすくすと笑った。

俺が赤い顔をしてうつむくと、セーラ司祭は笑いをおさめ、真剣な顔で言った。

「得体の知れない疫病に悩まされているこの村に、あなたは知識と薬をもたらしてくださった。子供たちにたくさんの笑顔をあたえてくださった。この村のみならず、南部地方すべてを呑み込んだかもしれない魔物の害を一掃してくださった。今回も、あなたは真っ先にこの村に駆けつけてくださいましたね。私ではきっとラーズ君を助けてあげられなかった。感謝しています、心から」

深甚《しんじん》たる感謝の表明に、俺は嬉しいやら面映《おもはゆ》いやらで、ひたすら地面を見つめるばかりだった。

ただ、セーラ司祭の口からラーズの名前が出たときは、反射的にむかっとしてしまったが。

あらためて考えるまでもない。イリアの幼馴染であるラーズのことをセーラ司祭が知らないわけがない。それでなくとも、さして広くもない村の中。家族ぐるみの付き合いがあったことは容易に想像できる。

だからまあ、セーラ司祭が「ラーズ君」と呼んでも不思議はない。ないのだが、「君」という呼びかけに込められた親しみに嫉妬の念を禁じえない。我ながらしょうもない嫉妬だとは思うのだけど。

むむむ、と内心でうなっていると、より一層優しさを増した司祭の声が耳朶《じだ》をくすぐった。

「イリアから聞きました。今日、各地の村々をまわったのは、私の負担を軽くするためだったそうですね」

「うぇ!?」

予期せぬ言葉にまたしても間の抜けた声がもれる。イリアめ、なんでわざわざ母親にそんなことを言ったんだ!?

あたふたする俺を見たセーラ司祭は、真摯《しんし》に言葉を重ねた。

「村長からも謝られました。今日まで無理をさせてすまなかった、と。どうして急にそんなことを、と不思議に思って訊《たず》ねたところ、竜騎士殿《どの》から非常に強い口調で注意された、と言われました」

「そ、そこまで強くはなかったと思うんですが……」

「村長は恐《おそ》ろしげに肩を震わせていましたよ？　私を気遣ってくださるのは大変うれしく思いますが、それでソラさんが悪評をかぶってはいけません。オーク退治の英雄、藍色《あいいろ》の竜騎士。きっとソラさんが思っている以上に、ソラさんの言葉は強い力を持っています。口はばったい申しようですが、そのことを忘れないようにしてください」

透き通るような眼差しで言われてしまえば、うなずく以外の選択肢などあろうはずもない。

俺はかしこまって応じた。

「は、肝に銘じます」

「はい、お願いします――それで、話を戻しますが」

「はい？」

「そんな素敵な竜騎士様にここまで良くしていただいたのに、何もできずに村で武運を祈るだけというのは、とてもつらいことなのです。これでもイリアと同じ神官戦士。戦うすべは忘れていませんし、癒やしの業も衰えていないと自負しています。あらためてお願いします。決して足手まといにはなりません。どうか私をイシュカにお連れください。これまでにこうむった数々の重恩に報いてご覧に入れます」

透き通るような眼差しで言われてしまえば、これまたうなずく以外の選択肢などあろうはずもなかった。

第二章　鉄の掟《おきて》

1

少し時をさかのぼる。

イシュカ政庁が魔獣暴走《スタンピード》の発生を報じてから数日。

郊外に設《もう》けられた防衛線は、度重《たびかさ》なる魔物の攻撃を受けながらも頑強な抵抗を続けていた。

正規兵と冒険者で構成された防衛部隊の活躍はめざましく、一部の飛行型をのぞけば、いまだ魔物の群れはイシュカの城壁を見ることさえ出来ずにいる。

この戦況を受けて、イシュカ政庁と冒険者ギルドは褒詞《ほうし》と物資を満載した補給隊を前線へ送り込んだ。そこにはリデルとパルフェ、冒険者ギルドの内命を受けた二人の職員も含まれていた。

「マスターが顔色を変えるから、どんな大事になるかと思ってたんですけど。案外簡単に片付きそうですね、先輩」

そう口にしたのはパルフェだった。御者台が揺れるたび、サイドテールの髪型が小刻みに上下に揺れている。

そのパルフェと並んで御者台に座っていたリデルは、楽観的な後輩の発言に眉をひそめた。

「油断は禁物よ、パルフェ。マスターも仰《おっしゃ》っていたでしょう、魔獣暴走《スタンピード》には波があるって。それに私が調べたかぎり、今日まで討たれた魔物の大半は外周部に棲息《せいそく》する種よ。深域の魔物はほとんど確認されていないわ」

「えー、でもでも、剣獣《ジェンロン》とマンティコアの死体はあったじゃないですか。あれ、深域の魔物ですよね？　それなのに今日まで一度も防衛線は破られてないんですよ。仮に今の防衛線が破られたとしても、後ろには無傷の第二、第三、第四防壁が控えているんですから、これはもう勝ったも同然だと思います！」

「あなたねえ……」

大きな胸を張って言い切るパルフェを前に、リデルは深々とため息を吐く。

たしかにパルフェの言っていることは一理ある。それはリデルも認めるが、冒険者ギルドの職員が「勝ったも同然！」などと発言すれば、それを聞いた者たちの心に油断が生じてしまう。

油断をもって物事にあたって良い結果が出たためしはない。

ギルドの職員たるもの、たとえ勝算があったとしても、それを注意深く押し隠すだけの思慮分別が求められるのだ――ということを後輩に言い聞かせたいリデルであったが、パルフェもさるもので、この手の発言をするときは決まってリデルと二人きりのときなのである。

今も御者台に座っているのは二人の受付嬢だけ。荷台にはブドウ酒の樽が満載されているだけだ。リデルを除けば、今のパルフェの発言を聞いたのは汗水たらして蹄《ひづめ》を鳴らしている荷馬くらいのものだろう。

これではリデルとしても文句を言いづらい。すべてを承知の上で先輩の生真面目さをからかってくる後輩にため息を禁じえなかった。


「それにしても私、剣獣《ジエンロン》なんて初めて見ましたよ！　先輩は見たことありましたか？」

「二回あるわ。どちらも三年以上前だけど」

パルフェのいう剣獣《ジエンロン》とは、翼獣《ワイバーン》と同じく亜竜――竜の眷属《けんぞく》とされている魔獣である。

翼獣《ワイバーン》が飛行能力に特化した亜竜だとすれば、剣獣《ジエンロン》は防御能力に特化した亜竜であり、鋭く突き立った剣状の鱗が背中をびっしりと覆っている。体長は大きい個体で十メートルを超え、文字どおり小山のごとき体躯《たいく》を誇る魔獣だった。

剣獣《ジエンロン》の鱗は上級武具の材料となるため、うまく仕留めれば数年は遊んで暮らせる財産が手に入るだろう。

ただ、深域でもめずらしい種なので遭遇すること自体がまれである上、半端な武器や魔法では鱗に傷ひとつ付けられない。頑強な体軀《たいく》を利した突進は、破城槌《はじょうつい》もかくやという破壊力を誇り、人間の身体などたやすく千切れ飛んでしまう。

巨体のわりに動きも鈍《にぶ》くなく、遭遇した場合は一攫千金の夢を見る以前に、己の命の心配をしなければならない相手であった。

その剣獣《ジエンロン》が防衛線に姿を見せたのが二日前のこと。数は二頭。この二頭は散々に暴れまわり、防衛部隊は一時、壊乱状態におちいったという。

その危機を救ったのが――

「剣獣《ジエンロン》を倒したっていう噂の三人組、どんな人たちなんでしょうね？　ゴズって人は剣獣《ジエンロン》の鱗を力ずくで叩き割ったって聞きますし、きっと私好みの筋骨隆々とした人だと思うんですよ！　ふふ、会うのが楽しみだなあ」

「……この前のソラさんといい、今度のゴズさんといい、あなたも忙しい人ね」

「あ、先輩、その言い方は嫌みっぽいです！　仕方ないじゃないですか！　今まで頼りにしていた『隼《はやぶさ》の剣』は解散同然で、一刻も早く代役を確保しないと今後のお給料に響いちゃうんですよ！　手段なんて選んでいられません！　プライドでご飯は食べられないんです！」

力強く断言するパルフェに、リデルは気圧《けお》されたように口をつぐむ。

イシュカの中流家庭に生まれたリデルは、今日まで飢えを経験したことがない。が、辺境出身のパルフェにはその経験がある。

今も郷里の父母弟妹に仕送りを欠かしていないことも知っていた。これはパルフェから聞いたのではなく、パルフェの両親から上司《リデル》あてに届いた手紙に書かれていたことである。

そう考えると、自分よりもパルフェの方がよほど大人なのかもしれない。反省したリデルは後輩に向かって頭を下げた。

「ごめんなさい。たしかに嫌な言い方だったわ」

「先輩のそういう素直なところ、私は好きですよ。もちろん許してあげます！」

悪戯っぽい笑みで言われては苦笑するしかない。

と、リデルの視線の先に見張り台とおぼしき木造の櫓《やぐら》が見えた。

イシュカを守るために敷かれた四重の防衛線。その最前線である第一防壁に到着したのである。

2

ギルドの職員二人が、噂の三人組を見つけるのは難しいことではなかった。

ゴズ、クライア、クリムトと対面したリデルは挨拶の後、さっそくギルドマスターであるエルガートに託された用件を口にした。

今回の魔獣暴走《スタンピード》で多大な戦果をあげている三人にギルドの指揮下に入ってもらいたい、と申し出たのである。むろん破格の条件をつけてのことだった。

これは先刻パルフェが言っていた新戦力のスカウトであるが、冒険者ギルドの独断というわけではなく、イシュカ政庁とも打ち合わせ済みの行動だった。

どういうことかといえば。

魔獣暴走《スタンピード》という危機に際し、忽然《こつぜん》と現れた正体不明の三人組。その実力はいずれも一騎当千。

それを聞いてイシュカ上層部は喜ぶより先に疑念をおぼえた。服装や武具からして三人が東方出身であることは明白である。ただでさえ王都ホルスで一騒動あった後だ。魔獣暴走《スタンピード》に乗じて、東の隣国アドアステラの兵がカナリア王国に入り込もうとしているのではないか、との懸念が湧きあがるのは当然だった。

冒険者ギルドからの誘いは撒《ま》き餌《え》のようなもの。ギルドからの申し出にどう応じるかで三人組の狙いを推察することができる、とイシュカ上層部は考えたのである。

そんなイシュカ側の思惑をゴズ・シーマは正確に洞察していた。

ゴズとしては、今回の助勢は底意《そこい》あってのものではなく、同輩たる慈仁坊《じじんぼう》の無道を償うのが目的だった。

筋をいえば、まず慈仁坊《じじんぼう》の一件を謝罪し、その後であらためて助力を申し出るべきだろう。

だが、事《こと》は帝国の国策に関わっている。帝《みかど》がいまだにアザール王太子と咲耶《さくや》姫の婚姻を望んでいる以上、ゴズ個人の判断で事実を明かすことはできない。

であれば、後はもう魔獣暴走《スタンピード》の防衛に尽力することで償いをするしかなかった。

当然、無償で――と言いたいところだが、ここで報酬はいらないなどと口にすれば、イシュカ側の疑念は氷解するどころか、ますます凝《こ》り固まってしまうに違いない。古今東西、無料《ただ》より高いものはないのだ。

だから、ゴズは素直にギルドからの破格の報酬を受け取ることにした。得た報酬は王都の犠牲者や、その家族に分配すればよい。

そう考えたゴズは三つ編みの受付嬢に対して「願ってもない厚遇である」と告げて相好《そうごう》をくずした。

その後、パルフェと名乗った女性がしなをつくって剣獣《ジエンロン》退治の功績を称えてきたときも、満更《まんざら》ではない態度で応じた。

背にベルヒ姉弟の視線が突き刺さるのがわかったが、この程度の腹芸ができないようでは御剣《みつるぎ》家の司馬《しば》はつとまらない。ゴズの振る舞いはリデルの目から見ても自然なものであった。

他方、後ろの二人、とくに弟のクリムトの態度はリデルの目を引いた。右目に不満を、左目に侮蔑を充満させた態度はとうてい友好的とは言いがたい。

それを見たリデルは、つつくならこちらだと判断した。

たしかにゴズの態度に不自然な点はなかったが、そもそも魔獣暴走《スタンピード》の魔物を苦もなく蹴散らすような実力者たちが、どの国にも、どの組織にも属さずに旅をしているという根本的な不自然さはぬぐいようがない。

　ギルドでは冒険者の過去に踏み込まないことが暗黙の了解となっているが、隣国の密偵という疑惑がある以上、探れる情報は探っておくのも職員の務めだった。

「ゴズ殿の剣獣《ジエンロン》撃破もお見事ですが、クライア殿とクリムト殿も、それぞれ単独でマンティコアを撃破されたとか。こちらも実に見事な武勲で、ギルドマスターであるエルガートも感嘆しきりでございました」

　リデルが褒め称えると、クリムトは吐き捨てるように応じた。

「ふん、マンティコアの一頭や二頭、倒したところで誇るべき何物もない。イシュカの冒険者はずいぶんとレベルが低いんだな」

「クリムト、失礼ですよ」

「単なる事実だよ、姉さん。ギルドマスターが感嘆しきり？　剣獣《ジエンロン》だのマンティコアだの、雑魚《ざこ》を倒しただけで何を言っているんだか」

　クリムトの言葉を聞いたリデルがかすかに目を細める。表情だけはにこやかさを保ちながら、リデルは言葉を続けた。

「手厳しいお言葉です。イシュカでは剣獣《ジエンロン》やマンティコアは危険度の高い魔獣と考えられており、討伐する際はパーティを組むことが推奨されています。単独《ソロ》で討伐を成功させた方々から見れば、たしかに私たちのレベルは低いと言わざるをえないでしょう」

「ふん、身の程はわきまえているみたいだな。司馬のお決めになったことだ、協力はしてやる。だが、間違っても俺たちに指図はするなよ。エルガートとやらにもそう伝えておけ」

「承知いたしました」

リデルが逆らうことなくうなずくと、クリムトはふんと鼻で息を吐いてから口を閉じた。

言動は乱暴だが、ネチネチとした粘性《ねんせい》は感じられない。言いたいことを言えば満足するあたり、自分の力に自信がある若手冒険者によく見られるタイプである。

姉のクライアが申し訳なさそうに目線で謝意を伝えてくる。そちらに微笑で応じながら、リデルは三人の関係や性格を推しはかった。

クリムトは密偵を務めるには直情的すぎる。ゴズとクライアは人格に奥行きを感じさせるが、言動も性格も陽性であり、密偵のような影働きとは無縁だと思われた。

ただ、三人の実力から推して、何らかの秘密を抱えているのは間違いない。エルガートに確度の高い情報を持ち帰るためにも、あと一押ししてみるべきだろう。

と、そんなリデルの内心を読んだようにパルフェがちょいちょいとリデルの袖を引いた。

「先輩、先輩！　単独《ソロ》で魔獣を討った人ならイシュカにもいるじゃないですか。グリフォンとか、スキュラとか！」

声を低めて――その実、この場にいる全員に聞こえるように言うパルフェ。

クリムトの頬がぴくりと動いたことに気づいたろうに、そ知らぬ顔でゴズに向かって言葉を続ける。

「イシュカの冒険者もそう捨てたものじゃないんですよ。もしかしたら、ゴズさんたちのお耳にも入っているかもしれませんが『藍色《あいいろ》の竜騎士』ってご存知ではないですか？　凶暴な藍色翼獣《インディゴワイバーン》を手懐けた冒険者のことなんですけど」

「いや、知らぬな。竜騎士がどうのという話は何度か耳にした気もするが……今の話ぶりからすると、魔獣を単独で討伐したというのはその騎士殿のことかね？　翼獣《ワイバーン》の力を借りたとはいえ、グリフォンを討ったとなるとかなりの使い手だな」

ゴズは感心したようにうなずいたが、その実、たいして興味を抱いてはいなかった。

この国の人間は竜だ竜騎士だと騒ぎたてるが、そもそも翼獣《ワイバーン》は竜種ではない。そして、クリムトの言葉を借りれば、幻想一刀流にとって翼獣《ワイバーン》は雑魚《ざこ》である。

必然的に翼獣《ワイバーン》を恐れる必要はなく、翼獣《ワイバーン》を従える者たちに感心する理由もない。これはゴズだけでなくクリムトも、そしてクライアさえ同じ考えだった。

三人の反応の薄さに気づいたパルフェは話題選びをしくじったことを悟るが、ここで会話を切り上げるのも不自然だろうと考え、何気ない風をよそおって話を続けた。

「その竜騎士、ソラっていう名前なんですが、たぶん今イシュカで一番の有名人――」

なんですよ、と続けようとしたパルフェだったが、最後まで言い切ることはできなかった。

ゴズが鋭い声音でパルフェの言葉をさえぎったからである。

「待たれよ！」

「うぇ!?　な、なんですか？」

「……今、ソラといったか？」

「え？　あ、はい。その竜騎士の名前はソラさんですが……」

「ソラ……空《そら》？　年は？　その者の年齢は？」

「ええと、たぶんそちらのクリムトさんやクライアさんと同じくらいではないかと」

パルフェが応じると、ゴズの口からうなり声が漏れた。

「髪の色は？　黒か？」

「はい。あの、もしかしてお知り合いですか？」

「……かも知れぬ。すまぬが、その者について、も少しくわしく聞かせてもらいたい。竜騎士になった経緯や、スキュラやグリフォンを単独で仕留めたという件についてもだ」

ゴズはぐいっと上体を乗り出して問いかける。

その目は射抜くような鋭さでパルフェの面上に据えられ、てこでも動きそうになかった。

冒険者ギルドは所属する冒険者の情報を数多く保有している。

レベルはいくつなのか。愛用の武器防具は何か。その素材は何か。修めている魔法はいずれの系統か等々。

どれも冒険者にとっては生命線といえる情報であり、それゆえギルド職員には秘密の取り扱いに関する高い倫理と責任感が求められる。

当然、パルフェもそのことはわきまえていた。若《わか》しとはいえ、激務であるギルド受付で一年以上も働いているのだ。伝えていい情報と悪い情報の区別はついている。

パルフェはゴズの問いに応じてソラの情報を話したが、ギルド在籍時にソラから聴取した情報に関しては一言も漏らさなかった。ソラのギルド除名後に生じた諸々の出来事についても同様である。

では何を話したのかといえば、これはソラの武勇伝だった。ソラが自分のクランである『血煙《ちけむり》の剣』を宣伝するために公表した己の武勲、それをゴズたちに話して聞かせたのである。

イシュカに入り、ソラについて調べれば即日手に入る内容だから情報としての価値はない――パルフェはそのように前置きして話しはじめたのだが、そんな銅貨一枚にも満たない情報に対し、ゴズは驚くほどの勢いで食いついてきた。

見るからに沈毅《ちんき》な武人といった風貌をしたゴズの予想外の反応に、パルフェは内心で面食らう。

見れば、ゴズほどあからさまではなかったが、他の二人もそれぞれに興味を持っていることがうかがえた。クライアは真剣そのものといった表情で話に聞き入り、しかめ面でそっぽを向いているクリムトも耳をそばだてている。

パルフェは思う。

三人とソラになんらかのつながりがあることは確定的だ。そのつながりが何なのかが判明すれば、三人の図抜けた力量の秘密がわかるかもしれない。そしてそれは、長らくレベル【1】だったソラが短期間で急激に成長した理由と重なるはずだった。

黙って様子をうかがっているリデルも同様の思考を働かせており、二人の受付嬢はちらと視線を交わしてから小さくうなずきあった。

3

ギルドの使者二人が天幕から出て行った後、ゴズは眉間にしわを寄せて考えに沈んだ。

パルフェ、リデルと名乗った二人組が口にした情報は断片的なものが多く、ソラという冒険者が御剣《みつるぎ》空《そら》と同一人物であるという確信は得られなかった。

だが、両者にいくつもの共通点が見られるのは事実である。

無意識にトントンと刀の柄頭《つかがしら》を叩いている自分に気づいて、ゴズは短く苦笑する。

「ソラなる者が若《わか》――いや、空殿《そらどの》でないならそれでよい。だが、空殿であったなら……」

ゴズが空の正体を気にかけるのは、何も懐かしさに駆られてのことではなかった。

結論からいえば、ゴズは空が心装を会得したのではないかと推測したのである。

パルフェらが語った「ソラの武勲」と、ゴズが知っている「御剣空の実力」をイコールで結ぶためには「心装」という要素が不可欠なのだ。

もちろん、あくまで推測である。島を追放された空が五年の間に良き師を得て、幻想一刀流とは異なる流派で実力を開花させた可能性もある。

だが、十三歳の時点で竜牙兵に手も足も出なかった少年が、五年やそこらでスキュラやグリフォンの単独撃破が可能になるほど成長できるのかと問われれば、答えは否定にかたむく。空がなんらかのきっかけで心装を会得した、と考える方が妥当であるように思われた。

そして、もし空が独力で幻想一刀流の奥義に至ったのだとすれば――

「御館様《おやかたさま》も勘当《かんどう》を解くことに同意されるかもしれぬ……！」

御剣ラグナがいる以上、空が嫡子に返り咲くことは難しいだろう。だが、空の実力次第では決して不可能ではない。そう思うと、自然と心が浮き立った。

ただ、気がかりはある。島を追放された空が、今なお故郷に想いを残しているとはかぎらないという点だ。

空が鬼ヶ島に戻らないといえばどうなるか。

個人的な感情をいえば、空が島外で元気でやっているとわかっただけでも十分である。妹のセシルも喜ぶに違いない。

だが、御剣家の司馬《しば》としては、幻想一刀流の奥義に至った者を島外に放置しておくことはできなかった。

幻想一刀流は門外不出の武術。一度門下に加わった者が自儘《じまま》に島を出ることは許されない。門下を離れる者は生涯《しょうがい》幻想一刀流を使用せず、また幻想一刀流について口外しないことを誓わされる。

文書や口頭での表面的な誓いではない。拳《こぶし》を砕かれ、二度と武器を持てないようにされた上で、呪術をもって口を封じられるのだ。罪を犯して追放される者に対しても同じ措置がとられる。

これらの措置を恐れて無断で島を離れれば、即座に刺客が放たれて命を奪われる。

それが幻想一刀流の掟《おきて》であった。

五年前に島を追放された空がこの措置をまぬがれたのは、まだ正式に門下に加わっていなかったからである。

その空が心装を会得したと判明すれば、御剣家はどのように判断するか。

門下を離れた後で奥義に至ったのだから、それは幻想一刀流とは関わりのない空自身の力である――そんな主張は通らない。

初代剣聖が幻想一刀流を編み出してより三百年。心装の力は御剣家によって独占されてきた。心装の秘密が世に漏れれば、それだけで御剣家の影響力が損なわれる。

ゆえに、すべての心装使いは御剣家の管理下に置かれなければならない。

ゴズは御剣家の司馬として、空《そら》に決断を強いる立場にあった。帰郷に同意すればよし。拒むようであれば、無理やり引きずってでも島に連れ帰る。さもなくば、拳を砕いて二度と幻想一刀流を使えない身体にするのだ。

「……まったく。いっそ空殿の名前を聞かなかったことにしたいわい」

巨体に似合わない小声で、ゴズはぼそりとつぶやいた。

受付嬢たちの話を聞いたのがゴズ一人であれば、あるいはそうしたかもしれない。だが、あの場にはベルヒの姉弟がいた。今さら聞かなかったことにはできない。

となれば、事を後回しにするよりも、さっさとケリをつけてしまうべきだろう。心が乱れた状態で魔物と対峙《たいじ》すれば、思わぬ不覚をとることもありえるのだから。

考えをまとめたゴズが自分の考えを他の二人に告げたとき、真っ先に反応したのはクリムトだった。

白髪《しろかみ》の若者は噛みつくような口調で言い放つ。

「俺たちは坊主《じじんぼう》の無道を償うために戦っているんだろう？　それを決めた司馬が真っ先に戦場を離れるとはどういうことだ。朝令暮改《ちようれいぼかい》もはなはだしい」

「なに、離れるといっても一日二日と留守にするわけではない。勁《けい》を用いればイシュカとの往復は一刻（二時間）とかからぬ。夜の闇にまぎれれば人目につくこともあるまい」

「論旨《ろんし》をすりかえるな。自分の言動に責任を持てといってるんだ」

クリムトは目を吊りあげてゴズを睨《にら》む。

上席の相手に対して非礼であるが、クリムトにしてみれば、今のゴズは私情にひかれて勝手な行動をとろうとしているようにしか見えない。そんな相手に上席への礼儀を尽くす必要はないはずだった。

そう考えたクリムトは「司馬」という呼びかけを排して続ける。

「だいたい、あんたが留守にしている一刻の間に魔物が寄せてきたらどうする？　別に島外の魔物ごとき敵じゃないが、あんたが背負わなければならない責任を俺と姉さんになすりつけるな。そんなに空のやつに会いたいなら、魔獣どもをすべて片付けてから好きなだけ会いにいけばいいだろう」

それなら文句は言わない、とクリムトはせせら笑う。

クリムトもクライアもゴズの私的な家臣ではない。ゆえに、ゴズの私的な感情や行動に付き合う義務はない――言葉こそ乱暴だったが、クリムトの意見はきわめて正論だった。ゴズは苦笑しつつ、自分の発言を取り消そうと口をひらく。

だが、それより早く口をひらいた者がいた。クリムトの姉クライアである。

「それならば、司馬の分担分《ぶんたん》は私が引き受けましょう」

「は？　姉さん、何を言って……」

思わぬ姉の言葉にきょとんとするクリムト。

ゴズも意外に思い、右の眉をあげてクライアを見た。

「よいのか？」

「はい。クリムトは私的な行動と申しましたが、私はそうは思いません。あのギルドの方々が話したソラなる冒険者が、本当に私たちの知っている空殿《そら》だとしたら、慈仁坊《じじんぼう》殿の死にも関わっている可能性がございます」

「……む」

クライアの言葉にゴズはうなる。

空が心装を会得したかもしれないと考えたゴズだったが、そのことと慈仁坊の死を結びつけることはしなかった。御剣家の嫡子だった空が青林旗士《せいりんきし》を討つはずがない、と無意識のうちに考えていたからである。

だが、鬼ヶ島を追放されてから五年。空の人柄が変わっている可能性は否定できない。

それに、心装使いである慈仁坊が、素人というべきドラグノート公に討たれたという結果よりは、同じ心装使いである空に討たれたという結果の方が、ゴズたちとしても得心がいくというものである。

クライアはさらに続けた。

「これから冒険者ギルドの指揮下で動くのならば、一度はイシュカにおもむいてエルガートというギルドマスターと話す必要があるでしょう。向こうが一方的に命令を下すような関係にならないためにも、これは必要なことです。ただ、そのために私たち三人が同時に動けば防衛線に穴をあけてしまう。ゆえに、ここは司馬に代表として話をつけてきていただきたく存じます」

その際に空について調べる分には何の問題もない。クライアは言外にそう言っていた。

「そうよね、クリムト？」

にこりと微笑む姉のこめかみに、クリムトは複数の怒りマークを幻視する。

クライアは今しがたの上席《ゴズ》に対する弟の態度に看過できないものを感じたようだった。この姉は怒らせると怖いと知っているクリムトは、内心で怯《ひる》みながらうなずいた。

「……ま、まあ、それなら文句はないよ」

「他にも言わなければならない言葉があるでしょう？」

「…………申し訳ありません、司馬。言葉が過ぎました」

「私からもお詫びいたします。弟の無礼をお許しください」

そういって深々と頭を下げるクライアと、明らかにふてくされながらも姉にならうクリムト。

いつもどおりと言えばいつもどおりのベルヒの姉弟の姿に、ゴズは苦笑するしかなかった。

4

「顔をあげよ、二人とも。クリムトの言葉が間違っていたわけではなし、気にしておらぬ」

ゴズの言葉にクライアはほっとしたように頭をあげた。

「ありがとうございます、司馬。あ、それと、これはできればでいいのですが、空殿《そら》のことがわかりましたら、私にも教えていただけるとありがたいです」

「ほう？」

ゴズは驚いたように声を漏らす。

ゴズが知るかぎり、ベルヒの二人と空《そら》は格別親しい間柄ではなかった。そのクライアが空の行方を気にするそぶりを見せたことが意外だったのである。

これはゴズだけでなく、クリムトも同感だったようで、驚いたように目を見開いている。

「姉さんがどうして空のやつを気にかけるんだ？　そもそも、勘当されたあいつに殿《どの》なんてつけてやる必要はないッ」

「空殿が勘当されたのは事実です。けれど、それなら私たちが空殿と共に学んだのも事実でしょう？　それに、空殿は私たちの髪や目のことを一度だってからかわなかった。ベルヒの養子であることも、ね」

白髪紅眼――いわゆるアルビノである二人は、子供の頃から周囲の好奇の目にさらされてきた。成り上がりのベルヒ家の人間、しかも養子という立場もあいまって、からかわれ、いじめられることは日常茶飯事だったといってよい。

しかし、御剣の嫡子であった空は、そんな姉弟にわけへだてなく接してくれた。

今となっては記憶もおぼろだが、しつこくはやしたててくる悪ガキたちを追い払ってくれたこともあったように思う。あれはまだ五歳か六歳の頃だったろうか、とクライアは懐かしく想起する。

当時は御剣家に対する恐れと遠慮があり、また、ベルヒの家に認められるために勉学と修練に明け暮れていたこともあって、付き合いらしい付き合いはなかった。それは長じて同期生となってからも変わらなかったが、それでもクライアは空への感謝の念を忘れることはなかった。

その感謝は嫡子という地位ではなく、空という個人に向けられたもの。ゆえに空が追放された後もクライアの感情に変化は起きなかったのである。

「あなたも覚えがないわけではないでしょう？」

「……ふん、なんのことやらわからないね」

わざとらしくそっぽを向く弟を見て、クライアはくすりと微笑んでから言葉を続けた。

「それとね、私が空殿のことを知りたいのは、アヤカが気にしているのではないかと思ったからよ」

「アズライトが？」

姉の口から出た名前にクリムトは困惑する。

アヤカ・アズライト。クリムトにとっては姉や空と同じく同期の人間である。ついでにいえば、これまでただの一度も仕合《しあい》で勝てたことのない相手でもある。

どうしてここでアヤカの名前が出るのか、とクリムトはいぶかしんだ。

むろん、アヤカと空が許婚《いいなずけ》だったことは知っているが、空が追放された後、アヤカは新たに御剣家の嫡子となった御剣ラグナと婚約し、空との関係は途切れたはずだ。

クリムトは隊が異なるので詳しいことは知らないが、少なくともラグナとアヤカが不仲であると聞いたことはなかった。

「余計なお世話じゃないのか？　ラグナのやつに目をつけられかねないぞ」

「ラグナ殿はそこまで器の小さい人ではないでしょう。でも、そうね、たしかに余計なお世話になってしまうかも……」

弟の言葉をうけ、クライアはためらうように言葉尻をさまよわせる。

実際、クライアは迷っていた。

いわゆる黄金世代と呼ばれている者の中で女性は三人。この三人の仲は良好で、青林八旗《せいりんはっき》で他隊に分かれた後も付き合いは続いている。

そのため、クライアは弟よりもアヤカとラグナの仲に詳しい。

クライアが知るかぎり、二人の仲はうまくいっている。アヤカがラグナへの不満をこぼしたことは一度もない。空への未練を口にしたことも一度もない。もっといえば、クライアはこの五年の間、一度としてアヤカの口から空の名前が出るのを聞いたことがなかった。


――だからこそ、気になってしまう。


クライアの目から見たアヤカ・アズライトという友人は、行動的で気立てがよく、飾らない人柄で目上にも目下にも、そして同輩にも好かれている。

そんなアヤカが、追放された許婚をまったく気にかけないということがあるものだろうか。

クライアの記憶では、空が島にいるときはアヤカの方が積極的に空にくっついていた。それは才《さい》色兼備《しょくけんび》のアヤカと、未熟非才だった空の関係を「不釣合いだ」とそしる声に腹を立ててのこと。

つまりアヤカは、空に向けられた陰口に腹を立てるくらいには空を好いていたし、空と一緒にいるときは間違いなく楽しそうにしていた。

そんな二人の関係を内心で羨ましく思っていたクライアにとって、空が追放された後のアヤカの態度はひどく不自然なものに映《うつ》るのである。

これまでは気にしても仕方ないことだった。現当主の性格からいって空の勘当が解かれることはありえない。島を出た空と連絡をとる方法はなく、そもそも無事であるという保証もない。

だからクライアは、アヤカと顔を合わせても空のことを話題に出さなかった。

だが今、思わぬ形で空の消息がつかめそうである。これはアヤカに伝えてあげた方がいいのではないか、と考えたのは自然なことだった。勘当が解かれる可能性が出てきたのであれば、なおのこと。

……ただ、そう思う一方で、たしかに弟のいうとおり、自分のしていることは余計なお世話かもしれないとも感じている。

クライアとしても何が最善であるかが測りにくい状況だった。

無意識のうちに長い白髪《しろかみ》を指で梳《す》きながら、クライアは一語一語を確かめるようにゆっくりと言葉を紡《つむ》いだ。

「アヤカに伝えるか否かはさておき、私が空殿のことを知っておく分には何の問題もないでしょう、クリムト。それに司馬。翼獣《ワイバーン》という移動手段を持っている空殿は、魔獣暴走《スタンピード》の難を避けるために明日にでも他国へ去ってしまうかもしれません。それを考えれば、司馬が会いに行かれるのは、早ければ早いほど良いと存じます」

そんな風に話し合った翌日のこと、三人の姿はイシュカに向かう馬車の中にあった。

これはゴズのみがイシュカに行くという話を聞いたリデルが「三人ごいっしょに」と提案した結果である。

防衛線に穴があいてしまうのでは、と危惧するクライアに対し、リデルは次のような理由をあげて心配する必要がないことを説明した。

もともと、イシュカ政庁ならびに冒険者ギルドは、今日まで魔獣暴走《スタンピード》の最前線で奮闘してきた者たちに段階的に休養を与える予定だった。

ただでさえ不自由な天幕暮らし、しかもいつ魔物が押し寄せてくるかわからない状況下では、身体を横にしても疲労が抜けきらない。そして、疲労が積み重なれば、いかな歴戦の戦士でも不覚をとってしまう。その事態を避けるための措置である。

本来であれば、魔獣暴走《スタンピード》の最中に前線から戦力を抽出《ちゅうしゅつ》するなど自殺行為であるが、磐石の防衛態勢を築き上げた今のイシュカにはそれを可能にするだけの余力があった。

それを聞いたクライアは、それならばと納得する。

ゴズは「昨日のうちに言っておいてくれればよかったものを」と冗談まじりにぼやいた。

クリムトにしても、弱い魔物の相手をしなくていいと言われて拒否する理由はない。結果、三人はそろってイシュカを訪れることになったわけである。

イシュカの城門を通る際、ゴズは城外の一角を指差して案内役の二人に訊《たず》ねた。

「あの建物は厩舎《きゅうしゃ》だろうか？　見たところ、ずいぶんと大きなものもあるが」

「ああ、あれは従魔用の厩舎ですよ。今は魔獣暴走《スタンピード》に備えて別の場所に移動してます。ソラさんの藍色翼獣《インディゴワイバーン》も先日まではあそこにいたんですよ」

軽やかな声でパルフェが応じる。

ゴズの目に興味の色が浮かんだので、パルフェはにこりと微笑みながら先を続けた。

「今は政庁の許可を得て、自宅の庭を厩舎がわりに利用しているそうです。竜は住民に人気があって、見物客が絶えないって聞きました」

「魔物の大群が押し寄せている最中にか？　イシュカの町人はたくましいのだな」

「それだけ冒険者や、ギルドに対する信頼が厚いってことです」

えっへんと胸を張ったパルフェは、何かに気づいたようにぱちんと手を叩く。

「そうだ。ギルドに向かう前にソラさんの家に寄っていきましょうか？　今、ソラさんは南方の偵察に出ていますので、おそらく不在だとは思いますけど、もしかしたらお帰りになっているかもしれません」

「それは是非に頼みたいところだが……今、南方の偵察といったか？　北だけでなく、南でも魔物は発生しているのか？」

「それについてはマスターから話があるはずです。申し訳ないんですが、私の口からはちょっと申し上げられません」

パルフェが知るかぎり、ソラはケール河流域で発生した新毒の対処に奔走している。そして、新たに発生したこの新毒について、イシュカ上層部はいまだ住民に公表していない。ギルドの一職員が口外できることではないのである。

パルフェの言葉を聞いたゴズは怪訝そうな顔をしたが、ギルドマスターから話があるというのであれば、ここで強いて受付嬢の口を割る必要はない。

隣で苛立ちをあらわにしているクリムトを軽く制してから鷹揚《おうよう》にうなずいた。

「そういうことであれば、エルガート卿であったか、その御仁に直接うかがおう。ともあれ、すまぬがギルドに向かう前に空殿の住まいに案内してもらいたい」

「はい、かしこまりました。というわけで先輩、よろしくです！」

手綱を握っていたリデルは、パルフェの言葉に肩をすくめて「了解」と応じた。

エルガートに先んじて、三人をソラのもとへ案内することに異論がないわけではない。だが、ゴズたちの態度を見れば、ギルドよりもソラを重んじていることは明白である。

ここでリデルが「いやここはまずギルドに」と主張しても、三人の心証を害するだけだろう。

ここは後輩の思惑に沿った方が得策だ――そう判断した自分を、リデルはすぐに悔いることになる。

しかし、このときのリデルは、未来の自分があげる警告の声に気づくことなく、馬首をソラの邸宅へと向けてしまう。やがてソラの邸宅が見えてきたとき、パルフェががっかりした声をあげた。

翼獣《ワイバーン》目当ての見物人がいなかったからである。

「あらら、ソラさん、戻ってないみたいですね」

「そうみたいね。でも、留守というわけでもないみたい」

リデルがそう言ったのは、邸宅前を掃除している獣人の少女に気づいたからである。わずかに遅れて、遠目にも鮮やかな金髪のエルフが門から出てくる。

二人の姿を見たゴズが興味深そうに口をひらいた。

「ふむ、猫種の獣人に……あのエルフがまとっているのは賢者《セージ》のローブだな。あの者らは空殿《そら》の従者なのか？」

「……そうですね。従者といってよいかと思います」

「なかなかに個性的な者たちだな。そう思わぬか、クリムト？」

「ふん、ただの従者ってわけでもないだろう。妙齢の女ばかり。色《いろ》目当てでかき集めたのがみえみえだ」

五年前、みじめに故郷を追放された人間が、今では力にあかせて女をはべらせている。

は、とクリムトは嘲笑した。

「ずいぶん出世したじゃないか、空のやつ。姉さん、アズライトに教えてやれよ。あいつに未練があったとしても、これを聞けば綺麗さっぱりぬぐい取れるだろうさ」

「クリムト、決めつけはよくないですよ」

「じゃあ、あいつらに直接確かめればいい。おい、はやく――」

手綱を握るリデルに何事か命じようとしたクリムトが、不意に口をつぐんだ。

何事かと後ろを振り返ったリデルが目にしたのは、紅色の双眸《そうぼう》を限界までひらいたクリムトの姿だった。

クリムトだけではない。ゴズも、クライアも同様の表情をしている。

異様ともいえる三人の姿を見て、リデルの背に悪寒が走る。嫌な予感に駆られて三人の視線を追ったリデルが目にしたのは、獣人のシールとエルフのルナマリア。

そしてもうひとり。

今まさに門から出てきたスズメ――鬼人の少女の姿だった。

5

悲鳴にも似た精霊の警告。

ルナマリアがとっさに反応できたのは、ほとんど奇跡の領域だった。

突風のごとく迫り来る白色の影に向けて、護身用に帯びていた金剛石《アダマント》の短剣を突き出す。短剣が白い影を切り裂こうとした刹那《せつな》、ルナマリアの手に信じがたいほどの圧力が加わった。

下から上へ、身体ごと浮き上がってしまいそうな強い衝撃。

次の瞬間、澄んだ音をたてて短剣が宙を舞った。

一瞬で武器を失ったルナマリアだったが、稼ぎ出したわずかな時間で影の正体を見極める。

賢者の碧眼《へきがん》が捉えたのは、灰色に近い白髪《しろかみ》と血のように赤い瞳を持つ青年の姿。

手に持っているのは主人《ソラ》と同じ東方剣《かたな》。今しがたルナマリアの短剣を弾き飛ばしたのもこの武器である。

青年の紅眼がギロリとルナマリアを睨《ね》めつける。それだけで喉《のど》が干上がるほどの重圧《プレッシャー》にさらされたルナマリアは、かすれ声で後ろにいるシールとスズメに呼びかけた。

「二人とも、逃げて！」

相手の狙いは自分ではない、とルナマリアは瞬時に判断していた。もし向こうの狙いがルナマリアであったなら、今の一撃をしのぐことはできなかっただろう。襲撃者はそれほどに容易ならざる実力の持ち主だった。

ルナマリアの警告を受けた二人の行動は対照的だった。

スズメは何が起きているのか分からず、両の目を見開いて立ちすくんでいる。そんなスズメの手

をとり、素早く邸内に駆け戻ったのはシールだった。耳も尻尾も、中に針金でも入っているのかと思うほどピンと伸びきっている。その変化をもたらしたのが極度の緊張であることは明らかで、シールもまた短い時間で襲撃者の力量を悟ったに違いなかった。

「『土の精霊《ノーム》、我が友。この男の足を絡めとって』」

短剣を失い、素手になったルナマリアは精霊魔法を行使する。

すると、路地に敷かれた石畳を突き破り、植物の根とおぼしき触手状の物体が白髪の青年の足に絡みついた。

――ミロスラフが扱う地水火風の攻撃魔法と異なり、精霊魔法には定まった詠唱や効果は存在しない。術者が精霊に願い、精霊がそれに応《こた》えるという手順があるだけである。

状況に応じて呪文の効果を変更できるという意味で、精霊魔法は攻撃魔法よりもはるかに汎用性《はんようせい》に富んでいる。

だが、当然のようにデメリットも存在した。効果が不安定なのである。

精霊は気まぐれであり、効果を細かく定めれば定めるほど成功率は低くなる。術者の力量次第では願いを無視されることもあった。最悪の場合、機嫌を損ねて術者を攻撃してくることさえある。

確実性が求められる冒険者に精霊使いが少ない所以《ゆえん》だった。

その点、エルフであるルナマリアは精霊との親和性が高く、またルナマリア個人の実力もあいまって、精霊魔法の成功率は他の精霊使いよりも抜きん出て高い。このときも土の精霊《ノーム》はルナマリアの願いに応《こた》え、素早く、力強く、相手の足をからめとった。

だが。

「小賢《こざか》しい！」

白い襲撃者の口から苛立たしげな言葉が発されるや、相手の魔力が爆発的に膨れ上がり、己を縛《いまし》めようとする触手を吹き飛ばした。

襲撃者――クリムトは高めた勁《けい》を衝撃波として周囲に放ったのである。その衝撃は土の精霊《ノーム》だけでなく、術者であるルナマリアをも襲った。

巨大な槌《ハンマー》で殴打されたような衝撃が全身に走る。気がついたとき、ルナマリアの細い身体は木の葉のように宙を舞っていた。

「……っ！」

とっさに空中で体勢を立て直し、足から地面に着地できたのは身軽なエルフならではだったろう。

だが、立ち上がったルナマリアの顔は焦燥にまみれていた。

襲撃者の足をからめとっていた土の精霊《ノーム》はすでにどこにも見えない。それも当然で、敵の身体を取り巻く魔力の奔流は灼熱の炎に等しく、こんな火炎魔人を下位の精霊が縛《いまし》めておけるわけがない。

上位精霊であればあるいは、とも思うが、上位の精霊を呼ぶには相応の魔力と集中を必要とする。

前衛もなしにそんなことをすれば、どうぞ斬ってくださいといっているようなものだった。

――そもそも上位精霊なら止められるという保証もありませんが……

ルナマリアは内心でうめく。

今の短い攻防だけでわかる。彼我《ひが》の力量差は絶望的な域に達している。この敵はとうていルナマリアが手向かいできる相手ではない。

今のルナマリアは蛇に睨《にら》まれたカエルに等しく、この場でへたり込んでいないだけで健闘しているといえた。

このとき、ルナマリアが醜態をさらさずに済んだのは、ひとえにソラのおかげである。内に竜を宿すソラに比べれば、眼前の襲撃者が与えてくる重圧は多少軽い。その事実がルナマリアにほんの少しだけ余裕を与えていた。

と、ここでクリムトが口をひらく。

「ふん、今ので腰を抜かさなかったことは褒めてやろう」

荒い息を吐くエルフを見据えて、クリムトは唇を曲げる。

「その意気に免じて一度だけ忠告してやる。今すぐ失《う》せろ。俺の狙いは鬼人であってエルフじゃない」

「……鬼人に恨みがあるようですが、その恨みは武器を持たない者に斬りかかる理由になるのですか?」

「愚問だな。そんな問いが出ること自体、大陸の人間が平和ボケしている証拠だ。まあいい。忠告を聞くつもりがないのなら、ここで死ね」

そう言ってクリムトは持っている刀を高々と振りかざした。刀身が陽光を反射して、射るような輝きを発する。

ルナマリアは歯を食いしばって下肢に力を込めた。取りつく島もないクリムトの態度を見れば、これ以上の問答が無益であることは明白である。

剣も弓もなく、精霊魔法も通じない今、ルナマリアの勝ち目はないが、せめてシールとスズメが逃げる時間を稼がなくては。

その一念でルナマリアがクリムトに挑もうとした、そのとき。

「ま、待って！　待ってください！」

動転したリデルの声が二人の間に割って入る。

三つ編みの受付嬢は突然のクリムトの乱行に呆然としていたが、ルナマリアの抵抗によって生じた時間で我に返り、制止の声を張りあげた。

「都市内における私闘は厳《げん》に禁じられています！　ただちに武器を納《おさ》めてください！」

「――それは聞けぬ」

応《いら》えはすぐにあった。

リデルの表情が凍りついたのは、その声が前方《クリムト》からではなく後方《ゴズ》から聞こえてきたからである。

ここまでのやり取りから三人の性格、関係をおおよそ把握していたつもりのリデルは、ゴズとクライアの二人は制止にまわってくれると考えていた。

だが、続くゴズの言葉を聞き、己の観測が甘かったことをいやおうなしに悟らされる。

「滅鬼封神《めっきほうしん》は我らにとって鉄の掟。鬼人を前に武器を納める法には従えん」

「ゴズ殿！　あの子はソラさんの保護下にあります！　これはイシュカ政庁が――いえ、カナリア王国が認めたこと！　危害を加えれば罪は免《まぬが》れません！」

「いたしかたなし。鬼人を放置する害に比べれば、我らが咎人《とがびと》になるなぞ何ほどのことでもない」

動じる風もなく言い放つゴズを見れば、説得が困難なことは火を見るより明らかだった。それどころか、これ以上制止の言葉を続ければリデルが斬られかねない。今のゴズはそれほどの戦意をほとばしらせている。

それが勁《けい》と呼ばれる力の奔流であることをリデルは知らない。だが、知らずとも、底知れぬ相手の実力は理解できた。巨人《サイクロプス》のごとき迫力にさらされ、荒事に慣れたギルドの受付嬢が身体をすくませる。パルフェもまた青い顔で肩を震わせていた。

溺れた者が藁《わら》にすがるように、リデルは一縷《いちる》の望みを託してクライアの姿を探すが、白髪《しろかみ》の女性剣士はいつの間にか馬車から姿を消していた。

いったい彼女はどこに消えたのか。

ただでさえ青かった顔をさらに蒼白にして、リデルはソラ邸の塀を振り仰ぐ。

すると、それを待っていたかのように、塀の向こうからシールのものとおぼしき悲鳴が聞こえてきた。塀を飛び越えて敷地内に踏み込んだクライアが、邸内に逃げ込もうとしたシールとスズメを攻撃したのだ、とリデルは悟る。

魔獣暴走《スタンピード》の魔物をたやすく蹴散らすクライアの力量をもってすれば、冒険者になりたてのシールを斬るなど造作もあるまい。ましてやスズメなど。

すぐにも聞こえてくるであろう断末魔の叫びを思って、リデルはきつく目をつぶった。

6

獣人《シール》の少女によって初撃を防がれたとき、クライア・ベルヒは思わず目をみはった。

右目には、まさか防がれるとは、という驚きが。そして左目には、どうやって防いだのか、という疑問が浮かび上がっている。

全身に勁《けい》をまとわせて塀を飛び越えたクライアは、邸内に駆け込もうとする二人の背後に肉薄して横一文字に刀を振るった。

鬼人《スズメ》の少女の首を一刀ではねるための一撃。苦痛なく殺すことがクライアのせめてもの慈悲だった。

この攻撃は決して全力というわけではなかったが、それでも、そこらの冒険者が割って入れる余地はなかったはず。

事実、寸前までシールはクライアの攻撃に、いや、接近にさえ気づいていなかった。

それが何の前触れもなくスズメをかばって刀身の前に身を投げ出したものだから、クライアの反応も遅れた。野生の動物じみた勘の良さ。

とっさに刀を引いたとき、すでに刀身はシールの背中を深々と切り裂いており、苦痛にまみれた悲鳴が耳朶《じだ》を打つ。

しまった、とクライアは臍《ほぞ》を噛んだ。鬼人以外の者を傷つけるつもりはなかったのだ。

斬られたシールは二、三歩よろけたが、倒れることなく体勢をかえてクライアと対峙する。激しい苦痛にさらされているはずなのに、此方《こなた》を睨《にら》む目に翳《かげ》りはない。そこにあるのは怒りと、戦意と、仲間を守るという強い意志。

その視線を浴びせられたクライアは、とっさに後退という選択肢を選んでいた。

きっちり二歩だけ後ろにさがったクライアの前で、ようやく事態を把握したスズメが短い悲鳴をあげる。

「ひ!? シールさん、怪我を！」

「スズメちゃん、早く家の中に……！」

傷が痛むのだろう、シールの声は低くかすれていた。それでも背でスズメをかばうことはやめない。その手にはいつの間にか小型の鉈《なた》が握られていた。

クライアの攻撃の手が止まったこともあり、このとき、スズメは逃げようと思えば屋敷の中に逃げ込めただろう。

だが、スズメは動かなかった。動けなかった。目の前で背中から血を流しているシールを置いて、ためらいなく逃げ出せるほどスズメの心は強くない。

クライアはそんな二人のやり取りを聞いて、かすかに眉根を寄せる。己を睨《にら》む獣人の少女と、その後ろで、今にも泣き出しそうな顔をしながらこの場に留まっている鬼人の少女。

クライアには二人の内心が手に取るようにわかった。

命をかけて仲間を守ろうとしているシールの献身も、そんな仲間を置いて逃げることをためらっているスズメの葛藤も、クライアの目には尊く映《うつ》る。もし己が第三者としてこの場にいれば、喜んで助太刀しただろう。

だが今、敵として二人を追い詰めているのはクライア自身なのである。その事実がひたすら苦い。


——それでも、ここで退くわけにはいかなかった。


クライアの脳裏に、かつて郷里で見た光景が思い浮かぶ。

血の色を思わせる赤い空、絶えず雷光を走らせる灰の雲、そして草一本生えていない砂礫《されき》の大地。

自然の恵みはおろか命の気配さえないそれは、鬼門内部の光景だった。

封印された鬼神の力は強大で、鬼門から漏れ出した鬼気は鬼ヶ島の生態系さえ侵してしまう。その力が鬼門内部において、より強力になるのは自明の理。

クライアが目にしたのは鬼神によって歪《ゆが》められ、滅びゆく世界だった。

鬼神が解放されれば、鬼ヶ島も大陸も、あの命なき荒野になりはてる。草は枯れ、水は腐り、虫や動物は鬼気にあてられて魔物と化す。

無慮無数《むりよむすう》の魔物が闊歩《かっぽ》する中、残された食糧と安全な土地をめぐって人間同士が殺しあう世界。

これを地獄という。

青林旗士《せいりんきし》はこの世界を地獄にかえないために戦っている。そして、青林旗士《せいりんきし》が鬼人族を目の仇にするのは、まさにこのためだった。


――鬼人とは、鬼神を同源存在《アニマ》とする一族である。


クライアも、クリムトも、むろんゴズも。一度でも鬼門をくぐったことのある青林旗士《せいりんきし》は、御剣家の当主からその事実を伝えられる。

知らされるのはそれだけではない。

同源存在《アニマ》を統御することで絶大な力を発揮する幻想一刀流。これを編み出した初代剣聖は、鬼人族からこの秘術を学んだのである。これも鬼門をくぐった者にのみ伝えられる秘事だった。

鬼人の力の源《みなもと》たる角《つの》は根源レベルで鬼神とつながっており、鬼気を発し続けている。言葉をかえれば、鬼神は鬼人族の角《つの》を通じて、絶えず世界に干渉している。

個人の資質、性格は関係ない。仮に鬼神を奉じない鬼人がいたとしても関係ない。鬼人族は、ただ在《あ》るだけで世界を歪めてしまう一族なのである。

それだけではない。

鬼門に封じられた鬼神は、絶えずこの世に現界《げんかい》しようと企てている。そして、鬼神が現界するために必要な依代《よりしろ》こそ、角《つの》によって鬼神と結びついた鬼人族なのだ。

鬼門を破る必要などない。鬼人族が生きているかぎり、鬼神はこの世界に現界できる。できてしまう。

これこそ三百年の昔、人と鬼人の対立を決定的にした真実だった。

「退《の》きなさい。これ以上邪魔をするなら容赦しません。あなたも鬼人の輩《ともがら》と見なします」

刀の切っ先を突きつけられたシールは、射るような眼差しでクライアを睨《にら》み返す。

シールには退くつもりなど微塵《みじん》もなかった。相手の狙いがスズメであると分かればなおのことだ。眼前の相手に対して勝ち目がないことはわかっていたが、不思議と怖いとは思わなかった。そんな余計なことを考えている暇がなかった、ともいえる。

シールの鋭い聴覚は、相手の言葉からためらいが消えたことを感じ取っていた。次は容赦しないとの言葉は文字どおりのもの。致命傷になりえた一刀を押しとどめた甘さはもう期待できないだろう。

シールは全身の毛という毛を逆立てて相手の動きを注視する。

――視界の中で、刀身がかすかに揺れた。

来る、と判断したシールが飛びのこうとした瞬間、背中の傷がずきりと痛んだ。

動きが止まったのはほんの一瞬のことだったが、クライアにとってその隙を突くことは赤子の手をひねるよりたやすい。

跳ねるように緋袴《ひばかま》がひるがえり、槍のような中段蹴りがシールの鳩尾《みぞおち》に突き刺さる。

シールの口から、かは、と呼気の塊《かたまり》が吐き出された。身体は鞠《まり》のように宙を飛び、そのまま地面に叩きつけられる。それでも勢いは止まらず、シールは跳ねるように地面を転がった。

……回転が止まった後もシールが立ち上がることはなかった。立ち上がろうともがいても、身体がいうことをきかない。呼吸すらままならぬ苦痛に、たまらずシールはのたうった。

そんなシールに駆け寄ろうとしたスズメだったが、その動きは鈍色《にびいろ》に輝く刀身によって阻《はば》まれる。

その瞬間、スズメの薄紅色の瞳が業火のように燃え上がった。

「あなたはァ！」

突き出された小さな手に生じた火炎は、たちまち子供の頭ほどの大きさに膨れ上がった。

詠唱を要さぬ単純な魔力変換。ルナマリアとミロスラフから教わった魔法訓練のひとつ。

スズメはそれを至近距離でクライアに叩きつけようとした。もし、クライアがこれに当たっていれば、小さくないダメージを受けたことだろう。そして、爆発の余波は術者であるスズメを巻き込んで重い傷を与えていたに違いない。

平静を失ったスズメの魔力にはそれだけの威力が込められていた。

ただ、むろんというべきか、クライアはこれを完全に見切っていた。スズメの目からは消えたとしか思えぬ速さで側面に回り込み、刀を振りかぶる。

――やはり鬼人は恐るべし。この若さで、これほどの魔力を操りますか。

クライアはそんなことを考えながら柄を握る手に力を込める。先ほどと同じく、せめて苦痛を与えないよう一刀で首をはねようとした。

だが、その攻撃はまたしても他者の手で阻《はば》まれる。

「『羽ばたけ、見えざる猛禽《もうきん》よ――透鷹《すいよう》！』」

突如、邸内から放たれた風の魔法。詠唱の速さといい、緻密さといい、ただ魔力を捏《こ》ねただけのスズメとは比べるべくもない。

「ッ！　まだ仲間がいましたか」

つぶやき、クライアは素早く地面を蹴ってその場から飛びすさる。常人ならば間違いなく魔法に直撃されていたタイミングだったが、勁《けい》で全身の能力を高めているクライアにとっては難しい回避ではなかった。

クライアの視界に、邸内から姿をあらわした赤毛の魔術師の姿が映る。

魔術師はクライアがスズメから離れたところを見計らって矢継ぎ早に魔法を撃ってきた。詠唱破棄によるつるべ打ち。しかし、ひとつひとつの威力はしっかりと詠唱した魔法のそれである。

「……魔法石、ですね」

一瞬で相手のカラクリを見破ったクライアは、眉根を寄せて考え込む。

鬼人でない者を斬るわけにはいかぬ。かといって、このまま向こうの魔力ないし魔法石が尽きるまで粘るわけにもいかない。クライアの視線の先では、魔術師の指示を受けた鬼人が獣人の少女に肩を貸して邸内に消えつつある。

このままでは鬼人に逃げられてしまう。それに、轟音を響かせる魔法の連続行使によって騒ぎが広まってしまうのも望ましくなかった。

ここは勁《けい》の力で強引に魔法の雨をかいくぐり、一気に魔術師を制してしまうべきだ。クライアはそう判断し、実行に移す。

――それこそが魔術師の狙いだったのだ、と悟ったのは次の魔法が発動したときだった。

クライアを懐《ふところ》深く誘い込んだ赤毛の魔術師《ミロスラフ》はにこりと微笑むと、

「『魔力解放《ディスチャージ》』」

ただ一言で魔法を発動させる。

次の瞬間、クライアの視界すべてが白に染まった。

7

それは白い炎だった。

ミロスラフの身体から発生した白炎は瞬時にふくれあがってクライアを包み込むと、一瞬で勁《けい》の防壁《シールド》を溶かした。

勁《けい》とはすなわち、その者の身体から湧き出る魔力である。

魔力は魔力によって相殺《そうさい》されるもの。心装を会得した青林旗士《せいりんきし》が勁《けい》を高めたとき、島外の魔術師がこれを打ち破るのはきわめて難しい。

だが、ミロスラフが生み出した白炎は、黄金世代の一員であるクライアの勁《けい》を確かに打ち破っていた。

「くっ!?」

閃光に目を焼かれ、高熱に肌を灼《や》かれながら、クライアはとっさに後方に飛びすさる。

だが、身体を包む灼熱は寸毫《すんごう》も衰えない。一歩の後退では白炎の効果範囲から逃れることができなかったのだ。

クライアはさらに一歩、二歩と下がり、その数が五を数えたとき、ようやく魔法の影響下から抜

け出すことができた。

ほぼ同時に魔法の持続時間が終わり、白炎が霧散していく。

クライアは眼前の術者にかすれ声で語りかけた。

「……正気ですか、あなたは」

そう口にするクライアの姿はひどい有様だった。

雪のように白かった髪は火にあぶられて黒い斑《まだら》模様を描き、火傷を負った肌は痛々しくはれあがっている。

クライアが着ている矢絣《やがすり》の着物や緋袴《ひばかま》もぶすぶすと燻《くすぶ》り、焦げた臭いを漂わせていた。

「意図的に魔力を暴発させるなど……それは自殺と何が違うのです？」

ミロスラフがやったのは、身のうちに蓄えた魔力を外に放出する技術。

これ自体はめずらしくも何ともない。先刻、クリムトがルナマリアの使役する土の精霊を消し飛ばしたのがまさにこれに当たる。

だが、クリムトはきちんと威力を加減した。自身が傷つかないように、その後の戦闘に支障が出ないように。土の精霊の束縛を振り払うという目的のために、最小限の魔力を放出したに過ぎない。

ひるがえって、ミロスラフのそれは加減を一切考慮していなかった。反動で自分が傷ついてもかまわない。発動後に戦闘不能になってもかまわない。魔法石さえ利用した意図的な魔力の暴走。

『魔力解放《ディスチャージ》』ならぬ『魔力暴発《オーバーロード》』――それはクライア言うところの自殺と同義であった。

「……そこまでしなければ、ならない相手だと……思ったまで、ですわ……」

途切れ途切れに応じるミロスラフの姿は、クライアとは比べ物にならないくらいひどい有様だった。

着ていた衣服は見るかげもなく焼け落ち、皮膚を食い破った火傷の痕《あと》は赤色を通り越して白色に変じている。重度の症状だ。

自慢の赤髪も半分以上が焼け落ちて、かろうじて残った部分も墨のように黒ずんでいる。

発動前の赤毛の魔術師《ミロスラフ》の面影はどこにもなかった。

自身の魔力のみならず、魔法石のそれもあわせて暴走させたのだから、こうなるのは当然といえば当然のこと。今の一撃は自分の命さえかえりみないミロスラフの最後の切り札だった。


——そこまでしても、クライアに軽度の火傷を負わせることしかできなかった。


ミロスラフの身体がくずおれるように地面に倒れる。

顔を泥土で汚しながら、ミロスラフは自身の不甲斐なさに歯噛《はが》みした。

懸命に戦い、わずかばかりの時間を稼いだことは事実だが、シールとスズメが逃げ切るには足りない。敵はすぐにもミロスラフの首をはね、その足で邸内に入って二人の首をはねるだろう。

留守を預けられたにもかかわらず、このていたらく。与えられた解毒薬改良の任もまだ果たしていないというのに。

「申し訳、ありません……盟主《マスター》……」

贖罪《しょくざい》も献身も果たせぬまま死んでしまうことを、この場にいない主に詫びる。

そんなミロスラフを前にしてクライアが何事か話しかけようとした、そのときだった。

「――姉さん！」

声まで蒼白にして、クリムトが邸内に駆け込んできた。姉のものとは異なる魔力の爆発に嫌な予感をおぼえたのだろう。

そして、その場の光景を見たクリムトは一瞬で状況を理解した。

「きさまァ！　姉さんを傷つけたな!!」

ぼろぼろになって地面に倒れ伏すミロスラフを見て、クリムトは激怒する。そして、その怒りを行動に直結させた。

「心装励起《しんそうれいき》！」

放っておいてもミロスラフは死ぬに違いない――そんなことはわかっている。

姉の怪我は軽度の火傷、放っておいても数日で治る――そんなことはわかっている。

だが。

手を下す必要がなくとも。取るに足らないかすり傷であろうとも。

姉を傷つけた奴は己の手で殺す。人間であれ、魔物であれ。

それがクリムト・ベルヒの誓いだった。

手の中に顕現した深紅の長刀を高々とかざしたクリムトは、必殺の意思を込めて高らかに叫んだ。

「焼き払え、倶利伽羅《くりから》！」

その瞬間、イシュカの街中から天を衝《つ》く焔《ほむら》が立ち昇った。


「やめなさい、クリムト！」

弟が心装を顕現させた段階でクライアは制止の声をあげていた。

だが、その声は姉を傷つけられて激昂した弟の耳には届かない。そうと察したクライアはまっすぐに右手を伸ばす。

クリムトの心装は炎の神剣。ひとたび振り下ろせば、魔術師《ミロスラフ》はもちろん、邸内に逃げ込んだ獣人《シール》と鬼人《スズメ》も焼き尽くすことができる。

それだけではない。屋敷も、壁向こうに立ち並ぶ家々も、その住人も、すべてまとめて焼却し、ついにはイシュカの城壁さえ断ち割ってしまうだろう。

いかに鬼人を討つためとはいえ、そこまでの被害を出すわけにはいかなかった。

「心装励起《しんそうれいき》！」

クライアの手中に心装が顕現する。

クリムトの心装が深紅の長刀だとすれば、クライアのそれは翡翠《ひすい》の長刀。

緑柱石《エメラルド》を思わせる澄んだ色合いの刀を握り締め、クライアは抜刀のための文言を口にしようとする。

だが、そんなクライアよりも早く動いた者がいた。

ガシリ、と。

今にも心装を振り下ろそうとしていたクリムトの手首を摑《つか》んだのは、熊と見まがう武骨な手――ゴズ・シーマの手だった。

「離せ、司馬《しば》！」

邪魔をされたクリムトが血走った目で上役を睨《にら》みつける。気の小さな者なら、その眼光だけで気死したかもしれない。

だが、ゴズは眉ひとつ動かさずにクリムトの怒気を受け止めた。

「落ち着け、クリムト」

「俺は落ち着いている！」

「姉を見よ」

「……なに？」

ゴズの言葉を聞いたクリムトは慌てたように姉を見やる。そして、そこに心装を構《かま》えている姉の姿を見出《みいだ》して唇を歪めた。

姉がどうして心装を顕現させたのか、察したのだ。

「……………すまない、司馬。今度こそ落ち着いた」

「うむ」

やや声を低くしたクリムトの応《いら》えを聞き、ゴズはつかんでいた手首を離す。

手首に指の形をした痣《あざ》をつけられたクリムトは、馬鹿力め、と内心で吐き捨てた。声に出して言わなかったのは己の非を理解していたからである。

掟にしたがって鬼人を討つ、これは何の問題もない。鬼人をかばった人間を討つ、これにも問題はない。だが、その最中に姉を傷つけられて逆上し、必要もないのに心装を振るって、鬼人と関わりない他国の民を虐殺したとなれば、これは問題だった。

主家である御剣家も、実家であるベルヒ家も、青林旗士《せいりんきし》としてのクリムトの適正に疑問符をつけるに違いない。

ゴズはそんな未来を未然に摘んでくれたのである。

弟と同じことを考えたクライアがすっと進み出て、ゴズに向かって頭《こうべ》を垂れた。

「司馬、お礼を申し上げます」

「礼を言われるようなことはしておらぬ。それより二人とも、心装を構えよ」

「は、ただちに――――はい？」

心装を納《おさ》めようとしたクライアは、思わず間の抜けた声をあげて目を瞬《またた》かせた。

今、ゴズは心装を構《かま》えよ、といった。納《おさ》めよ、ではなく。

クリムトも意外に思ったのか、怪訝そうな顔をしている。

命令を聞き違えたか、と考えたクライアは戸惑いがちに確認をとった。

「……司馬、心装を構えよとおっしゃいましたか？」

「そう言った」

応じるゴズの目はクライアを見ていない。クリムトも見ていない。かといって、倒れた魔術師を見ているわけでもない。

剛強な武人は、じっと南の空を見据えていた。

そして。


「――――来るぞ」


短く告げた。

すると、まるでその言葉が引き金になったかのように、イシュカの空に高らかな咆哮《ほうこう》が轟いた。

ベルヒの姉弟が弾かれたように南の空を見やる。その視界に映るのは南から猛烈な勢いで接近してくる翼獣《ワイバーン》の姿。

その鱗は鮮やかな藍色《あいいろ》をしていた。

第三章　激闘

1

藍色翼獣《インディゴワイバーン》が大きく翼をはためかせてイシュカの上空を通過していく。

その瞬間、クライアの視界で日が翳《かげ》った。

翼獣《ワイバーン》の飛行速度は速く、陽射しが遮《さえぎ》られたのは一瞬のこと。そして、その一瞬の間にクライアは翼獣《ワイバーン》の背から飛び降りる人影を認めた。

翼獣《ワイバーン》が飛行していたのは高大なイシュカの城壁のさらに上、見張りの尖塔よりも高い位置だ。そんな場所から飛び降りて無事ですむはずがない。

例外となるのは、勁《けい》を操る青林旗士《せいりんきし》くらいだろう。

クライアならば苦もなく着地できる。クリムトであっても、ゴズであっても同様だ。

そして、空から落ちてきた人影もまた、クライアたちと同じく例外の側に属する者であった。

——着地の音はひどく軽かった。武具を身に着けた人間がはるか上空から落ちてきたというのに、タン、と小さな音が響いただけ。それは眼前の人物が高いレベルで勁《けい》を使いこなしていることを意味している。

クライアたち三人と、倒れた魔術師《ミロスラフ》のちょうど中間に降り立った青年の髪の色は黒く、瞳の色もまた黒い。

強さと鋭さを宿した面差しは、いつも俯《うつむ》きがちに歩いていた五年前とは見違えるようだったが、それでも面影は残っていた。

「……空殿《そら》」

その声は決して大きくなかったが、宙に溶けるほど小さかったわけではない。

たしかに届いたはずのクライアの声に、しかし、空はこたえなかった。

じろり、と三人を一瞥《いちべつ》した後、くるりと踵《きびす》を返し、倒れているミロスラフの横で膝をつく。

「マ、ス……」

「しゃべらないでいいぞ」

震える声で何かを言おうとするミロスラフを優しく制した空は、おもむろに袖をまくると自身の腕に歯をあてがい——

「……っ！」

一息に食いちぎった。

口に含んだ小さな肉塊をぺっと吐き出した空は、傷口から流れ出る自分の血をすすり取る。そして、ミロスラフを抱き起こすと、血まみれの唇を相手の唇に押し当てた。

少しの間を置いて、ミロスラフの喉《のど》がこく、こく、と上下に動く。やがて空が唇を離したとき、二人の口元は真っ赤に染まり、同時にミロスラフは生色を取り戻していた。

「盟主《マスター》、敵の狙いはスズメ、です……今はシールと共に中に……」

先ほどよりもはっきりした声音でミロスラフが告げる。

「わかった」

空はこくりとうなずくと、服の袖で自分の口をぬぐい、懐から取り出した手巾《ハンカチ》でミロスラフの口をぬぐう。

そして、優しい眼差しで言った。

「よく二人を守ってくれた、ありがとう」

「……身にあまる、お言葉です……」

応じる声は震えていた。それは痛みのためか、喜びのためか。

ミロスラフはあふれでる自身の感情を押さえ込むようにきゅっと目をつぶると、招かれざる客たちについて言及しようとした。

「ご注意、ください。あの者たちは……」

強い、と口にしようとしたミロスラフを目で制した空は、落ち着いた声音で相手の心配を打ち消した。

「大丈夫だ。それより、イリアとその母を連れてきている。すぐに回復魔法をかけてやるから、もう少し我慢してくれ」

「…………はい。どうか、ご武運を」

うなずいた空はミロスラフを抱えて立ち上がると、戦闘に巻き込まれないよう離れた場所で横にする。

そして、ゆらり、と音もなく立ち上がった。

「お待ちくだされ、若。まずは話をしたく存ずる」

「話？」

うねるように敵意と戦意が渦巻く中、口火を切ったのはゴズだった。

これに対し、空はあざけるように唇を曲げる。

「人の留守中に土足で家にあがりこみ、仲間を傷つけた奴と何を話せと？」

「お怒りはごもっとも。されど、すべては鬼人を討つためのやむをえぬ仕儀でござる」

「やむをえず？　ろくに戦い方も知らない鬼人の女の子ひとりを討つために、やむをえず心装を抜いたのか？　青林旗士《せいりんきし》が三人も雁首《がんくび》揃えておきながら？」

ゴズとベルヒの姉弟を見やった空は、は、と小ばかにしたように鼻で笑った。

クリムトが険悪な顔で進み出ようとするが、その動きはクライアによっておさえられる。

ゴズはといえば、空の言葉を聞いて眉間に深いしわをつくっていた。

それはクリムトのように相手の言動に怒りをかき立てられたからではない。空の言葉の中に看過しえない部分があり、そこに深い困惑を覚えたゆえの表情だった。

「……まこと、ご自身の意思で鬼人をかばっておられたのか」

鬼人が空の庇護下にあることは、先ほどリデルから聞かされていた。

だが、ゴズはそれを信じていなかった。あるいは、庇護したことは事実でも、空は相手が鬼人であることを知らないのだと考えていた。魔法なりアイテムなり、容姿を変える手段はいくらでもある。

だが、今の言葉を聞けば、空は鬼人が鬼人であると承知した上でかくまったとしか思えない。それはゴズにとって小さからぬ衝撃だった。

試しの儀を超えられなかった空は鬼門の中を知らず、三百年前の真実を知らない。その意味で鬼人に対する認識が甘いのは仕方ないことだろう。だが、だとしても――

「若。御剣家に課せられた滅鬼封神《めっきほうしん》の掟《おきて》、お忘れか」

「おぼえているさ。従う気はないがな」

「若！」

「勘当された人間がどうして掟に従わないといけない？　そもそも、今の俺を『若』と呼ぶこと自体、当主の言いつけに背くことだろう。そのお前が掟を語るのか？」

「む……それは」

空の指摘にゴズが言葉を詰まらせる。

そんなゴズに空は皮肉もあらわに告げた。

「もう俺は御剣の人間じゃないし、お前は俺の傅役《もりやく》じゃない。遠慮なく名前を呼べよ、ゴズ・シーマ。五年前、島を追放された俺にそうしたようにな」

「……若」

「第四旗《じじん》の旗士《ぼう》を殺したのは俺だ。俺はお前の大事な大事な御館様《おやかたさま》に逆らった大罪人。それさえわかれば言葉なんていらないだろう？　そこの弱者《カス》にならってさっさと心装を抜け」

そう言って空がちらと視線を向けたのは、言うまでもなくクリムトである。

かつて空を弱者《カス》と呼んで嘲っていたクリムトは、同じ言葉を返され、唇を歪めて吐き捨てた。

「試しの儀も超えられなかった奴がほざくな、空」

「試しの儀を超えても姉離れはできなかったみたいだな、クリムト。おおかた、姉を傷つけられて逆上したところを当人に止められた、といったところか？」

空は先刻の光景を見ていない。だが、白い魔力の爆発と、天高くのび上がった火柱は翼獣《ワイバーン》の背からも見て取れた。ベルヒ姉弟の心装も性格も知っている。

何が起きたかを推測するのはたやすいことだった。

正確にいえば、クリムトを止めたのはクライアではなくゴズだったが、クライアが弟を制止するために心装を出したのは事実である。

ち、と舌打ちしたクリムトは鋭い視線で空を睨《にら》むと、声だけをゴズに向けた。

「司馬。こいつは自分で旗士《きし》を殺したと自白したんだ。もう斬ってもかまわないな？」

「……勘当されたとはいえ、宗家の血を継ぐ御方《おかた》だ。斬るには御館様の判断を仰ぐ必要がある。取り押さえよ」

「面倒な……まあいい。弱者《カス》の相手なんて秒《びょう》で終わらせてやる」

そう言うと、クリムトは炎刀を握りながら空の方へ進み出る。

その背にクライアの声が飛んだ。

「クリムト、油断しないで。慈仁坊《じじんぼう》殿を殺《あや》めたのが空殿ならば、間違いなく心装を会得しています」

「大丈夫だよ、姉さん――空、そういうわけだから俺が相手をしてやる。さあ、心装を抜け。安心しろ、手加減はしてやるさ」

2

空と対峙するクリムトの顔は傲然《ごうぜん》たる覇気に満ちており、自身の敗北の可能性を微塵《みじん》も考えていないことがうかがえた。

別段、クリムトは「空が心装を会得している」という姉の言葉を疑っているわけではない。

クリムトとて幻想一刀流の旗士《きし》である。空から感じられる勁《けい》の量が、五年前と桁《けた》違いであることはわかっている。姉の言うとおり、空は間違いなく幻想一刀流の奥義に至っているだろう。その点にクリムトは疑念を抱いていない。

ただ、だからといって警戒する必要は認めなかった。

心装の力は強大であるがゆえに習熟に時がかかる。クリムトが心装を会得したのは六年前。空がいつ心装を会得したのかは不明だが、仮に島を追放された直後だと仮定してもまだ五年。一日《いちじつ》の長《ちょう》、というには大きすぎる開きだ。

ましてや、鬼ヶ島の過酷な環境で戦い続けてきたクリムトと、島外のぬるい環境で戦ってきた空とでは、同じ一年でも習得できる経験が段違いなのである。クリムトの自信は確かな根拠によって支えられていた。

ついでに言えば、クリムトは先刻からの空の言動もはったりだと考えている。

空から見れば、クリムトも、クライアも、むろんゴズも格上の相手。一対一でも勝ちはおぼつかない。まして一対三では勝機はない。

だから、空はあえて心装を出さずにいる。そうすれば力の底を見破られることはない。

先ほどからゴズやクリムトを盛んに挑発しているのも「心装使い三人を相手にこの余裕はただごとではない。それだけ空の心装は強大なのだ」とこちらに思わせたいためだろうとクリムトは推測していた。

そんな空を、見苦しい、と思う。

五年前の空はたしかに弱者《カス》だった。無駄な努力を重ね、無駄にあがいていた。だが、それでも、実力不足を口舌《こうぜつ》で補おうとはしていなかった。

クリムトは苦々しい顔で倶利伽羅《くりから》を一振りし、宙に紅色の弧を描く。

まがりなりにもかつての同輩だ、一刀で利き腕を焼き斬って終わりにしてやろう。倶利伽羅《くりから》で斬れば、傷口は炎でふさがり、出血は少量で済む。殺すな、というゴズの命令は守れるはずだった。

その考えのもと、クリムトは先の言葉を繰り返す。

「もう一度言ってやる。早く心装を抜け。これ以上くだらないはったりを続けるようなら――」

「――心装励起《しんそうれいき》」

クリムトの言葉が終わらないうちに空が口をひらいた。右手をまっすぐ前に突き出し、心装を顕《けん》現《げん》させる。

その瞬間、空と対峙するクリムトは全身を押しつぶさんばかりの重圧に晒《さら》された。

「ぐっ!?　な、なん……!?」

とっさに膝をつきそうになったクリムトは、歯をくいしばって重圧にあらがう。

驚愕はすぐさま警戒にとってかわられた。

クリムトは素早く幻想一刀流の構えをとる。数瞬前までの自分の考えが、ひどく的外れなものであることに気づいたのだ。

そんなクリムトに対し、黒い心装を握り締めた空は静かに告げる。

「はったりではないことは理解できたな、クリムト？　五年前との違いもだ。理解できたなら、三人同時にかかってこい」

淡々とした言葉は、お前ひとりでは勝ち目はないという宣告だった。

クリムトの紅い両眼がみるみる吊りあがっていく。

「ほざくな、空！　その増上慢《ぞうじょうまん》、俺が叩き潰してやる！」

「そうか」

小さくうなずいた空は、ここで表情を一変させた。

唇の端を吊りあげ、ひどく冷たい声で言い放つ。

「なら、お前から死ね――――喰らい尽くせ、ソウルイーター」

空が心装を『抜いた』瞬間、炸裂する閃影《せんえい》。

夏の陽射しが降り注いでいた邸宅の庭に、一瞬だけ夜が降臨する。心装《ソウルイーター》の力によるものゆえに、心装《クリカラ》の炎でも払えない真の闇。視界を奪われたクリムトに避け得ない隙が生じる。

そこに黒刀を振りかざした空が躍《おど》りかかった。

袈裟《けさ》がけに振り下ろされた一刀に対し、クリムトは流石というべき反応を見せる。

とっさに掲げた炎刀が黒刀を受け止めた。もし、空の武器がいつも腰に佩いている黒刀であれば、触れた瞬間に刀身が熔《と》けていただろう。

だが、今の空が握っているのは神殺しの竜の似姿《にすがた》。炎刀に熔《と》かされることなく、それどころか相手の炎を喰らってしまう。

「な!?」

クリムトが驚愕の声をあげる。

ただでさえ不意をつかれ、不利な体勢でいたところだ。心装同士の激突でも敗れれば挽回の目はない。

均衡が崩れるのは一瞬だった。

「殺《シャア》!!」

「ぐ――があああッ!」

渾身の力を込めて振りぬいた空の一刀が、クリムトの刀を弾き飛ばし、肩口から腰まで一気に切り下げる。

刀身から伝わる確かな手ごたえを感じながら、空は刀を振りぬいた勢いをそのまま次の攻撃につなげた。

左足に勁《けい》を集中させ、そこを軸に身体を回転。足元の石畳《いしだたみ》が悲鳴のような軋《きし》みをあげ、焦げた臭いを漂わせる。

すぐさま、今度は右足に勁《けい》を集中させ、無防備になっているクリムトの胸めがけて渾身の回し蹴りを叩き込んだ。

「——ッ!!」

ひとたまりもなくクリムトの身体が宙を飛ぶ。悲鳴をあげることさえできず、血しぶきをまき散らしながら、クリムトは地面に叩きつけられた。

それでも勢いは止まらず、白髪《しろかみ》の旗士《きし》の身体は独楽《こま》のように回転しながら地面の上を転がっていく。

それはクリムトの身体が門の向こう——邸宅の外に吐き出されるまで続いた。

3

クリムトを門外に退けた直後、空はくっとうめくような声をあげた。

苦しかったのではない。むしろその逆。心装を介して流入してくるクリムトの魂があまりに膨大で、喜悦の声が漏れてしまったのである。

少しの間を置いて、身体を内側から洗浄するような感覚が全身を駆けめぐる。それは空のレベルが『10』から『11』にあがった瞬間だった。

まだクリムトには息があるため、慈仁坊《じじんぼう》を討ったときのように三つも四つもレベルがあがることはなかったが、それでもかなりの魂を奪ったことは間違いない。斬りつけたときの手ごたえからしても、クリムトを無力化したことは間違いない、と空は判断した。

その空の耳に、声まで蒼白にしたクライアの叫びが響く。

「クリムト!!」

さすがに空に背を向けて弟に駆け寄るような真似はしなかったが、隙という意味では視線をはずした時点で大差ない。

その隙を見逃す空ではなかった。心装を目の前の地面に突き立てると、身体の前で両腕を交差させ、右の手のひらをゴズに、左の手のひらをクライアに向ける。

そして――

「『我が敵に死の抱擁《ほうよう》を――火炎姫』」

第五圏《けん》の火の正魔法 火炎姫を最大威力で解き放った。

かつて蠅の王の巣において、抵抗するミロスラフにぶつけられた魔法。そして、王都において慈《じ》仁坊《じんぼう》の心装 死塚御前《しづかごぜん》にぶつけられた魔法である。

今、空の脳裏に浮かんでいるのは後者――死塚御前だった。

慈仁坊《じじんぼう》を斬る直前、心装を葬ったときに耳元でささやいた優しい声。あの声が誰のものだったのかはわからない。あの声が何を言っていたかもわからない。空がおぼえているのは、あの声がとても優しく、穏やかだったことだけ。

推測できることはあるが、慈仁坊が冥府に旅立った今となっては何もかも想像の域を出ない。

だから、ここでこの魔法を使うことは空の感傷だった。この炎の魔法を授けられた気になって、あの声の主の生涯に意味を与えたいという、自分勝手な感傷だった。

右手から三本、左手から三本。丸太と見まがう炎の触腕がゴズとクライアめがけて殺到する。数においては死塚御前に及ばなかったが、速度と威力は彼《か》の心装に匹敵するレベルだった。

「なっ!?」

「む」

かつては初歩の勁技《けいぎ》さえ扱えなかった空。その空の強大な魔法を目の当たりにした二人の反応は対照的だった。

クライアは驚愕しながらも飛びすさり、ゴズはわずかに眉をあげただけで、その場から一歩も動かずに待ち受ける。

一拍の間を置いて、耳をつんざく轟音がイシュカの街中に響き渡った。

ゴズが棒立ちのまま、三本すべての直撃を受けたのだ。その衝撃ではげしく土煙が舞い上がる。

一方、後方に飛んだクライアは、素早く体勢を立て直すと、内心の驚きを排して迫り来る炎の腕を見据えた。そして、手にしていた翡翠の長刀を正眼に構える。

「出《で》ませい、倶娑那伎《くさなぎ》!」

凛《りん》と澄んだ声が周囲の空気を震わせ、クライアの刀が風をまとう。

立っているだけで吹き飛ばされそうな暴威の風圧。クライアが心装を一閃させると、猛烈な勢いで迫っていた炎の腕はたちまち吹き散らされ、周囲の地面に激突した。

轟音が鳴り響き、多量の石片と土砂が舞い上がる。だが、倶娑那伎《くさなぎ》が生んだ風はそれすらも瞬く間に吹き散らした。

クリムトの心装が炎の神剣ならば、クライアの心装は風の神剣。望めば、居ながらにして竜巻を起こしてイシュカを半壊させることもできるだろう。

空はそのことを知っていた。そしてもう一つ、空が知っていることがある。

「――空殿《そら》。お覚悟を」

瞬きすらせず、血のように赤い双眸で空を見据えるクライア。

能面のごとき相貌に弟を斬られた怒りは感じられない。だが、轟々とうなりをあげている心装を見れば、クライアが内心で怒り狂っていることは明白だった。

弟が姉を慕うのと同じくらい、あるいはそれ以上に、姉は弟を想っている。

穏やかな人格の下に弟以上の激越さを秘めている。それがクライア・ベルヒという女性だった。


――ゆえに、付け込みやすい。


地面に突き立てた心装を抜き取った空は、あざけるように言い返した。

「それはこちらの台詞だ。俺の仲間を傷つけて、ただですむと思うなよ」

「鬼人を斬るのは理由あってのことです」

「なら、その理由に殉じて死んでいけ。後ろで無様にうめいている弟ともどもな」

「……わかりました。これ以上の問答は無用。後は剣によって決着をつけましょう」

「望むところだ」

言うや、空の黒刀が吼えるように魔力を高めた。螺旋状《らせんじょう》にうずまくそれは、あたかも小さな竜のようで、向かい合っているだけで痺れるような圧力が伝わってくる。

——これほどまでとは。

クライアは歯をくいしばりつつ内心で呟《つぶや》く。

決して空を甘くみていたわけではない。だが、かつての空を知っているクライアは、どうしても目の前の青年に五年前の少年を重ね見てしまう。試しの儀に敗れて呆然としていた御剣空《みつるぎそら》を思い出してしまう。

重なりあわない二人の空。そこから生じる違和感が、今もクライアの手足に小さな糸となってからみついている。先の炎の魔法に対する反応が遅れたのも、この違和感が原因だった。

もしや、この戸惑いを与えるために空はゴズと言葉を交わしたのか。自分は間違いなく御剣空であると三人の前で明言したのか——クライアがそんな疑問をおぼえたときだった。

空が心装を大上段に構える。クリムトの血を浴びた刀身が、陽光を反射して鮮血色にきらめいた。

クライアはかすかに目を細めてその光を受け止めると、慎重に心装を構えなおす。彼我の距離は離れており、ただ刀を振り下ろしたところで刃は届かない。おそらく空は颯《はやて》——飛ぶ斬撃——を使おうとしているのだろう。

颯《はやて》自体は初歩の勁技《けいぎ》であるが、油断はできない。クリムトが斬られたとき、空はたしかに倶利伽羅《くりから》の炎を打ち消していた。であれば、倶娑那伎《くさなぎ》の風を打ち消すこともできると考えるべきである。空の勁技《けいぎ》を真っ向から受け止めるのは危険だった。

むろん、心装同士で切り結ぶのも下策である。

ここは倶娑那伎《くさなぎ》の風を利用して空の攻撃を受け流しつつ、相手の能力を探るべきだ。そう決めて動こうとした刹那《せつな》、クライアはまたしても違和感に襲われた。

ずれている、と感じたのだ。空の視線が。

今にも斬撃を放とうとしている空が見ているのはクライアではなく、その後ろ——

「ッ——クリムトを！」

その叫びを聞いた空の口が三日月の形に開かれる。

今、クライアが立っている場所は空とクリムトを結ぶ直線の上だった。クライアが攻撃をかわせば、空の斬撃はそのままクリムトに襲いかかる。空の手の中で吼え猛《たけ》る心装を見れば、その一撃が致命傷になることは火を見るより明らかだった。

クリムトを守るためには正面から空の攻撃を受け止めるしかない。

そうと悟ったクライアは唇を噛む。

追い込まれた。これは偶然？　そんなわけはない。だが、偶然ではないとしたら、いったいどこから企まれていた？　いつから相手の手のひらで踊っていた？　クリムトが生きていることさえ、クライアを斬るための布石だったのだとしたら……

戦慄が悪寒となってクライアの背筋をかけのぼる。

直後、針のように鋭い声がクライアの耳を刺した。

「止めてみろ、黄金世代」

その言葉と共に、不可視の斬撃が放たれた。

4

クライアは眦《まなじり》を決して己の心装を構えた。

脳裏ではさかんに警鐘が鳴り響いている。対峙する空の実力を感じ取った本能が、はやく逃げろと懸命に訴えかけてくる。

その本能の叫びを、クライアは意思の力でねじ伏せた。

ここで逃げれば、空の攻撃は後ろにいる弟に襲いかかる。なんとしても自分が止めなければならない。最悪の場合、身を挺して弟の盾になることも辞さぬ。クライアはそれだけの覚悟をしていた。

それが空の思惑どおりであるとわかっていても、それ以外の選択肢をとることはできなかったのである。

――そのクライアの前に小山のような人影があらわれた。

熟達した歩法は瞬間移動《テレポート》と見まがうほど。今しがた空の火魔法の直撃を受けたはずなのに、衣服にも甲冑にも焦げ目ひとつ付いていない。

移動に防御。優れた勁技《けいぎ》の冴えは幻想一刀流の門下でも群を抜く。

当主直属の精鋭部隊、青林第一旗において三位を冠する剛武の旗士《きし》。

レベル『81』ゴズ・シーマが空の前に立ちはだかった。


「心装励起《しんそうれいき》――」

ゴズの口から低く重々しい声が発される。

その声に応じて顕現《けんげん》したのは、何の変哲もない一本の刀。特徴といえば、鍔《つば》の部分に数珠がまきついているだけ。それがゴズ・シーマの心装だった。

「縛《しば》れ、数珠丸《じゅずまる》」

そして、その特徴の無さは抜刀した後も変わらなかった。

倶利伽羅《くりから》の炎、倶娑那伎《くさなぎ》の風のように特徴となる能力を顕《あらわ》すことはなく、かといって魂喰い《ソウルイーター》のように底知れぬ威圧感を放っているわけでもない。

これに対し、空が放った勁技《けいぎ》は魂喰い《ソウルイーター》の力を込めた紫電《しでん》の一刀、虚喰《こくう》。王都ホルスで慈仁坊《じじんぼう》を屠《ほふ》った空の切り札である。

いかにゴズとて、これに直撃されればただでは済まないはずだった。

――だが、強大であるはずの一閃は、ゴズの身体に届くことなく霧散してしまう。春に降る淡雪《あわゆき》のように、空が放った勁技《けいぎ》は音もなく宙に溶けた。

それを確認したゴズは重厚な声音で背後のクライアに話しかける。

「ここは任せよ。クリムトの手当てをしてやるがいい」

「……承知いたしました、司馬《しば》」

一瞬、クライアは何か言いたげな顔をしたが、すぐに言葉を飲み込んで頭を下げた。ちらと空に視線を向けてから、踵《きびす》を返して門の外に向けて走り出す。

かくて、ゴズと空の二人は正面から向かい合った。

「ただいまの一刀、まことに見事でございました、若――いやさ、空殿《そら》」

「あっさりと打ち消しておいて、見事といわれてもな。皮肉にしか聞こえないぞ、ゴズ――いやさ、シーマ殿」

わざとらしく言葉尻を真似てくる空の毒気に、ゴズはなんと返したものか迷うように唇を引き結んだ。

その姿を空は油断なく見据える。

空はかつての傅役《もりやく》の心装をよく知っていた。打ち消したという言葉どおり、ゴズの心装　数珠丸の能力は敵の心装能力の無効化である。この無効化には勁技《けいぎ》や地水火風の魔法も含まれる。

むろん、数珠丸の無効化能力は無条件のものではなく、ゴズより上位の相手には通じない。言ってみれば、慈仁坊《じじんぼう》の死塚御前と同じく格下専用の心装である。

ただし、第一旗三位にして、御剣家四卿《よんけい》のひとりであるゴズ・シーマの実力は、青林八旗《せいりんはっき》の旗将《しょう》クラスを凌駕する。格下専用の能力だから脅威ではない、という図式は成り立たなかった。

実際、虚喰《こくう》が消滅したのは、数珠丸の力が魂喰い《ソウルイーター》を完全に押さえきったことの証明である。その状況で「見事だ」と賞されたところで、どうして喜ぶことができるだろう。

そう思って唇を歪める空に対し、ゴズは真剣な顔で言葉を続けた。

「おためごかしを申したつもりはありませぬぞ。威と力に満ちた見事な一刀でござった。青林八旗《せいりんはっき》の上席と比べても見劣りするものではなく、わずか五年でよくぞここまでと感服しております る」

そこまで述べたゴズは、ここでかすかに眉根を寄せる。

「だからこそ、申さずにはおれませぬ。空殿、それだけの力を持っていながら、何故に詭道《きどう》を用いられた？　今の御身であれば、ベルヒの姉弟と正面から戦った上で勝利することもかないましょうに、とった手段が不意打ちに人質とは……」

「それがどうした」

空はゴズの苦言を一蹴する。

はたから見ればどうだったかは知らないが、空にとってここまでの戦いは薄氷の上を歩くようなものだった。

相手はかつての傅役《もりやく》と黄金世代二人。一対三では勝ち目はない。だから、なんとしても一対一の戦いに持ち込む必要があった。

それと同時に、一対一で戦っている間、他の二人がスズメを狙って邸内に侵入することがないように相手の動きを封じる必要もあった。

そのための最適解が先の戦闘だったのである。後悔はない。良心の痛みもない。なによりも――

「人の留守宅に上がりこんで狼藉《ろうぜき》を働いた奴に道を説かれる筋合いはない。自らをかえりみて物を言え」

吐き捨てる空を見て、ゴズは内心で苦りきった。

ここまでの会話を思い起こせば、自分の言葉がまったく空に届いていないことは明白である。

鬼ヶ島にいた頃、空との間にここまでの乖離《かいり》を感じたことはなかった。そこにゴズは違和感をおぼえるのである。

庇護している鬼人や、他の仲間を傷つけられた怒りはあるだろう。

だが、一連の言動から感じられる空への違和感は、一時的な感情によってもたらされるものではない。もっと深く、人間としての本質部分で歪んでしまっている――ゴズにはそのように感じられた。

かつての空が持っていて、今の空が持っていないもの。

かつての空から感じられて、今の空から感じられないもの。

それは何なのか。

ゴズはゆっくりと口をひらいた。

「空殿《そらどの》、御身は確かに強くなられた。五年前とは比べ物にならぬほどに。ですが同時に、大切なものをなくしておられる」

「ふん、試みに問おうか。それは何だ?」

「国を護り、民を守らんとする志。すなわち、護国救世の誇りでござる」

「…………」

「誇りなき剣は虚ろの穴に落ち行くのみ。御館様も、静耶《しずや》様も、空殿《そらどの》が迷妄の闇でさまようことを望んではおられませぬ。どうか──」

「黙れ」

諄々《じゅんじゅん》と諭《さと》すゴズの言葉を、冬の湖水のように冷たい声がさえぎる。

夜よりも昏《くら》い瞳が、射抜くようにゴズを睨《にら》んでいた。

「島を追放されてから五年。地べたをはいずりながらここまで来た。確かに、かつて望んだ姿じゃない。母さんは失望しているかもしれないな。だが、それをお前に言われる筋合いはないんだよ。五年前、俺を見限ったお前にな」

「……空殿。この身は御剣家の司馬として、また幻想一刀流の先達として、御剣家の意向に従わない心装使いを罰する責務を帯びておりまする。それがしの言葉を聞く耳もたぬとおっしゃるのであれば――やむをえませぬ。これよりは言葉でなく、剣をもって空殿《そら》の迷妄《めいもう》を破って進ぜる」

「望むところだ。できるものならやってみろ、ゴズ・シーマ！」

空が叫ぶ。使い手の怒りに呼応するように、心装から黒い焔《ほむら》が立ちのぼった。

5

二つの心装が音をたてて激突する。

飛び散る火花は陽光の中でなお熾烈に輝き、二人の剣士の顔を照らし出す。至近の距離で向かい合ったかつての師弟は、それぞれの目に戦意をみなぎらせて真っ向から斬り結んだ。

「はああああッ!!」

「おおおおお!!」

空とゴズ、二人の咆哮が邸内に響き渡り、連続する剣戟《けんげき》の音が痛いほどに耳朶を打つ。

右、左、正面、右、左とみせて右、正面、正面、正面。

時に力まかせに斬りかかり、時に技巧を絡めて隙をつく。二本の心装はせめぎあうように、あるいはたわむれるように宙空でぶつかりあい、絶え間なく火花を散らす。

攻めるのはもっぱら空。

ゴズの心装 数珠丸によって魂喰い《ソウルイーター》の力は封じられた。魔法も、勁技《けいぎ》もかき消される。だが、武器としての切れ味が失われたわけではなく、身体の中をめぐらせた勁《けい》が消失したわけでもない。数珠丸が無効化するのはあくまで外に放出した力だけ。空はあふれんばかりの勁《けい》を全身に通わせて猛然と斬りかかった。

これに対して、ゴズは守勢に徹して相手の動きを観察する。幻想一刀流の基本たる斬勁走観《ざんけいそうかん》の一つ、観《かん》の目。

ゴズから見れば空の動きはいかにも無駄が多く、勁《けい》の使い方も剣の技も未熟さが目立つ。反面、先ほど言明したように、一撃の重さ、鋭さは目を瞠《みは》るものがあった。並の兵士、並の冒険者では今の空の相手は務まるまい。

ゴズとて油断はできない。今の空はわずかな隙、わずかな躊躇《ちゅうちょ》が死に直結する危険な敵手だ。ここまでのところ、すべての攻撃をしのいでいるとはいえ、ひやりとした瞬間がなかったわけではない。

――だというのに、自然と唇がほころんでしまうのはどうしたわけか。

ゴズは自問する。

自答はすぐに返ってきた。

楽しいのだ。成長した空と剣を競う。かつて夢見て果たせなかったことが現実になっている。それを思えば喜びをおさえることなどできなかった。

くわえて、こうして剣を交えている間にも、みるみる空が成長しているのがわかる。その事実もゴズを喜ばせた。

試しの儀を超えられなかった空は、正式に幻想一刀流を学ぶことができなかった。もちろん基礎的な訓練はおこなっていたが、訓練で伝えられることにはかぎりがある。

勁技《けいぎ》も剣技も我流である以上、隙《すき》や粗《あら》が多いのは当然のこと。

そんな空にとって、ゴズの存在は大きな壁であると同時に得がたい手本でもあった。観《かん》の目をもって相手を探っているのはゴズだけではない。殺し合いをしている最中でさえ、空が盗めるものは多かった。

体さばき、足の運び、勁《けい》の流れ。刃を交えれば交えるほど、空の技術は研ぎ澄まされていく。

空が一方的に打ち込み、ゴズが守勢に徹していることもあり、はたから見れば二人は稽古をしているように見えたかもしれない。

――むろん、空本人にそんなつもりはかけらもないのだが。

「……チッ」

巍巍《ぎぎ》たる城壁のごとく揺らがないゴズの守りを攻めあぐね、空は舌打ちして後退する。

このとき、ゴズは追撃しようと思えばできた。そうしなかったのは、このまま戦いを終わらせることを惜しむ気持ちがあったからである。

距離を置いて空と対峙しながら、ゴズは内心で呟《つぶや》く。この青年を、二度と剣を握れない身体にしてしまうのはあまりに惜しい、と。

これまでもそうした思いはあったが、それが私情から発したものであることはゴズ自身も認めざるをえなかった。

だが今、空を惜しむ感情は公人——御剣家の司馬として発せられたものである。

実際に剣を交えてみて確信した。かつて空の成長を塞いでいた蓋《ふた》は完全に取り払われている。未熟さはまだ拭えないが、そこはゴズがいくらでも補うことができる。十八という年齢を考えれば、これから先、さらに伸びていくだろう。

くわえて、空の心装の能力だ。今は数珠丸の力で封じているが、ベルヒ姉弟を制した力は鬼門の魔物にも通用するに違いない。もしかしたら、鬼神を討つ一助になるかもしれぬ。

この才能を失うのは御剣家にとって損失である。それも大なる損失だ。何としても鬼ヶ島に連れ帰らなければならない。

だが、ゴズがどれだけ言葉を重ねても空が耳を傾けることはないだろう。それはもう証明されてしまった。

ゆえに剣で語ると決めたものの、はたしてこのまま勝利したところで、空がこちらの言い分に耳を傾けてくれるだろうか？

否、とゴズは考える。

空は力を得て誇りを失った。その力とは心装である。その心装を封じたまま勝利しても、空は敗北を認めまい。

心装さえあれば勝てた――そんな風に考えているかぎり、空の迷妄《めいもう》は破れない。

空の蒙《もう》を啓《ひら》くためには心装ごと叩き潰す必要がある。

心装を用いた空を正面から打ち破り、上には上がいるのだと証明して、はじめて彼の心に巣食った驕《おご》りを払うことができるに違いない。それがゴズの出した結論だった。

「同源存在《アニマ》を自覚し、制御し、具現化すること、これを心装という。それがしは以前、空殿にそう申し上げた」

「なに？」

唐突なゴズの言葉に、空が怪訝そうな顔をする。

ゴズは相手の反応にかまわず先を続けた。

「いずれ空殿が心装を会得したあかつきには、それがし、こう続けるつもりでござった。心装はば口、すなわち入り口に過ぎませぬ。くれぐれもそこで満足なさることのないように、と」

「心装が入り口だと？」

「さよう。空殿は心装を会得する際、同源存在《アニマ》と同調を果たしたはず。どのような同源存在《アニマ》を宿すかは十人十色《じゅうにんといろ》でござるが、その力は総じて絶大。人の身で至れる領域をはるかに超越しておりもうす」

口を引き結ぶ空に向けて、ゴズは滔々《とうとう》と語りかける。

「その絶大な力を人の手で扱えるようにしたものこそが心装でござる。されど、人の身で至れない力を、人の手で扱えるようにする――そこにはどうしても無理が生じまする。心装が入り口と申し上げたのはそれゆえ。心装に至った旗士《きし》は、その瞬間から新たな責務を課せられるのです。心装に内在する無理を克服し、同源存在《アニマ》の力を限界まで引き出すという責務を」

ゴズは言う。

心装とは、真剣《しんけん》を扱えない子供に渡される木刀のようなもの。心装使いはこの木刀をもって自らを高め、同源存在《アニマ》の力を引き出す術《すべ》を学ぶ。

そうして同源存在《アニマ》のすべてを引き出せるようになったとき、その者は人としての限界を超え、幻想種さえ葬る力を手に入れる。人の身で至れない力を御するということは、そういうことだった。

ゴズは詩でも吟じるように言葉を紡ぐ。

「微《び》なるかな、微《び》なるかな、無形に至る。心《しん》なるかな、心《しん》なるかな、無限に至る。形なく、ゆえに限りなし。人を超えた幻葬領域、これを幻想一刀流では空《くう》と呼びもうす」

「空《くう》……」

何かに気づいた空《そら》のつぶやきに、ゴズは深々とうなずいて応じた。

「空殿《そら》。御身のお名前は静耶《しずや》様の願いが込められたもの。それは確かでござる。されど、そこには御館様の願いも込められておると、このゴズは拝察しております。この世に生まれ来た我が子が、いずれ父と同じ場所に立てるように。御館様はそんな願いを込めて、空殿《そら》の名をつけられたはず」

「…………」

「今の空殿《そら》にそれを信じてほしいと申しても無益でござろう。先に申しあげたとおり、これよりそれがし、全力をもって御身の驕《おご》りを払ってご覧にいれる。ただいまよりお目にかけるは空《くう》の領域、幻想一刀流の神髄なり。いざ、構えられよ」

ゴズは持っていた数珠丸を高々と天に掲げる。

そして、言った。


「空装励起《くうそうれいき》――――解《ほど》け、数珠丸《じゆずまる》」


その声が響いた瞬間、数珠丸の鍔《つば》に巻きついていた数珠のヒモが音をたてて千切れ飛び、束ねられていた無数の数珠が空中に飛び散った。

同時に、空《そら》は見えない手に心臓をわしづかみにされたような錯覚をおぼえた。そう錯覚するほどの重圧が周囲の空間を軋《きし》ませている。

空の眼前で数珠丸が変化していく。何の変哲もない形状をしていた刀が、まるで液体のように形を変えて不気味な収縮を繰り返す。液体が空中でうごめくたび、勁圧《けいあつ》が加速度的に膨れあがっていく。

数珠によって封じられていた何かが解き放たれようとしている。

空は否応《いやおう》なしに悟らされた。今このとき、イシュカの街に幻想殺しが降臨しようとしていることを。

6

数珠丸の刀身が、鍔《つば》が、柄が、無数の泡沫《ほうまつ》へと変化していく。

鉄の色をした泡《あわ》は地面に四散することなく、一つ一つが意思あるもののように動いてゴズの身体に付着しはじめた。

頭のてっぺんからつま先まで、ゴズの全身がくまなく泡に覆われるまで、かかった時間はごくわずか。

もともとゴズの身長は雲を衝《つ》くように高く、四肢の頑強さは熊を思わせるほどだった。

その巨大な体軀を包み込んだ泡沫はみるみるうちに体積を増やしていき、ゴズの身体を一回りも二回りも大きくしていく。

小さな泡が弾けては重なり、重なっては弾け、溶け合いながらみるみるうちに形を整えていく。

やがて姿を現したそれは、全身をくまなく包む東方甲冑だった。

ただの甲冑ではない。それには本来あるはずの関節部分の隙間がまったく存在しなかった。

どれほど精巧につくられた鎧でも、首や手足を動かすためにはある程度の隙間が必要となる。籠《こ》手《て》と袖《そで》がくっついていれば腕を曲げられないし、脛当《すねあて》と脚甲《きやっこう》がくっついていれば歩くのも難儀する。

だが、ゴズの鎧にはそういった隙間が一切存在しなかった。すべての部位が針の先ほどの隙間もなく結びついており、にもかかわらず、動きに一切の支障がない。

黒光りする甲冑に全身を包まれ、さらに牛頭をかたどった兜で顔のすべてを覆った今のゴズは、あらゆる攻撃から身を守ることができる。

むろん、守りだけではない。ゴズが右手に持つ巨大な青竜偃月刀《せいりゆうえんげつとう》は、七星を象嵌《ぞうがん》した天上の武装。

その姿は現世に降臨した牛王《ごおう》そのものであった。

「——空《そら》殿」

牛面からゴズの声が発される。それだけで圧倒的な闘気が吹きつけてきて、空は奥歯を噛んで圧迫に耐えなければならなかった。

今のゴズは兜によって目も、鼻も、口も、耳さえも覆われている。それでも五感には何の影響もないようで、空は確かにゴズの視線を感じ取っていた。

「これが空《くう》に至りし我が姿。そして我が同源存在《アニマ》たる数珠丸の又の名を平天大聖《へいてんたいせい》牛魔王。かつて天界を寇略《こうりゃく》せし七天の一でござる。その後、敗れて改心し、自らに縄をうって天界に帰順した牛頭の武神……御館様に挑み、敗れて御剣家に仕えるようになったそれがしにふさわしい同源存在《アニマ》と申せましょうか」

そう言うと、ゴズは持っていた青竜刀を逆さにして地面に突き刺した。

自ら武器を手放したように見えるゴズに、空は忌々しげな目を向ける。武器を使うまでもない、とゴズが言っているように見えたからである。そして、この推測は的を射ていた。

「これよりは無手でお相手いたす。手を抜いた、とは思わないでいただきたい。それがしの目的は空殿《そら》を正すことなれば、目的のために最善の手段を選んでいるのでござる」

「勝手にしろ」

「は。それともう一つ、すでに空殿《そら》の心装――そうるいーたーとやらは自由に力を振るえる状態でござる。遠慮なくかかってまいられよ」

「……なに？」

「数珠丸の持つ縛鎖の力は、本来、強大に過ぎる己の力を制御するためのもの。他者の能力を抑え込むのは余技に過ぎませぬ。すべての力を引き出すためには鎖を解《ほど》かねばならず、鎖を解《ほど》けば他者の能力を抑えられない。そういうことでござる」

それを聞いた空は眉根を寄せて言葉の意味を考えた。

ゴズの心装の能力は自縄自縛《じじょうじばく》であり、他者の能力を打ち消していたのはその副産物だという。

同源存在《アニマ》の力で同源存在《アニマ》を縛るという意味ははかりかねたが、世にいう狂戦士《バーサーカー》のようなものと考えれば納得がいった。

たとえ自分を弱体化することになろうとも、そうしなければ力を制御することができないのだろう。天に背いたというエピソードからも凶逆の気が感じられる。

となれば、ゴズが全力を振るっていられる時間はそう長くないのではないか――空はそう推測した。古今東西、狂戦士《バーサーカー》というのはそういうものだ。

と、そんな空の思考を読んだように、牛頭の兜が上下に揺れた。

「気づかれたようですな。いかにも、それがしの空装は展開できる時間にかぎりがござる。時間をかせぐ戦いをするのも一つの手でござろう」

そういったゴズは「もっとも」と続けた。

「それができればの話でござるがな」

話は終わりと宣言するようにゴズが腰を落として構えをとる。

応じて、空は魂喰い《ソウルイーター》を構えてゴズと向かい合った。

空装によって牛頭の甲冑姿となった今のゴズは、背の高さは優に二メートルを超え、手足の太さは丸太のごとく。文字どおりの意味で巨人と化している。

その巨体が視界の中から消えたとき、空はとっさに後退しようとした。だが、そのときにはすでに黒甲に包まれたゴズの拳が腹部にめり込んでいる。

堪《こら》えることなどできなかった。

空の身体はひとたまりもなく宙を飛び、そのまま石畳に叩きつけられる。

「ぐ──くっ！」

あふれ出ようとする苦悶やら胃液やらを無理やり飲み下し、すぐさま立ち上がろうとする空。しかし、地面に手をついて身体を起こそうとしたとき、すでにゴズは空の真横に移動していた。

蹴りが来ると予測した空は反射的に左肘で脇腹をかばう。ゴズはその肘ごと空の身体を蹴り上げた。

「がふぉ!?」

めきり、と腕の関節がひしゃげる音と共に、空の身体が鞠《まり》のように宙を舞う。一瞬のうちに十メートル近い高さまで浮き上がっていた。

顔を上げて空の位置を確認したゴズは石畳を蹴って飛び上がる。たちまち空《そら》のもとに到達した牛頭の武人は、両手を組み合わせて即席の凶器をつくりだすと──

「ぬんっ!!」

躊躇《ちゅうちょ》なく空に叩きつけた。

悲鳴をあげる暇《いとま》さえなく、空の身体が地面に叩きつけられる。強い振動が地面を揺らし、土ぼこりが舞い上がった。

「ご……が……っ！」

立ち上がることもできず、苦悶に喘《あえ》いでのたうちまわる空。

音もなく地面に降り立ったゴズは、そんな空の姿を黙って見下ろした。

ゴズの視界に映る空は、苦しみもだえながらも心装を手放していない。それを見事と内心で称賛しつつ、ゴズはおもむろに口をひらいた。

「もう戦えぬと思われたなら心装を手放されよ。それをもって降参と見なしまする」

悠然と言い切るその姿は揺るぎない自信に満ちていた。

言葉にしては言わぬ。だが、その態度が雄弁に告げていた。

たとえ心装の力をもってしても、そして戦える時間にかぎりがあろうとも、御剣空がゴズ・シーマに勝つことはありえない、と。

自分と空《そら》が向かい合えば、必ず強は自分であり、弱は空である——あたかもそれが世の真理であるかのように、ゴズは自分が空の上に立っていると信じきっている。

そして、その自信は正確な事実に基づくものだった。一方的に地面を這わされれば、どれだけ負けず嫌いな人間であっても認めざるをえない。

空も認めた。

ごぼり、と赤色の胃液が口からこぼれおちる。激しく咳き込みながら、なんとか立ち上がろうともがくが、深いダメージを負った身体は持ち主の思うとおりに動かなかった。

そんな空を牛面越しにゴズが見下ろしている。

空装のせいでゴズの顔を見ることはできない。だが、ゴズがどんな目で自分を見ているのか、空には手にとるようにわかった。

きっと、敵意からはほど遠い、憐れみを込めた眼差しで見ているに違いない。五年前と同じように。

――それが、ひどく腹立たしかった。

空の脳裏に鬼ヶ島での日々がよみがえる。

お前は弱者なのだと事あるごとに決めつけられる日々。

悪意をもって罵られるのはまだいい。いつか見返してやると奮起する糧《かて》になる。

だが、善意をもって憐《あわ》れまれたとき、心に生じたみじめさをどうやって拭《ぬぐ》い落とせばいいのだろう?

その善意の憐憫《れんびん》を向けてくる筆頭が、眼前の傅役《もりやく》だった。

枷《かせ》というならあれこそ枷《かせ》。反発することさえできず、自分が弱者であることを心身に刻みつけられてしまう。

ゴズ・シーマは御剣空が弱者であることを強《し》いてくる。五年経った、今もまだ。

――それが、ひどく腹立たしかった。

ならば、どうすればいい？

ゴズは実力の半分どころか、十分の一も出していまい。そのゴズ相手にこのていたらく。勝ち目がないのは明白で、もし今ゴズがスズメを討とうとしても、空にそれを止める術《すべ》はない。

戦うこともできず、護ることもできない。

そんな人間に何ができるのか。

――決まっている。喰らえばいいのだ。

御剣空にはそれができる。いや、違う。御剣空にはそれしかできない。

それこそこの五年の間に学び得た、唯一の価値ある真実ではなかったか。

「…………………ああ、そうだ。そうだったな」

「……空殿？」

「……お前たちと、戦おうとか……スズメたちを護ろう、とか……そんなことを考えて、うまくいくはずがなかった。俺は……喰うことだけ考えていればよかったんだ……」

「ぬ？」

ゴズが怪訝そうに空を、そして空が握っている心装を見やる。

使い手たる空は息も絶え絶えの状態。心装に勁《けい》をまとわせる余裕などないはずだ。

だというのに、黒の刀身を濃密な勁《けい》が覆っていく。

――いや、これは勁《けい》ではない。人の内よりうまれる魔力《オド》ではなく、かといって世界が生み出す魔力《マナ》とも異なる。もっと濃密で、もっと根源的な、それこそ神気《オリジン》や元素《エーテル》と呼ばれる力ではないのか。

それが轟々と音をたてて心装を覆っていく。それだけではない。力の奔流は使い手である空にも流れ込んでいる……

「く!?」

次の瞬間、ゴズはとっさにその場から飛びすさった。

間一髪の差さえなかっただろう、それまでゴズが立っていた空間を一条の閃光が撫で切った。

倒れていた空が心装を振るったのだ。今の今まで苦痛にのたうっていた者が放ったとは信じがたい鋭利な斬撃。

ゴズの視界の中で空がゆっくりと立ち上がる。

すでにその顔に苦悶はない。口元に張りついた胃液を袖でぬぐった空は、顔を強張らせるゴズを見て、ニィイ、と唇の端を吊りあげた。

「ゴズ、お前を喰うぞ」

その声を耳にした瞬間、ゴズの全身に悪寒が走った。空装を励起し、鉄壁の守りを得たにもかかわらず、己を見据える空の目に怖気をふるった。

とっさに地面に刺していた青竜刀に手を伸ばす。

今の空相手に無手は危険であると本能が告げていた。

弾けるような勢いで空がゴズへと躍りかかる。その動きに怪我の影響は微塵も感じられず、速さだけでいえば空装をまとったゴズに優るとも劣らない。

負傷が治ったのは間違いなく心装の力であろう、とゴズは推測した。ならば、この尋常ならざる素早さも心装の助力によるものか。それとも、ゴズの歩法をこの短時間で習得してのけたのか。

いずれにせよ、今の空を先刻までの空と同一視するのは危険だった。

圧倒的な力で叩き伏せ、空の降参を引き出すという当初の心積もりも捨てざるをえない。どれだけ空を叩き伏せても、そのつど心装が回復してしまうのでは意味がないからだ。

もしかしたら、あの回復術には使用回数などの制限があるのかもしれないが、それを探り出している時間はない。ここは一息に決着をつけるべきであろう、とゴズは判断した。

空の手に握られた魂喰い《ソウルイーター》は、先刻までの鬱憤《うっぷん》を晴らすかのように猛り狂い、決して大柄ではない空の体軀に巨象のような迫力を与えている。

空と、ゴズは真っ向からぶつかり合った。迫り来る黒の刃をしっかと見据えながら、ゴズはみずからの青竜刀を一閃させる。

「幻想一刀流　中伝——閃耀《せんよう》！」

それは勁技《けいぎ》と剣技を練り合わせた光の斬撃。向かう先は空の身体ではなく心装。空装の刃をもって放たれるこの奥義で空の手から心装を叩き落とし、心装から空の身体に流れこんでいる得体の知れない力を寸断する。それがゴズの狙いだった。

これに対し、空の放った斬撃に幻想一刀流の妙はない。先にクライアに向けて放った虚喰《こくう》のような勁《けい》の滾《たぎ》りもない。ただ力のかぎり心装を振り下ろす、それだけの一撃だった。

激突する二つの刃。

次の瞬間、光を帯びたゴズの青竜刀がひときわ激しく明滅し——音高く断ち切られた。

「なあッ!?」

牛面の兜の向こうから驚愕の声がほとばしる。

自信をもって放った一刀だった。渾身の力を込めて振るった斬撃だった。それが空によって文字どおりの意味で断ち切られたことに、ゴズは一瞬の半分の間、放心してしまう。

心装にせよ、空装にせよ、具現化した武具はただの物《もの》ではない。それは使い手の同源存在《アニマ》の具現であり、つまりは使い手の魂の具現である。

心装の激突は使い手同士の魂のせめぎ合い。ゴズはそれに敗れた。心装しか扱えない空《そら》に対し、空装をもって挑みかかり、その上で敗れたのだ。その衝撃は、魂を切り裂かれた激甚な苦痛を意識の外に追いやるほどに深かった。

むろん、ゴズはいつまでも呆けていたわけではない。実際に放心していたのは、ほんの刹那《せつな》である。

だが、今の空《そら》にとって、その隙は勝負を決するのに十分すぎるものだった。

青竜刀を叩き斬った勢いそのままに、魂喰《ソウルイーター》いの黒刃がゴズに襲いかかる。隙間なく身体を覆った空装の鎧が斬撃を弾き返さんとするが、その抵抗は秒をもってあえなく喰い破られた。

悲鳴のような破砕音と共にゴズの左肩の装甲が砕け散る。相手の守りを叩き割った魂喰《ソウルイーター》いは、そのまま一気にゴズの身体を切り裂き、鎖骨を砕いて、なおも深く刃を埋め込んでいく。

一拍の間を置いて、ゴズの肩から堰《せき》を切ったように鮮血があふれ出した。

同時刻。ティティスの森の最深部。

『それ』は静かにまどろんでいた。

雷のように。竜巻のように。地震のように。あるいは火山の噴火のように。

世界の条件が整ったときに発動する現象。血肉をもって生まれ出でる幻想災害。

『それ』は数ヶ月前から少しずつ、少しずつ現界していた。

これまで現界を妨げていた杭《くい》はすでに引き抜かれ、再び打ち込まれる気配はない。ゆえに『それ』の現界は止まらない。

あと少しで完全に現界を果たす。

それまで、もう少しまどろんでいるつもりだった。

ところが、今日になって『それ』は嫌な気配に気づいた。

自らを殺し得る存在が近くにいる。

世界の条件が整ったときに発動するという意味で『それ』は自然現象と同じである。だが、血肉をもって生まれ出た『それ』には、自然現象には存在しない機能——自己保存が働いていた。

みずからを滅ぼす存在を許容することはできない。

『それ』は頭をあげた。

鎌首をもたげるようにゆっくりと——八つの頭をすべて持ち上げた。

第四章　幻想種

1

ゴズの肩を断ち割った瞬間、俺の中に流れ込んできた魂の量は過去最大のものだった。

空装を喰い破って数珠丸《じゆずまる》の魂を奪い、なおかつゴズに深傷《ふかで》を与えて魂を喰らった。

王都で慈仁坊《じじんぼう》と死塚御前を喰ったときは『6』だったレベルが一気に『10』まであがったが、今回の収穫は軽々とそれを凌駕している。さすがにゴズ・シーマとその同源存在《アニマ》、慈仁坊などとは格が違うということだろう。

続けざまにレベルが上がり、びくんびくんと身体が震える。

新たに湧き出てくる力を感じとり、自然と笑みが深くなった。俺がゴズに与えた傷は深いが、決して致命傷というわけではない。それなのに、これだけの魂が喰えた。であれば、このまま斬り殺せばもっと多くの魂を喰うことができるはず。

このまま一息に心臓を断ち切って、ゴズの魂すべてを喰らってやる――俺がそう考えたときだった。

ガシリ、と両の手首をつかまれる。

青竜刀を手放したゴズの仕業だった。

刀を振りぬこうとする力と、刀を押し戻そうとする力、二つの力がせめぎあう。

「チィ！」

みしりと両手の骨がきしみ、俺は舌打ちをこぼした。

ゴズは刀を押し戻すだけでなく、そのまま俺の手首を握りつぶそうとしている。深傷《ふかで》を負ってなお、その膂力《りょりょく》は熊を思わせる強さだった。

このままでは手首の骨が折れると判断した俺は、しかし、退こうとは思わなかった。

相手の首に噛みついておきながら、簡単に牙をはずす獣は存在しない。俺は手首の痛みを無視し、ゴズに身体をぶつけるようにしてさらに刀身を押し込んでいった。

「ぬ……ぐっ！」

肩口に埋まった刀身が揺れ、ゴズの口から苦痛の声がもれる。

そうだ、別に無理して力比べに勝つ必要はない。こうして刀身を揺らすだけでゴズには激痛が走るのだ。これを繰り返せば手首の拘束はゆるむ。ゆるめばさらに刀身を押し込むことができる。仮にその前に手首を砕かれたとしても、心装の力でいくらでも回復できる。

俺はゴズを喰らうことができる。
御剣空《みつるぎそら》はゴズ・シーマに勝つことができるのだ！
その歓喜のままに、俺がさらに刀身を揺り動かそうとしたとき――唐突に、何の前触れもなく、それは起きた。

『ルゥゥォォオオオオオオオォォォォオオオオオオオオオオオオ!!』

空が、大地が、人が、街が、大きく震えた。叫喚《きようかん》に込められた迫力と憎悪に身体と心が激しく軋《きし》んだ。
そして、それが何かを考えるよりも早く、次が来た。

『クオオオオオオオオオォォォオオオオオオオオ!!』

「ぐぅぅ!?」

「ぬぉぉ!?」

俺とゴズの口から同時に苦悶の声がもれた。心臓が激しく脈打っている。湧き出る汗が止まらない。

いったい何事だ。

獣の咆哮？　だが、ただの獣の声にここまで心をかき乱されるはずがない。

イシュカの各所から湧き起こる悲鳴や絶叫が事の大きさを物語っている。これはもう大規模魔術の領域――そこまで考えたとき、さらに次が来た。


『ギィィィイイイイイィィィイイイイイイイイイ!!』


「くそ、なんなんだッ!?」

俺はたまらずゴズから離れた。こんな状況では戦いも何もあったものではない。

これはゴズも同感だったようで、俺たちは距離を置いて対峙した。

俺は困惑に顔を歪める。何とかしようにも、これが何の咆哮なのか、どこから聞こえてくるのかもわからない。手の打ちようがないのだ。

と、そのとき。

「……マスター！」

聞き覚えのある声が耳朶を打つ。その声は苦しげだったが、それでも震えてはいなかった。

声が聞こえてきた方向を振り向いた俺は、そこにルナマリアの姿を見出して安堵した。

イシュカに戻ってきてからこちら、ずっとルナマリアの姿が見えないことを案じていたのだ。ミロスラフはシールとスズメにしか言及しておらず、ルナマリアがどうなったのかは分からなかった。

単純に家を留守にしていただけならいいのだが、クリムトの心装はその気になれば人ひとりを灰にすることもできる。もしかして、という不安は拭えなかった。

その不安が杞憂であったことは喜ばしい。俺は素直にそう思った。

だが、ルナマリアに肩を貸しているギルドの受付嬢リデルの存在は素直に受け止められそうもない。本当に、何がどうなっているのだか。

そんな俺の疑念にかまわず、ルナマリアは口早に告げてきた。

「竜です、マスター。この咆哮は竜です！」

「竜……これが？」

「はい。ひとたび吼えれば、耳を貫き、頭蓋を穿《うが》ち、魂を傷つける、それすなわち竜の咆哮《ドラゴンロア》。故郷の長老から聞いたことがあります」

ルナマリアの声は真剣そのものだった。

今しがたの咆哮を聞いた直後の俺に、エルフの賢者の話を否定する論拠はない。ましてや、今の俺はヒュドラの毒に対処するために奔走している身。ヒュドラの毒がケール河に流れてきたのは、ヒュドラが復活したから。うん、実に理にかなっている。

問題は、ティティスの最深部にいるであろうヒュドラの咆哮が、遠く離れたイシュカにまで影響をおよぼしていることだ。

そうこうしているうちに四度目の咆哮が鳴り響く。

もはや、誰もが声もなく耐える他なかった。


――その後、竜の咆哮はさらに四度にわたってイシュカを襲った。

響き渡った咆哮は都合八回。

八度の咆哮が終わった後も、俺の耳に焼きついた残響はなかなか消えてくれなかった。

その残響の向こうからイシュカ市街の混乱が伝わってくる。常のイシュカならば、多少都市内が混乱しても、時間が経てば人心は落ち着きを取り戻すだろう。だが、今回の事態が「多少」の範疇に留まるものでないことは明白だった。

これから先、イシュカの街が筆舌に尽くしがたい困難に襲われることは火を見るより明らかである。

それを理解した上で——俺は心装の切っ先をゴズに突きつけた。

誰かが息をのむ音が聞こえたが、俺はそちらを振り向きもしなかった。

ヒュドラが出ようが出まいが、鬼ヶ島の三人が俺の敵である事実はかわらない。むしろ、今後のヒュドラ対策に本腰を入れるためにも、三人は今ここで殺しておかねばならない。俺がヒュドラと戦っている間にスズメを襲われでもしたら対処のしようがないからだ。

敵意をあらわにする俺に対し、ゴズもまた刃先の欠けた青竜刀を構える。だが、牛面から放たれた声には、先刻までの戦意は含まれていなかった。

「お待ちを、空殿。それがしは鬼門にて竜と戦ったことがござるが、今のはたしかに竜の咆哮《ドラゴンロア》。ここで我らが刃を交えれば幻想種を利するばかりにござる」

「それがどうした？　俺にとっては敵が増えただけのこと。各個撃破は戦術の基本だろう」

それとも、今さら手を組んで戦いましょうとでも言う気か。

あざけるように問いかけると、ゴズはえたりとばかりに大きくうなずいた。

「いかにも。幻想種の討伐は幻想一刀流の存在理由でござる。この地で暮らす空殿にとっても幻想種の存在は脅威のはず。我らの利害は一致しておりますれば、ここは分別を働かせていただきたく存ずる」

「何が分別だ。馬鹿も休み休みいえ」

俺は吐き捨てるようにゴズの言葉を一蹴した。

幻想種は血肉を得た災害。死毒に冒された者の末路を思えば、その撃滅はすべてに優先する。

その意味でゴズたちは得がたい存在であろう。俺たちが手を組めば、幻想種《ヒュドラ》と魔獣暴走《スタンピード》を二つながら制圧することもできるかもしれない。

だが、それはあくまで相手が信用できるという前提があっての話。戦いの最中、三人が後ろから斬りつけてこないという保証はない。スズメを狙わないという保証もない。そんな相手に背中をあずけるなどまっぴらだ。

それだけではない。仮にうまく協力して幻想種《ヒュドラ》を討伐し、魔獣暴走《スタンピード》を制圧できたとしよう。その後はどうなるのか？　決まっている、俺たちは再びスズメをめぐって対立する。

肉体的な負傷はもちろん、魂喰い《ソウルイーター》によって喰われた魂も回復しているゴズたちとの再戦。クリムトあたりは俺に対する認識も改めているだろうから、今回のような奇襲も通じまい。

そんな状態でもう一度、手練《てだれ》の旗士《きし》三人相手に勝利できると考えるほど俺はうぬぼれていない。

分別を働かせるというのなら、ここで決着をつけることこそ俺の分別だった。

「幻想種をだしにして仕切り直しをしたいんだろうが、そうはいくか」

「否《いな》とよ。幻想種を討った後、われらは報告のために島に戻ります。たしかに鬼人の存在は気がかりでござるが……空殿が心装を会得したと知った上は、そしてその力を我が身で確かめた上は、鬼人の処遇をお任せすることに不安はござらん」

それを聞いた俺はかすかに眉をひそめた。ゴズの声音が真剣そのものだったからだ。

たしかに鬼人はかつて人類と戦った敵対種族であるが、もう種としての力を失って久しい。スズメに至っては本当に普通の女の子だ。

そのはずなのに、ゴズは心底からスズメを危険視しているように見える。

ゴズたちが鬼人を敵視しているのは、御剣家の滅鬼封神《めっきほうしん》の掟を教条的に守っているからだと思っていたが、この様子だと鬼人に関して俺の知らない秘密があるのかもしれない。

できればそのあたりを確認したかったが、たぶんそれは無駄に終わるだろう。ここで明かせる秘密なら、ゴズはとうの昔に明かしている。明かして、俺を説得する材料にしている。

そうしないのは独断での口外を禁じられているからだ。そして、御剣家の重臣であるゴズに沈黙を強いることができるのは当主以外に考えられない。ゴズ・シーマは父の命令に絶対にそむかない。

そのことは五年前に嫌というほど思い知っている。

ちらと脳裏で父の顔を思い浮かべた俺は、すぐにかぶりを振ってその像を払い落とした。

「口では何とでも――」

「お、お待ちください！」

ゴズにさらなる言葉を叩きつけようとしたとき、ひどく場違いな声が割って入ってきた。

顔をしかめて声の主を見れば、ルナマリアに肩を貸しているリデルが青い顔でこちらを見つめている。

「……ギルドからも、お願いいたします。今は人間同士で争っている場合ではありません。どうか、剣を納めてください」

懇願するリデルの向こうには、腰を抜かしたのか、ぺたりと地面に座っているパルフェの姿が見える。

どうしてギルドの連中がこの場にいるのか。その疑問は続くリデルの言葉で氷解した。

俺はここでようやく、ゴズたちが俺の家を襲うに至った経緯を知ったのである。

そして、ゴズたちが今日まで魔獣暴走《スタンピード》を食い止めていた事実も知った。

それを聞いた瞬間、脳裏に一つの案がひらめく。

俺はあらためてゴズを見やり、口をひらいた。

「ゴズ、俺はお前の言葉を信じない。仮に今の言葉が本心だったとしても、お前は当主の言葉次第で簡単に手のひらを返す。当主にスズメを討てと命じられれば、一目散にイシュカに駆け戻ってくるだろうさ」

「……む」

「だがまあ、人間同士で争っている場合じゃないという言葉も一理ある。だから、お前が本当に幻想種を討つために協力したいと思っているなら、言葉ではなく行動で示せ」

「ふむ、何をしろと仰せですかな」

「今すぐ――いいか、今すぐだ。三人で防衛線に戻って魔獣暴走《スタンピード》を食い止めろ」

防衛線はイシュカの街よりもティティスの森に近い。そのぶん竜の咆哮の影響も大きいに違いない。このまま何の手当てもしなければ、ひとたまりもなく魔物たちに食い破られてしまうだろう。

本来ならイシュカの守備隊から援軍を差し向けるべきなのだが、今の守備隊にそれだけの余裕があるとは思えない。

そこでゴズたちの出番である。一騎当千の青林旗士《せいりんきし》が三人。うち二人は負傷しているが、なに、護国救世の志をもってすれば、多少の怪我など問題にもなるまい。

そうやってゴズたちが時間を稼いでいる間、俺は近しい者たちをイシュカから逃がすのだ。

こうすれば、安心してヒュドラ討伐に向かうことができるという寸法《すんぽう》である。


――言うまでもないが、俺にはヒュドラを討伐する義務も責任もない。正直にいえば、イシュカの混乱も、防衛線の崩壊も知ったことではなかった。

それでも、俺は八度の咆哮を轟かせた多頭竜の討伐を決意していた。

今の俺のレベルは『13』――クリムトを斬って『10』から『11』にあがり、ゴズを斬って『11』から『13』に上がった。王都で慈仁坊《じじんぼう》を斬ったときにも思ったが、青林旗士《せいりんきし》の魂の量は王レベルの魔物に優る。

そして、幻想種はそんな青林旗士《せいりんきし》よりもさらに食いでがあると予想できる。どうして無視することができようか。

イシュカのために死を覚悟して戦地におもむく――そんな悲壮な決意は薬にしたくともありはし

ない。

ただ喰らうため。そのためだけにヒュドラを討つ。それこそが俺にとっての最善であるはずだった。

2

高大なイシュカの城壁の上に立って眼下を見ると、城門から吐き出された三つの人影が、まっすぐ北に向かって駆け出していくところだった。

いわずと知れた鬼ヶ島の三人組である。クリムトとゴズの怪我はイリアとセーラ司祭の魔法で塞がれている。体力回復薬《スタミナポーション》も飲んでいるので当面の戦闘には支障がないだろう。

怪我から回復したクリムトは、明らかに自分たちに課せられた役割に不服そうな顔をしていたが、表立って文句を言おうとはしなかった。司馬《ゴズ》の命令だから仕方ないと考えたのか、姉の説得が功を奏したのか——まさか、セーラ司祭を見て、ひそかに顔を赤らめていたのは関係ないだろうな？

ともあれ、三人組は俺の思惑どおり魔獣暴走《スタンピード》を阻《はば》む盾となってくれるだろう。青林旗士《せいりんきし》三名、これ以上の援軍はない。イシュカの外に関してはうまく運んでいた。

ひるがえってイシュカの内であるが、これはまったくもって思惑どおりに運んでいなかった。

クランメンバーの誰ひとりとして「逃げろ」という俺の指図に従わなかったからである。

ルナマリアは市街の混乱で傷ついた人々を手当てしてまわっている。暴れる者や火事場泥棒がいれば、これを取り押さえて積極的に治安を守ってもいた。

「マスター。『血煙《ちけむり》の剣』が信頼されるクランになるためには、このような危急の際にこそ働かねばなりません」

エルフの賢者の発言は正しかった。異論の余地はどこにもない。

だが、そもそも俺は冒険者ギルドへのあてつけとしてクランをつくったのだ。ギルドどころかイシュカそのものがなくなりそうな状況で、クランの地位向上にこだわるつもりはまったくない。

そして、これはルナマリアに言う必要のないことであるはずだった。なにせ彼女はクランの創立メンバー。俺が『血煙《ちけむり》の剣』に対してこだわりや思い入れがないことを誰よりも知っている。

にもかかわらず、あえてクランの名を出し、イシュカに留まると決めた心底はどこにあるのか。

それについて問うたとき、ルナマリアがこぼした苦笑の意味を俺はいまだにはかりかねている。

次にミロスラフだが、彼女もまたルナマリアと同じように市街の混乱収拾に尽力していた。

自爆魔法によって半死半生の態《てい》だった赤毛の魔術師は、俺の血に加えてイリアとセーラ司祭、二人がかりの回復魔法で一命を取り留めている。その後、ミロスラフは手持ちの体力回復薬《スタミナポーション》をがぶ飲みするや、すぐさま行動を開始していた。

「盟主《マスター》の留守を守るのがわたくしの務めです。一度目は敗れ、二度目は逃げるなど、そんな無様をさらすわけには参りません」

力強く言い切るミロスラフの横で、獣人のシールも大きくうなずいて賛意を示していた。

ミロスラフほどではないにせよ、スズメを守ってクライアに斬られたシールの傷も深かった。傷そのものはセーラ司祭によって塞がれているとはいえ、流れ出た血はすぐには戻らない。しばらく安静にしているべきなのだが、シールはミロスラフにならって体力回復薬《スタミナポーション》をがぶ飲みし、身体に鞭打って働いていた。

自分以上に重傷だったミロスラフが平然と動き回っているのに、自分がのんきに寝てはいられない、とはシール本人の弁である。

負傷した者たちが軒並みそんな調子なのだ。彼女たちに守られたスズメがとった行動はいわずもがなであろう。

鬼ヶ島の三人に襲われた恐怖はまだ拭えていないだろうに、スズメはミロスラフとシールの二人を懸命に手伝っている。手伝う対象がこの二人なのは、重傷を負った二人の容態が急変したときに備えてのことに違いない。

襲撃の原因が自分にあったことを気に病んでいるようだったので、気にする必要はないと言っておいたが、さて、俺の一言にどれだけの効き目があったことか。我ながら心もとないかぎりである。

もう少し時間があれば腰をすえて話すこともできたのだが、今はその時間がなにより惜しい。

セーラ司祭とイリアの母娘にしても、最悪のタイミングで連れてきてしまった責任がある。危険のないところまで送り届けるのが俺の義務なのだが、これも時間が足りなかった――まあ、それ以前にこの母娘もイシュカを離れようとはしていないのだけど。

ちなみに今、俺の顔は鼻から下の部分が白い布で覆われている。鼻と口を塞ぐこの覆面はヒュドラの死毒に対抗するための措置なのだが、これをつくってくれたのはセーラ司祭だった。

むろん、ただの布を巻きつけただけでは効果は薄い。この布は聖布──聖水を用いてつくった糸で織られた布──であり、法神の祝福が込められている。

「大地すら冒す不治の毒に対して、どれだけの効果があるかはわかりません。ですが、何もつけずに挑むよりはずっと良いはずです」

そう口にしたセーラ司祭の法衣は、袖の部分が大きく欠けていた。俺がヒュドラに挑むと知った司祭が手早く切り取り、覆面として縫い上げてくれたのである。

なお、一部始終を見ていたイリアが無言で天を仰いでいたので、セーラ司祭の法衣はけっこうな貴重品だったと思われる。

──まったく、と俺は力なく息を吐いた。

俺にできるのは喰うことだけだ。誰かのために戦おうとか、誰かを護ろうとか、そういうことを考えてもうまくいかない。そのことはゴズとの戦いでいやというほど思い知った。

だというのに、どうしてこうも「負けられない」という気持ちが高まるのか。当初の予定では、もうちょっとこう、身軽に戦えるはずだったのだけど。

そんなことを考えながら、俺はあらためて城壁の上から北の方角を見やった。

ティティスの森から天に向かって朱色《あけいろ》の巨塔がそびえ立っている。見ようによっては巨大な樹のようにも見える『それ』の正体は巨大な竜巻だった。

こうして見ている分には拳ひとつ分の幅しかないが、イシュカと深域の距離を考えれば、竜巻が発生している範囲はイシュカの街を楽々と飲み干せるほどに広い。

それだけ広範囲の土が、木が、水が、空に向かって逆巻《さかま》いている。当然、そこに生きる動物や魔獣も混ざっているに違いない。朱色に見えるのは、深域の土の色もあるだろうが、それにくわえて多くの生き物の血が混ざっているせいではないか、と俺は推測していた。

「血肉を得た災害、か。言い得て妙だな」

あの異常が幻想種によって引き起こされていることは明白だった。

あれでは討伐するどころか、近づくことさえできない。百万の軍勢で取り囲んでも、近づく端から空に吹き飛ばされて全滅するだろう。

ヒュドラが意図的に防壁を展開しているのか、それとも幻想種の存在に大地が悲鳴をあげているのか。

いずれにせよ、過去に戦った魔獣とは比べるべくもない存在感である。最強の名をほしいままにする幻想種、その頂点に立つ竜種にふさわしい。

――だというのに、少しも恐ろしく感じない。それどころか、全身の血肉が震えるように叫んでいる。はやくアレを喰わせろ、と。

その声に背を押されるように、俺は無言で城壁の上から飛び降りた。

次の瞬間、俺の身体はクラウ・ソラスの鞍の上にあった。藍色《あいいろ》の鱗を持つ翼獣《ワイバーン》は、そのまま勢いよく上空へと飛翔する。

「行くぞ、クラウ・ソラス」

その命令にクラウ・ソラスは「ぷい！」と元気よく応じた。

本来、翼獣《ワイバーン》は竜の眷属である。ヒュドラという竜種と戦うことに抵抗するか、そこまでいかずとも恐怖を示すかと思っていた。

だが、クラウ・ソラスはいずれの素振りも示さない。毅然とした態度で俺の命令に従い、一路、朱色の竜巻に向かって突き進んでいく。

俺はクラウ・ソラスの鞍の上で苦笑した。

クラウ・ソラスといい、クランメンバーといい、どうやら俺はいろいろなものを見誤っていたらしい。これからはもう少し周りを見る目を養うことにしよう、と心に誓う。

そんなことを考えている間にも、クラウ・ソラスはみるみる目的地に近づいていく。

途中、何種類かの空飛ぶ魔獣を見かけたが、クラウ・ソラスに挑みかかってくるものはいなかった。竜巻に巻き込まれれば魔獣とて命はない。懸命に翼をはためかせる魔獣たちには、俺やクラウ・ソラスにかまっている暇などなかったのだろう。

ティティスの外周部を越えて深域にさしかかる頃には、そういった空の魔獣の姿もなくなっていた。

かわって、赤紫色の粉塵《ふんじん》が視界を塞ぐ。幻想種の魔力で逆巻き、たちのぼった土砂が上空から降り注いでいるのである。

おそらく、この砂礫《されき》の中にはヒュドラの毒も含まれていることだろう。クラウ・ソラスは風の結界を張って飛行しているので、今のところ異常はないようだが、さすがに竜巻の中心部に飛び込んだらただでは済むまい。

ここらでクラウ・ソラスから降りようと思案して手綱を引く。すると、騎手の意を察したクラウ・ソラスが力強く吼えた。

「ぷいいい！」

「ふむ、いけるか？」

「ぷぎ！」

「よし、それなら一緒に竜巻に突っ込むぞ！」

そう言って軽く背をなでると、クラウ・ソラスは嬉しそうに力強く翼をはためかせた。そして、そのまま速度を落とさずに竜巻の中に飛び込んでいく。

瞬間、耳の奥がキンと痛んだ。轟々と鳴り響く風の音。下から上へ、重力を無視して土や木が舞い上がっていく。

もし世界に終わりが訪れたなら、こうもなろうかという情景。クラウ・ソラスが竜巻内部の気流に飲みこまれないように懸命に身体を御しているのがわかる。

今や視界はゼロに近く、乱流のせいでまっすぐ飛べているのかもわからない。このままでは地面に激突することになりかねないが、目的地はもうすぐそこのはず――そう思った瞬間、まるで何者かがその思考を読み取ったかのように視界が晴れた。竜巻の内側は、外側ほど荒れ狂っていなかったのだ。

そして、俺の予想どおりに『それ』はいた。

それは幻想の名を戴《いただ》く世界の理
八の首と八の尾と、血まみれの胴体を持つ神代の怪異
憎悪にたぎる瞳は赤く、生きとし生けるものへの敵意を孕《はら》み
流れる血潮は屍毒《しどく》のごとく、天地《あめつち》さえも腐らせる
不浄の顕現、九想《きゅうそう》の化身、不死身を否定する毒の王
その名をヒュドラといった

3

はじめてヒュドラを目の当たりにした俺の脳裏に浮かんだのは死屍の竜――ドラゴンゾンビという言葉だった。

全身を覆う鱗は腐乱したように黒ずみ、身体の各所からにじみ出る血液は体熱と汚毒でぶくぶくと泡立っている。まだずいぶんと離れているはずなのに、聖布のマスク越しに腐敗臭が鼻を刺す。

クラウ・ソラスが苦しげにぷぃぃぃと鳴いた。

こちらの侵入に気づいたのだろう、八つある首の中の一本が、鎌首をもたげるように頭をあげた。鬼灯《ほおずき》のように赤い両眼が敵意を込めてこちらを睨んでいる。息吹《ブレス》の一つも吐いてくるかと思ったが、その気配はなかった。まだ様子見ということか、あるいは息吹《ブレス》を吐くまでもないと思われているのか。

どうあれ、こちらとしては観察を続けるのみである。

ヒュドラの首の長さはイシュカの城壁を楽々と越えるほど。太さは千年の樹齢をかぞえる大木を思わせる。それだけ長く太い首が八本もついているのだから、胴の大きさはそれこそ山のようだった。

これだけの自重をどのように支えているのかと足元を見る。動物であれ、魔獣であれ、身体が大きければ大きいほど、それを支える足に負担がかかるもの。巨獣と戦うとき、足を狙うのは常套手段である。

だが、ヒュドラにこの手は通用しそうになかった。

というのも、ヒュドラの足があると思われる胴体下部が、丸ごと地面に埋もれているからである。

――いや、地面というと語弊がある。

ヒュドラの体表から流れ出る血毒によって腐食した大地は底なしの沼と化しており、ヒュドラはその沼を泳ぐように前進しているのだ。

こうして見ている間にも毒による大地の腐食は進んでいる。上空から見ている分には遅々とした速度だが、実際に地面に立てば、大人の駆け足ほどの速さだとわかっただろう。

この侵食速度が、すなわちヒュドラの侵攻速度であった。

俺としてはヒュドラが空を飛ぶことも想定していたから、その意味では助かったといえる。

だが、地面を移動されるのも、それはそれで厄介だった。

ヒュドラが通り過ぎた後に残った巨大な毒沼――いや、これはもう沼ではなく毒の海というべきだろう。ヒュドラが生んだ毒海は周囲の木々を飲み込みながら、少しずつ、少しずつ拡大を続けている。その様はあたかも毒海そのものが意思を持っているかのようで、なかなかにおぞましい。

この分では、ヒュドラがイシュカに到達する頃にはティティスの全域が毒海に飲み込まれているに違いない。そうなれば、仮にヒュドラを倒してもイシュカは人の住める場所ではなくなってしまう。

イシュカだけではない。ケール河を通じて毒が広がればメルテの村も危険だし、イシュカから数日の距離にある王都ホルスも存亡の淵に立たされる。

それはあまり心楽しくない未来図だった。

「よし、クラウ・ソラス、ここまででいい」

「ぷい!?」

「イシュカに戻れ。間違っても俺を援護しようとか考えるなよ？　助ける余裕もなければ、巻き込まない自信もないからな」

「……」

「返事！」

「ぷぎっ!!」

「よろしい」

そんなやり取りを終えた後、俺はクラウ・ソラスの背から地面めがけて飛び降りた。

普通なら助かる高さではないが、勁《けい》を用いれば何とでもなる――そんなことを考えていたら、こちらを見据えていたヒュドラの目がぎらりと輝いた。

大きく開かれた口が落下する俺に照準を合わせる。

次の瞬間、ヒュドラの口から暗赤色の息吹《ブレス》が放たれた。色や形状から推《お》して猛毒の液体だろう。

高圧で放たれた水はそれ自体が高い殺傷力を持つ。岩を砕き、金属を断ち切る水魔法が存在するのがその証拠だ。ヒュドラが放った毒液もこれに等しく、うなりをあげて迫り来る毒液の直撃を受ければ、毒以前にまず水圧で身体が砕け散るに違いなかった。

視界いっぱいにヒュドラの息吹《ブレス》が迫る。それはあたかも赤い城壁が迫ってくるかのようで、とっさに逃げることもままならない。空中ならなおのこと。


だから、逃げずに迎え撃つことにした。


心装で切り裂いてもよかったが、それよりも試したいことがある。

ゴズとの戦いで知った心装の知識。

心装とは空《くう》の領域へ至る入り口に過ぎず、同源存在《アニマ》の力をさらに引き出すための木刀――呼び水である。かつての傅役《もりやく》はそう言っていた。

それは俺にとって思いもかけないことだった。

俺は今日まで、強くなることはすなわち自分のレベルをあげることだと考えていた。だから心装を振るって魔物を倒してきたし、ルナマリアやミロスラフ、イリアたちから魂を喰らってきた。

心装の力を今以上に引き出そうとは、たぶん一度も考えていない。

何故といって、俺にとって魂喰い《ソウルイーター》はこれ以上ない最強の武器だったからである。最強の武器を手に入れたならば、後は自分のレベル上げに励むだけ。それが俺の強さにつながる——この考えは決して間違いではなかっただろう。

だが、それだけでは至れない領域があることを俺は知った。

そして、一度気づいてみれば、ヒントはいたるところに転がっていた。

最大のヒントは心装を会得したあの日。あのとき、俺は蝿の王の巣で無数の蛆蟲《うじむし》に集《たか》られた。腕を喰われ、足を喰われ、顔を喰われた。

その俺がこうして五体満足で生きていられるのは、同源存在《アニマ》たるソウルイーターの力に他ならない。

復元魔法は蘇生魔法に匹敵する神の御業。聖王国の教皇だけが扱えるという神域の奇跡。

それと同じ現象をソウルイーターはたやすく起こしてのけた。ソウルイーターとはそれだけの力を秘めた同源存在《アニマ》なのだ。

俺はその事実に感謝こそすれ、その力を自分のものにしようとは思わなかった。

あれは心装に目覚めた俺に対する一度きりの祝福、一度きりの奇跡なのだと、そんな風に考えていた。

だが、違う。

あの日から今日まで、力はずっと俺の中にあった。俺を拒んでもいなかった。ただ、俺がつかもうとしていなかっただけ。

事実、ゴズとの戦いで苦しまぎれに手を伸ばした途端、あっさりつかめたではないか。つかませてくれたではないか。

今度は苦しまぎれではなく、意図してつかむ。どうすればそれができるのかもすでに理解していた。

ゴズが口にしていた空《くう》の領域とやらではない。レベル『13』の俺は、そんな高尚な領域には至れない。

今の俺が見据えるべきははるか空《そら》の彼方ではなく、足元にある地面だ。原点。レベル『1』の俺が至ったすべての始まり。

――ココニ、ドウチョウハ、カンリョウシタ

同調。同源存在《アニマ》の力を引き出すために、同源存在《アニマ》と心身を合わせること。

すべてを喰らう、あの感覚に身体をひたす。

へたをすれば、そのまま同源存在《アニマ》に身体を奪われかねなかったが、その心配は不思議なほどに感じなかった。ソウルイーターの声を聞いたのはあの時だけだが、だからこそはっきりとおぼえている。

生きることを諦めていた俺を叱咤した声を。

天地《あめつち》のすべてを喰らえと吼えた覇気を。

どことも知れぬ瓦礫《がれき》の大地で、樫の木を背に見せた無骨な笑みを。

——我ら《ワレラ》、同源にして相似たり《ドウゲンニシテソウジタリ》

心装が猛《たけ》る。身体が燃える。勁《けい》が吼える。

俺は身のうちよりあふれ出る力を口中にためる。

勁砲《けいほう》。勁《けい》を口から吐き出すだけの初歩の勁技《けいぎ》。

だが、今の俺のイメージはかつてのそれではない。勁砲《けいほう》と同じく初歩の勁技《けいぎ》だった颯《はやて》を距離喰らう一刀——虚喰《こくう》へと進化させたように、勁砲《けいほう》も先に進ませる。

イメージするのは竜の息吹《ドラゴンブレス》。

竜と竜の激突だ。その幕開けが互いの息吹《ブレス》のぶつかり合いというのは、いかにも「らしい」だろう。

セーラ司祭の想いがこもった覆面をくいっと下げた俺は、そのまま大きく口をひらき——

「カアアアアッ!!」

迫り来るヒュドラの息吹《ブレス》に向けて、自分の勁砲《ブレス》を叩き付けた。

4

轟音が大気を震わせる。

鼓膜が悲鳴をあげ、衝撃が不可視の鞭《むち》となって肌を打つ。

目の前で大鐘《おおがね》を鳴らされたような、あるいは至近に稲妻が落ちたようなその音は、ヒュドラの毒液と俺の勁砲《けいほう》が激突した音だった。

軍配があがったのは勁砲《けいほう》の方。

鋭利な矛が分厚い盾を突き破るがごとく、俺の勁技《けいぎ》は高速で迫り来る毒液のかたまりを貫き、四散させた。

のみならず、そのまま宙を走って息吹《ブレス》を吐いたヒュドラの頭部を直撃した。

その瞬間、赤眼を爛々と輝かせていた竜顔がめきりとひしゃげ、そのまま後方に勢いよくはねた。

それはまるで見えざる巨人の正拳突き《ストレート》を食らったかのようで、長く伸びたヒュドラの首が柳の枝のように大きくしなる。

一拍の間をおいて、苦悶とも驚愕ともつかない幻想種の咆哮が轟きわたった。

その咆哮を聞きながら地面に降り立った俺は、間髪いれずに魂喰い《ソウルイーター》を振りかざした。

吼えるように勁《けい》をほとばしらせる心装。その気配にようやく何かを感じとったのか、息吹《ブレス》を放った首以外にさらにもう一本、ヒュドラの首がこちらへと向けられる。

これで八つ首のうちの二つが俺に向けられたわけだ。残りの六本はこれまでとかわらず、まっすぐに進行方向を向いたまま。舐《な》められているのは明白だったが、それならそれでかまわない。ぶん殴って振り向かせてやればいいだけだ。


俺が狙いを定めたのは、勁砲《けいほう》の直撃を受けてふらついている頭部だった。あれを断ち切って八本首を七本首にする。

幸い、新たにこちらを向こうとしている首はいまだにその動作を完了していない。もたもた、と形容できる緩慢《かんまん》な動き。ヒュドラはその巨大さゆえに俊敏な動作とは無縁のようだ。

そんなヒュドラに向けて、気合と共に心装を振り下ろす。

見えざる勁《けい》の刃は瞬く間にヒュドラとの距離をゼロにちぢめ、鱗に覆われた首筋に襲いかかる。

そして――

「……ぬ？」

俺は眉根を寄せた。こちらの放った攻撃が何の抵抗もなく、ずぶり、とヒュドラの首にめり込んだからである。

竜の鱗と聞いて想像するような堅固さ、強靭さは少しも感じられなかった。

それだけではない。千年樹の幹を思わせるヒュドラの太首があっさりと上下に両断されたのである。熟れ過ぎた果実が枝から落ちるように、ヒュドラの頭部が落下していく。

ぼちゃり、と音をたてて毒海と化した地面に落ちた頭部は、そのままずぶずぶと沈んでいった。

狙いどおりといえば狙いどおりなのだが、あまりの手ごたえのなさに自然と警戒心が湧き起こる。

魂の流入は感じるから幻影や擬態《ぎたい》の可能性は薄い。だが、流入してくる魂の量はバジリスク一頭分ほど。決して少なくはないが、幻想種の八分の一をしとめたにしては微々たるものだ。

このまま虚喰《こくう》をあと七回放ち、すべての首を切り落としてめでたしめでたしとなるほど簡単な相手ではないだろう。

その証拠に、首を失ったヒュドラは反応らしい反応を示していない。ただ一撃で首をはね飛ばされたというのに、痛みも脅威も感じていない様子だった。

そんなことを考えていると、今しがた両断した首の断面が不意にぼこりと膨れ上がる。

傷口からあふれ出たのは、猛毒竜の血と脂《あぶら》と体液が混ざり合った汚泥《おでい》のごとき粘液だった。その粘液は、まるで一個の生物であるかのように激しく脈動を繰り返しながら、太く、長く、天を衝《つ》くように伸びていく。

それは明らかな再生行動だった。

「――チッ」

舌打ちしつつ、再生中の首に向けて再度、勁技《けいぎ》を放つ。

だが、その攻撃はようやくこちらに向き直ったもう一本の首によって阻まれた。ヒュドラの頭部が音をたてて弾け飛ぶ。ななめに断ち割られた頭蓋から血と脳漿《のうしょう》が飛び散った。

その間に一本目の首の再生は完了してしまった。そして、二本目の首でも、一本目のときと同じ再生行動が始まる。

つまりは、これがヒュドラの特性なのだろう。

簡単に斬れるが、簡単に再生する。そして攻撃される都度《つど》、己の鱗さえ腐らせる猛毒を撒き散らして敵を追い詰めていく。

毒という己の特徴を把握した、実に厄介な防御方法だといえた。

俺は勁《けい》による防御で毒から身を守っているため、今のところ毒の影響は受けていない。だが、それは遠距離から攻撃しているからでもある。今後、ヒュドラの身体に取りついて剣を振るい、飛び散る血肉を浴びたとき、無事でいられるかどうかはわからなかった。

さて、どうするか。

斬るたびに魂は流れ込んでくるから、ダメージがないわけではあるまい。このまま延々と虚喰《こくう》を放ち続けるという選択肢もある。ソウルイーターと同調を果たした今の状態なら、丸一日戦い続けても勁《けい》が尽きることはないだろう。

だが、それではいかにも迂遠《うえん》だった。

こちらが与えるダメージ以上にヒュドラが回復していたら、一日どころか百日戦い続けても終わらない計算になるし、何よりも、いまだこちらを向かない六本の首がこの戦法の有効性を否定する。

この戦法がヒュドラにとって脅威となるなら、八本の首すべてが牙を剝《む》くはずだ。

現状、俺の危険度は首二本分。それがヒュドラの下した評価なのである。

「もう少しがんばりましょう、といったところか」

厳しい評価を受けて、ふん、と鼻で息を吐く。

このままでは倒せないというなら戦い方を変えるまで。もとより遠距離攻撃のみで幻想種を倒せるとは考えていなかった。

古来、不浄を清める方法は三つ。水に流すか、土に埋めるか、火で燃やすか、である。

猛毒というヒュドラの特性を考えると、水と土は避けた方がいい。であれば、後は火一択。

用いるのは幻想一刀流、焰《ほむら》。

かつて蛇の王バジリスクを葬った炎の太刀をここで再び振るう。

今日までこの技を使ってこなかったのは、単純に使いどころが難しかったからである。簡単にいえば強力すぎるのだ。街中で使えば確実に火災を誘発してしまう。それはティティスの森やスキム山でも同様だった。

攻撃対象と一緒にまわりを焼き払ってもかまわない、という状況でないと使えない剣技なのである。

そして、幸か不幸か、今はまさにそういう状況だった。バジリスクのときよりもさらに強力になった炎の剣を遠慮なく振るうことができる。

俺は地面を蹴ってヒュドラに接近した。焰《ほむら》には虚喰《こくう》ほどの射程はない。有効打を与えるにはできるかぎりヒュドラに近づく必要があった。

そして、そのためには広範囲に生じている毒液の海の上を進む必要があった。

あいにく、俺には水の上を駆ける特殊技術の持ち合わせはない。ゆえに焰での攻撃は不可能だった——つい先刻までは。

ゴズとの戦いで得た知識は心装に関する事柄だけではない。

勁《けい》の扱い方についても学ぶところは多かった。その一つが歩法である。

俺はこれまでもっぱら脚力ばかりを強化していたが、ゴズは脚力の他に足底の制御にも意を用いていた。足の下に勁《けい》でつくった石畳を敷く、といえばわかりやすいだろうか。

どれだけ脚力を強化しても、踏み込む床や地面がしっかりしていなければ十分な速さを得られない。ゴズは——というより幻想一刀流の門下生たちは、みずから足場をつくることでこの条件をクリアしていたわけだ。

熟達した使い手ともなれば、海面を駆けて大陸と鬼ヶ島を渡ることもできるのだろう。

むろん、今の俺では海を渡るような芸当はできない。だが、一時的に毒海の上を走り、踏ん張ることくらいはできる。

こちらの接近に対し、当然のようにヒュドラも反応したが、その動きはやはり鈍い。あるいは再生したてということもあったかもしれないが、いずれにせよ好機は好機。

俺は心装を高々と掲げ、気合と共に振り下ろした。

「幻想一刀流――焔《ほむら》！」

その瞬間、俺の勁《けい》を燃料としてほとばしった炎の激流は、堤防の決壊した大河を思わせた。

以前にこの技を放ったときのレベルは『7』。今のレベルはほぼ倍である。その威力は以前の比ではない。

河炎《かえん》。

文字どおりの奔流となってヒュドラに襲いかかった炎の河は、瞬く間に俺と対峙していた二本の首を飲み干し、山のごとき胴体部分の半ばを覆いつくした。

ヒュドラの体表を覆っていた血が一瞬で蒸発し、朱色をした蒸気が立ち込める。その蒸気も高熱によってたちまち霧散した。

勁技《けいぎ》の直撃を受けた竜鱗は轟音と共に吹き飛び、幻想種の皮と肉が猛火によって熔《と》け落ちていく。

その光景を観察した俺は口元に会心の笑みを浮かべた。

「やっぱり火でつけられた傷は再生しないか」

先ほど虚喰《こくう》で切り裂いたときは、傷つけられてから再生が始まるまでほとんど間がなかった。一方、焔《ほむら》による傷口はいっこうに再生が始まる気配がない。


気がつけば、ヒュドラが前進を止めていた。

それまで俺に見向きもしなかった六本の首がそろってこちらを振り返る。十二の赤い眼《まなこ》が憎悪と憤怒に濡れて爛々と輝いている。

と、六つの首のうち二つの首が動いた。大きく口をあけ、鋭い牙を閃かせながら迫ってくる。

俺は嚙みつきを警戒して後退しようとしたが、このとき、ヒュドラが狙ったのは俺ではなかった。ヒュドラが食い裂いたのはヒュドラ自身。正確に言えば、先に俺の勁技《けいぎ》で焼け落ちて動かなくなった二つの首の根元部分を、己の牙で食いちぎったのである。

胴体から切り離された首が派手な水しぶきをあげて毒海に着水し、そのままずぶずぶと沈んでいく。

同士討ちというべきか、あるいは自傷行為と呼ぶべきか。俺はヒュドラの予期せぬ行動に眉根を寄せたが、この不可解な行動の理由はすぐに明らかになった。

食いちぎられた首の根元から、再生の先がけである粘液があふれ出したのである。

炎でつけられた傷口は再生しない。だが、炎傷ごと食いちぎってしまえばその限りではない、ということらしい。

瞬く間に八本首に戻ったヒュドラを見て、俺は思わず声をあげて笑っていた。

「ハッハハハハ！　そうだ、そうこなくちゃ面白くない!!」

火で傷つけたら再生しませんでした、そのまま倒せました——そんなものが幻想種であるものか。

そんなものが竜であってたまるものか。

それでは期待外れもはなはだしい。

苦戦を楽しむつもりはない。が、楽勝を望んでいるわけでもない。

せっかくの幻想種との戦いなのだ。俺が一段も二段も上にいけるような、そんな徹底した闘争を期待していた。その闘争を制した上で、俺はヒュドラを喰いたいのだ。

そんなことを考えながら、あらためてヒュドラと向かい合う。

いまやヒュドラは前進をやめ、八つある首はすべて俺に向けられている。すなわち、ヒュドラは完全に俺を敵として認識した。

御剣空《みつるぎそら》は、幻想種に敵として認識されたのだ。

次の焔《ほむら》を放つ準備をする俺の顔は、自分でもはっきりとわかるくらい楽しげだった。

5

――忌々《いまいま》しい。忌々《いまいま》しい。忌々《いまいま》しい。

近づいては離れ、離れては近づき、あたかも蠅《はえ》か蚊《か》のごとく己につきまとう存在に対し、『それ』は――ヒュドラは苛立ちをおさえきれずにいた。

毒の息吹《ブレス》は得体の知れない勁砲《ブレス》でかき消される。

牙で噛み砕こうとすれば猿《ましら》のごとく逃げまわり、尾で打ち据えようとすれば飛鳥のごとく飛び上がる。普通の生き物なら猛毒を恐れて近づくこともできないのに、この人間は恐れる色もなく攻撃をしかけてきた。

胸奥から湧きあがる不快感に耐えかねたヒュドラは、もはや容赦せぬとばかりに高々と咆哮をあげた。

八つの首がまっすぐ空に向かって伸び、口から天地を軋《きし》ませる叫喚《きようかん》がほとばしる。

竜の咆哮《ドラゴンロア》。竜の魔力を帯びた咆哮は単なる音ではない。それは聞くモノの心を圧殺する魔法であり、ただ一度の咆哮をもって万の軍勢を壊乱させる兵器だった。

一度の咆哮にそれだけの力が込められているのだ。八つの首すべてを用いた八重咆哮《オクテットロア》の威力たるや、もはや神器の領域である。間近で浴びせれば、人間など魂魄《こんぱく》すら残さず消し飛ばされる――そのはずなのに。

「隙だらけだ、まぬけ」

至近で咆哮を浴びせられた人間は少しも堪《こた》えた様子を見せず、それどころか口元に嘲笑を湛《たた》えて黒い武器を一閃させる。

八本ある首はそれぞれが咆哮をあげるために空に向かって伸びていた。人間が繰り出した攻撃はその無防備な首筋を直撃し、首のひとつをあっさりと切り飛ばしてしまう。

残った七つの口から遠雷の轟きにも似た唸り声がもれた。

血肉さえ猛毒で出来ているヒュドラに痛覚というものは存在しない。ゆえに、頭部を切り落とされたところで痛みを感じることはない。傷口はすぐに再生するので戦う力が損なわれるわけでもない。

だというのに、この人間の攻撃は言い知れぬ不快感を与えてきた。今に始まった話ではない。この人間が現れてからずっとそうだ。その理由がわからないことがなおさら苛立ちをかきたてる。

その苛立ちを吐き出すように、ヒュドラの七つの口から同時に毒の息吹《ブレス》が放たれた。

正面から、右から、左から、様々な角度から放たれた息吹《ブレス》のすべてをかわすのは至難の業だったはずだが、人間は軽々と跳躍してこれを避ける。

しかし、これはヒュドラの思惑どおりだった。

宙に飛んだ人間めがけて強靱な尾がうなりをあげて襲いかかる。それ自体が下級の竜を思わせる野太い尾。地面に立っていた先刻とは異なり、空中に飛び上がっている状態では回避もできない。これには人間も成すすべがないものと思われた——が。

『ルゥオオォォオオオオ!?』

轟くような苦悶の叫びを発したのは攻撃したヒュドラの側だった。

避けようもない速度と威力で人間を打ち据えんとした尾。その先端が宙を舞っている。人間が振るった黒刀の一撃で切断されたのだ。

傷口から多量の血肉が飛び散って周囲に降り注ぐ。当然のようにそれらは飛沫となって加害者である人間を襲ったが、骨すら残さず溶かしてしまう猛毒が効力を発揮することはなかった。人間の体をよろう不可視の防壁《シールド》が飛沫の付着をさえぎったからである。

「ハハハハハ！　やっぱり勁技《けいぎ》で斬るより、直接斬った方が食いでがあるな！　それに、返り血程度なら勁《けい》で防ぐこともできるみたいだ。これで遠くからちまちま斬る必要もなくなった」

そういって心地よさげに哄笑《こうしょう》する人間の声はヒュドラには届かない。それどころではなかったのだ。

これまで首を何本切断されようと、身体を炎で焼かれようと、不快感をおぼえこそすれ、叫び声をあげたりはしなかった。それが今になって苦悶の叫びを発したのは、尾を斬られた瞬間に己の一部を食いちぎられる感覚が鮮明に伝わってきたからである。

繰り返すが、ヒュドラに痛覚というものは存在しない。存在しないが、それでもその感覚は痛みとしか形容できないものだった。

『グゥゥゥリィィイイイ!!』

ひときわ甲高い声を発するや、ヒュドラは今しがた切断された尾を除いた残り七本の尾を全力で地面に叩き付けた。

今や毒液の海と化している地面――否、水面は凄まじい衝撃を受けて爆発したように毒液を飛散させる。

飛び散った毒液はそれ自体が攻撃としての役割を果たしていたが、ヒュドラの狙いはそこではなかった。ヒュドラが尾を叩き付けたのは、それによって浮力を得るため——つまるところ、ヒュドラはその場で飛びあがったのである。

「うお!?」

これは予想していなかったのか、人間の口から驚きの声が漏れる。

山とみまがう巨体がはっきりと宙に浮かんでいる様は圧巻だった。そして、飛び上がれば落下するのが自然の法則というもの。どれだけ人間離れした生命力があろうとも、あるいは毒に対して耐性があろうとも、巨大質量の下敷きになれば助からない。

足元にたかる虫けらを己の体で押しつぶす。それがヒュドラの狙いだった。

仮に虫けらが下敷きを免れたとしても、着水の衝撃で発生する毒液の氾濫《はんらん》はかわせない。潰れて死ぬか、溺れて死ぬか、いずれにせよ忌々しい虫けらはここで死に絶えるはずだった。

これに対して人間は——

「自分から弱点をさらしてくれるとは親切なことだな」

左手を頭上に掲げながら笑っていた。その異様な振る舞いを、空中にいるヒュドラは知覚することができない。

ゆえに、次に人間がとった行動に対処することもできなかった。

「『我が敵に死の抱擁を——火炎姫』」

解き放たれる第五圏《けん》の火の正魔法。応じて現れ出でる炎の腕の数はあわせて七本。その太さは百年の歳月を閲《けみ》した大樹を思わせ、唸りをあげて頭上のヒュドラ、その腹底へと襲いかかる。

並の竜ならこの程度の炎は鱗《うろこ》で弾いてしまっただろう。だが、全身が猛毒で腐乱しているヒュドラの鱗に本来の竜鱗の硬さは残っておらず、さらにいえば、これまでずっと毒液につかりっぱなしだった腹底部分は他の部分よりもはるかに脆《もろ》かった。

『グルゥオオォォォオオオオ!!』

同じ箇所を実に七度、続けざまに炎の魔法で撃ち抜かれたヒュドラの口から巨大な叫喚がほとばしる。たとえ痛みはなくとも、腹を突き破られ、臓腑を焼かれる感覚が快かろうはずがない。

火炎姫の魔法は銛《もり》のごとくヒュドラの胴体を穿《うが》ち、深々とした縦穴をつくりあげていった。火による攻撃ゆえに再生も始まらない。

「おまけだ――幻想一刀流、鑽《たがね》！」

とどめとばかりに人間が繰り出した鋭い刺突が決定打となり、ヒュドラの胴体に大穴が開く。人間はその穴に飛び込んでヒュドラの押圧《ブレス》から逃れ、ついでに着水の衝撃からも逃れた。

もはや恐れる色もなく平然とヒュドラの鱗の上に立った人間は、ぶるりと身体を震わせると吼えるように笑った。

「ハッハァ！　さすがは竜種、さすがは幻想種！　身体に穴ひとつ穿《うが》っただけであっという間にレベル『14』か！　これなら何時間、何十時間でも戦える――いや、どうか戦ってくださいとお願いしないといけないな！　頼むから逃げるな、それと簡単にくたばってくれるなよ、毒の王!!」

その言葉が意味するところは、あいかわらずヒュドラにはわからない。わからないが、それでも己がひどく侮辱されていることは伝わってきた。

——不遜《ふそん》、不遜《ふそん》、不遜《ふそん》！

ヒュドラの胸裏に瞋恚《しんい》の炎がともる。

みずからを滅ぼす存在を許容することはできない——そんな自己保存にしたがって覚醒した幻想種が、自己保存とは似て非なる「怒り」という感情にしたがって行動を開始する。

それは竜巻が怒りによって進路を変えるにも似た、あるいは地震が怒りによって震度を変えるにも似た、本来ならば起こるはずのない出来事。

人という種を滅ぼすように世界に定められた幻想種が、たった一人の人間を殺すために牙を剝《む》いた瞬間であった。

6

イシュカの街は静まり返っていた。あるいは、怯《おび》え竦《すく》んでいた。

普段は大勢の人手でにぎわう大通りは閑散として猫の子一匹見当たらない。北《ティティス》の方角から吹きつける風は砂塵《さじん》をともなって荒れ狂い、建物が悲鳴をあげるように軋《きし》んでいる。持ち主のいない子供の玩具《おもちゃ》が、暴風に翻弄されてカラカラと地面を転がっていた。

住む者のいなくなった廃墟のごとき光景。

むろん、イシュカの住人がことごとく死に絶えたわけではない。また、一人残らず街から逃げ出したわけでもない。多数の住人が南方に避難したのは事実だが、今なおイシュカに留まっている者も多い。

だが、今のさびれた街の様子から、その事実を汲み取ることはきわめて困難だった。多くの人々は貝のごとく建物に閉じこもり、ひたすら嵐が通り過ぎるのを待っているだけであったから。

最初の竜の咆哮《ドラゴンロア》が轟き渡ってからすでに三日が経過している。

咆哮によって恐慌におちいっていた者の多くは正気を取り戻し、一時は壊乱状態だった魔獣暴走《スタンピード》防衛線も強力な援軍によって持ち直した。もっといえば、この時点でティティスからあふれ出た魔獣の大半は討ちとられており、こと魔獣暴走《スタンピード》に関していえば、事態ははっきりと終息に向かっている。

にもかかわらず、イシュカの街が廃墟のごとく静まり返っているのは何故なのか。その理由は三日前から間断なく発生している地響きにあった。

——ズ……ン、ズゥ……ン、ズズゥ……ン

突きあげるように三度、地面が揺れた。イシュカ中の建物が悲鳴をあげるように大きく軋《きし》む。イシュカを守る長大な城壁さえ例外ではなかった。

地響きはその後も続いた。少し間を置いて一度、さらに間を置いて二度――それでもとまらず、次は五度。

自然現象と考えるにはあまりに異常な頻度《ひんど》。常であれば、人々はおおいに怪しみ、また騒ぎたてただろう。しかし今、イシュカの住民の多くは諦観をもってこの異常を受け入れていた。

この異常がはじまったのは最初の竜の咆哮《ドラゴンロア》の少し後。

それから三日、地響きは昼夜の別なく繰り返された。絶えることなく続く地響きが自然現象でないことは子供でも理解できる。

止まない揺れは咆哮の主《ドラゴン》がまだ生きていることの証だった。

恐るべき竜を前にして、戦うすべを持たない者たちがとれる対応など、諦めるか、逃げ出すかの二つしかない。そして、逃げ出せる者はとうに逃げ出している。今のイシュカが諦観の色に染まっているのは必然だった。

そんな状況だったから、政庁や冒険者ギルドが魔獣暴走《スタンピード》の終息を伝えても歓声があがることはなかった。

打ち続く地響きは「まだ何も終わっていない」という竜の嘲弄。

物流は止まり、商店は開かず、備蓄を食い潰せば次には飢えが待っている。それ以前に、竜が直接襲いかかってくれば、人間など虫けらのように踏み潰される。その恐怖があらゆる気力を奪い去る。

衰弱の一途をたどる住民たちは、ただ祈るしかなかった。冒険都市イシュカの誇る精鋭が、一刻も早く事の元凶を撃破してくれることを。

――そのころ、都市戦力の一角を担う冒険者ギルドでは、受付嬢リデルがギルドマスターであるエルガートに向かって一つの報告をおこなっていた。

「マスター、防衛線のパルフェから連絡がありました。件《くだん》の三名が防衛線を離れてティティスの森に向かったとのことです」

件の三名とはもちろんゴズ、クリムト、クライアのことである。

この三日――いや、その以前からの活躍を含めて、魔獣暴走《スタンピード》の魔物を食い止めることができたのは三人あってのこと。もし、彼らがいなければ防衛線が早期に破られていたことは疑いない。それゆえ、三人の行動を制止できる者は誰もいなかった。

リデルの報告をうけたエルガートはゆっくりとうなずく。

「そうか。次の波が来ることはないと判断して、元凶のもとに向かったのだね」

「そのようです。しかし、目的はどうあれ、独断での行動はつつしんでいただきたいところです」

三人の離脱に苦言を呈するリデル。ソラ邸での暴挙を目の当たりにしたリデルは、三人に対して好意的ではいられなかった。むろん、その三人を案内してしまった自分の責任を棚上げにするつもりはないが、詫びるにせよ、つぐなうにせよ、すべては今回の事態が終わってからのことである、とリデルは考えている。

リデルの苦言を聞いたエルガートはわずかに目を細めて応じた。

「許可を求めるだけ無駄だと考えたのだろうね。実際、魔獣暴走《スタンピード》が終息しつつあるというのは希望的観測に過ぎない。この状況であの三人の離脱を許すような余裕は、我々にはなかった」

三人はそれがわかっていたから独断で動いたのだろう——そう考えるエルガートの顔には色濃い疲労がへばりついている。

常に瀟洒《しょうしゃ》な装い、優雅な振る舞いを崩さないギルドマスターも八重咆哮《オクテットロア》以降の狂騒は心身にこたえるものがあった。

この三日、エルガートは眠ることはおろか椅子に腰をおろす暇もなく、政庁とギルドと市街をめぐって事態の収拾に奔走してきた。

特に騒乱当初、咆哮によって政庁の重鎮たちの多くが倒れ、イシュカの都市機能は完全に麻痺していたため、エルガートの双肩にかかる負担は相当なものだった。

ギルドマスターにして第一級冒険者であるエルガートは、イシュカでも指折りの有名人である。当然のように政庁の役人や市街の豪商、正規軍の指揮官たちに顔がきく。エルガートは彼らと連絡をとり、協力をとりつけ、臨時の指揮系統を構築し、ともすれば吹きこぼれそうになる破滅の鍋に蓋《ふた》をし続けた。

この奔走がなければ、イシュカの混乱は歯止めがきかず、市街での略奪、暴動の発生さえありえただろう。

そして、この奔走の間、壊乱状態だった防衛線を支えたのがゴズたちである。もしゴズたちがいなければ、エルガートは混乱の収拾よりも魔物の排除を優先せざるを得ず、結果としてイシュカ市街の混乱は今の数倍、ことによると数十倍にまで膨れあがっていたかもしれない。

さらにいえば、エルガートが前線に出たところで三人ほどの圧倒的戦果を挙げることはできず、おそらく防衛線は崩壊していたと思われる。そうなれば、イシュカは内の混乱と外の魔獣によって一朝で滅び去っていたに違いない。

今、まがりなりにもイシュカが存立しているのは間違いなく三人の功績によるところ。それを思えば多少の自儘《じまま》には目をつむらなければならない。敵前逃亡したというならともかく、元凶の排除に向かったのならば尚更《なおさら》だ――エルガートはそう考えた。

だが、それを眼前のリデルに告げようとはしなかった。リデルは聡明な女性だ。この程度のことはエルガートが口にするまでもなく理解しているはず。

では、どうしてリデルは三人をとがめるような物言いをしたのか。

おそらくリデルは、あの三人に対して怒る以上に警戒しているのだ。ある意味、魔獣暴走《スタンピード》の魔物よりもずっと。

このリデルの警戒心は、エルガートの中にもあるものだった。

この三日の間、エルガートは一度だけ防衛線におもむいて三人の戦いを我が目で見ている。数さえ知れぬ無慮無数の魔物たちを、文字通りなぎ払い、切り散らし、焼き尽くすその姿は、第一級冒険者の目から見ても異常だった。リデルは同じものをソラの邸宅で見て、警戒の念をおぼえたに違いない。

望めば魔獣暴走《スタンピード》さえ防ぎとめる力の持ち主。彼らがその気になれば、イシュカ市街を灰燼《かいじん》に帰《き》することも可能だろう。

これを妄想と断じることはできない。何故といって、あの三人は独自の価値観に基づき、イシュカに居住を許された鬼人の少女と、彼女を守ろうとした者たちに刃を振るったからである。

そのあたりの事情はいまだに判然としないが、リデルの報告によれば、三人は都市の法よりも自分たちの法を優先させることを明言したという。

そんな無法者が絶大な戦闘力を有しているのだ。リデルならずとも警戒するのが当然だろう。繰り返すが、エルガートもリデル同様、三人を警戒している。

……ただ、本音を言えば、エルガートの思考における三人の比重はそれほど重くない。三人よりもはるかに警戒する相手がいたからである。リデルの報告にあったもう一つの事実。あの三人を退けたのは、ギルドを除名された元第十級冒険者だった——

「またしても君か、ソラ」

エルガートは凝《こ》った眉間をもみほぐしながら呟《つぶや》く。このところ、ギルドに問題が持ち上がるたび、きまってその名前がからんでくるのだ。

今のソラが『寄生者《パラサイト》』でもなければ、レベル『1』でもないことはエルガートも理解している。ギルドを除名された時期を境に、ソラは急激に力を高めている。それはわかっているのだが、魔獣暴走《スタンピード》を阻めるほどの実力者三人が、そろってソラに苦杯をなめるほどの域に達しているとは思っていなかった。

「私の考えていた上昇幅と、実際の上昇幅は、それこそ天と地ほども離れていたということだね。さて、神が降りたのか、魔が憑《つ》いたのか……」

「マスター、何か？」

怪訝そうにリデルに問われたエルガートは、小さくかぶりを振って「なんでもない」と応じる。

そのとき、不意にギルドの建物が揺れた。

「――む」

エルガートはわずかに眉根を寄せる。ズゥ……ン、ズゥ……ン、という地響きの音が耳朶を打ち、頑丈なギルドの建物がぎしぎしと軋《きし》む。

エルガートは窓辺に歩み寄って外を見た。

今、イシュカの住民のほとんどは、打ち続く地響きと三日前の咆哮を結びつけ、おそるべき魔獣が都市の近くで暴れていると考えている。地響きが続くことは魔獣が生きていることと同義。それゆえ、ほとんどの住民が恐れ、怯えていた。

　だが、エルガートは他者とは異なる視点でこの地震をとらえている。

「たしかに、打ち続く地響きは魔獣が生きていることを示している。だが、同時に、魔獣に挑んだ者が健在であることの証左でもある」

　そうとでも考えなければ、魔獣がティティスの森に留まっている理由が説明できない。

　一時間や二時間ではないのだ。魔獣が三日三晩、何の理由もなくティティスから動かなかったと考えるよりは、何者かと戦っているために動けなかった、と考えた方が納得がいく。

　このとき、エルガートの脳裏によぎったのは三日前に受けた一つの報告だった。

――『血煙《ちけむり》の剣』のソラが、藍色翼獣《インディゴワイバーン》に乗って一路北《テイティス》に向かって飛んでいった……

「三日前に響き渡ったのは間違いなく竜の咆哮《ドラゴンロア》。ソラ、君は竜を三日三晩にわたって食い止めてくれているのか？」

　もしそうだとすれば、ソラの力は想像を絶している。信じがたいほどに。

　しかし、それでも人間である以上、限界は存在する。地響きの頻度からして、ソラはこの三日間、寝ることはもちろん、飲み食いすることさえ出来ないでいるに違いない。

　おそらくは命をけずって竜と死闘を繰り広げているソラのことを思い、エルガートは憂うように眼差しを伏せる。

ソラが冒険者ギルドに敵意を抱いていることは知っている。その原因をつくったのが自分であるという自覚もある。除名の件はともかく、『隼の剣』をめぐる対応は恨まれて当然だった。

そのエルガートに気遣われても、ソラは疎ましげに顔をしかめるだけだろう。

それでも、エルガートはソラの無事を祈らずにはいられなかった。

勝てぬと知ってなお竜に挑んだ若者の無事を祈らずにはいられなかった。

第五章　蹂躪

1

　幻想一刀流は御剣家の始祖が身命をとして編み出した破邪の剣。天災に等しい幻想種さえ葬り去る人の世の護《まも》り刀《がたな》。

　幻想一刀流の使い手にとって幻想種は不倶戴天《ふぐたいてん》の敵であり、それは鬼神にかぎった話ではない。

　ゴズ、クライア、クリムトの三人が鬼人《スズメ》の抹殺をはかったのは、鬼神という幻想種が現界《げんかい》する可能性を未然に摘《つ》むためだった。

　当然のように、すでに現界《げんかい》を果たした竜《ヒュドラ》と、まだ現界《げんかい》を果たしていない鬼人《スズメ》を比べたとき、討伐の優先度は前者が優《まさ》る。

　それゆえ、魔獣暴走《スタンピード》を退けた三人は迷うことなくティティスの森へと踏み込んだ。三日三晩、単独で幻想種と戦っている御剣空《みつるぎそら》に助力するために。

だが、恐ろしいほどに荒れ狂った森が三人の足を阻《はば》んだ。

竜巻と地震と猛毒が一度に発生したティティスの森は、この世ならざる様相を呈《てい》していた。

逆巻く大地、広がる毒海、その中で狂奔する魔獣の群れ。

視界を覆う朱色の砂塵《さじん》は、暴風によって巻き上げられた土や草、木や獣が上空でぶつかりあい、混じりあって生まれたものだった。

猛毒を帯びた砂塵は風に乗って広範囲に降り注ぎ、すでに外周部にまで達している。風向き次第ではイシュカの街にまで届いてしまうだろう。

三人は勁《けい》による守りで毒を排することができるが、他の冒険者や市民はそうはいかない。

一刻も早く発生源である幻想種を討つ必要がある——ゴズがそう考えたとき、砂塵を裂くようにして黒い影が躍りかかって来た。

それはヘルハウンドと呼ばれる魔物で、猟犬《ハウンド》という呼び名どおり、犬に酷似した外見をしている。

自分より大型の生き物でも襲う獰猛さと、複数で統率のとれた狩りをする狡猾さから、ティティスに棲息する魔獣の中でも特に危険視されている種であった。

とはいえ——

「ぬん！」

ゴズにかかってはいかな魔獣も野良犬の域を出ない。気合と共に数珠丸《じゅずまる》を振るうや、三頭のヘルハウンドがまとめて吹き飛んだ。

クライア、クリムトの姉弟も同様に魔獣を一蹴し、襲いかかってきた十五頭の群れはたちまち半数以下まで打ち減らされた。かろうじて生き残った数頭は文字どおり尻尾を巻いて逃げ散っていく。逃げる魔獣の背に向けてクリムトが勁技《けいぎ》を放とうとしているのを見て、ゴズが短い制止の言葉を放った。

「クリムト、今は力をたくわえておけ」

同源存在《アニマ》を宿す旗士《きし》は常人とは比較にならない量の勁（魔力）を有するが、それでも限界はある。勁《けい》を全開にした状態で戦える時間は、正規の旗士《きし》であっても半日が精々だ。旗士《きし》の中でも上位に位置する者たちであれば半日以上戦うことも可能だが、それでも二日三日と戦い続けられるものではない。

最初の竜の咆哮《ドラゴンロア》が轟いてからまもなく四日が経過する。ゴズたちは魔獣暴走《スタンピード》の最中、短いながらも交代で休息をとり、さらに勁量《けいりょう》を調節しながら戦ってきたためにいまだ余力を残しているが、この後の幻想種との全力戦闘を考慮すれば余裕があるとは言いがたい。

加えて、クリムトとゴズは魔獣暴走《スタンピード》直前の空《そら》との戦いで傷を負っている。傷口こそ塞がっているが、空の心装の能力とおぼしき心身の不調は看過しがたく、そういった様々な要素を踏まえてゴズはクリムトを制止したのである。

これに対し、クリムトは唇を曲げて何事か言い返そうとしたが、姉であるクライアに目顔で制されて口をつぐむ。

その代わりというわけでもあるまいが、クライアがゴズに向かって口をひらいた。

「司馬、一つ気になることがございます」

「申せ」

「四日前の咆哮は疑いなく竜のものでした。その竜を、空殿は今に至るまで独力で食い止めていらっしゃいます。このこと、司馬はどう思われますか？」

それは聞きようによっては「試しの儀も超えられなかった空に竜を止められるわけがない」という底意地の悪い指摘に聞こえただろう。

だが、クライアに空を軽んずる意図はない。

他の二人と違って傷こそ負わなかったが、クライアはイシュカでの戦闘で空《そら》に後れをとった。その事実を無視するほどクライア・ベルヒという女性は愚かではない。何かと圭角《けいかく》が目立つ弟のクリムトさえ、この点に関しては姉にならっている。

クライアが気にしているのは実力うんぬんではなく、空がたったひとりで「三日三晩」戦い続けているという点だった。

前述したとおり、正規の青林旗士《せいりんきし》であっても全力戦闘が可能なのは半日程度しかない。ティティスに出現した幻想種が、空が全力で戦わずとも三日間しのげる程度の力しかないというのであれば謎は解けるが——そんなことはありえないのだ。

幻想種はそれほどたやすい相手ではない。まして、空が相手にしているのは幻想種の中でも頂点に位置する竜種である。全力を出さずに竜種を押さえ込むような真似は、青林八旗の旗将《きしょう》クラスであっても不可能だ。

空が単身で幻想種に挑むと知った当初、クライアはその行動をある種の遅滞戦闘であると判断した。

魔獣暴走《スタンピード》の魔物にはクライアたちをあて、空本人は元凶である幻想種に挑む。むろん、単身でしとめられる相手ではないから、あくまで時間を稼ぐのが目的だ。

少しでもいい、幻想種の足を止め、体力をそぎ落とし、イシュカの市民を逃がす時間を稼ぎ出す。そうして時機を見計らってクライアたちと合流し、四人で幻想種に当たる。

客観的にみて、これが最も幻想種を討てる可能性が高く、なおかつ犠牲を少なくする方法であるはずだった。

むろん、空にしてみれば、つい先刻まで斬りあいをしていたクライアたちとの共闘など願い下げであろう。だが、幻想種を放置していては、イシュカはおろかカナリアという国そのものが滅びさってしまう。正式な入門はかなわなかったとはいえ、幻想一刀流――幻想種を屠《ほふ》る剣を学んだ空はそのことを理解しているはずだった。

だから、不承不承ではあれ、クライアたちとの協力を肯《うべな》うものと考えていた。

ところが、空は勁《けい》が尽きる目安である半日が過ぎても、一日が経過してもティティスから戻ってこなかった。二日経っても、三日が過ぎても影さえ見えない。普通ならば「幻想種に返り討ちにあった」と判断するところだが、打ち続く地響きと、いつまでたっても森から出てこない幻想種がその可能性を否定する。

――驚きを通り越して不気味だ、とクライアは思う。ともすれば、現界した竜よりも空の方が恐ろしく感じられるほどに。

自分の身体を抱くように、刀を握っていない左手で右の肘をつかむクライアを見て、ゴズは、ふむ、とあごに手をあてた。

「空殿の心装の能力はおそらく吸収ないし略奪だ。竜の力を奪いながら戦っている、と考えるべきだろう」

「竜の力を奪えるほどの心装を持ち、竜の力を奪えるだけの実力を持つ。五年前、竜牙兵を相手に一合と打ち合えなかった人が、どのようにしてこれほどまで――」

口ごもりながらも、クライアが内心の思いを吐露しようとしたとき、それは姿を現した。

2

『キシュアアァァアアアア!!』

朱色の砂塵の向こうから耳をつんざく叫喚《きょうかん》が轟いた。それを聞いた瞬間、三人は即座に意識を戦闘に切り替え、それぞれの心装を構える。

直後、地面が跳ねるように揺れた。

これまでの地響きとは比較にならない大きな揺れだった。ゴズたちの身体が地面から拳《こぶし》三つ分ほども浮き上がる。巨大な隕石が至近に落下したかのような衝撃に、さすがの青林旗士《せいりんきし》たちも体勢を崩してしまう。

そんな三人の耳に、複数の木々がバキバキとまとめてへし折れる音が飛び込んできた。次いで、ずるり、ずるりと、何か途方もなく重く粘着質なモノが近づいてくる気配がする。

それはすぐにずずずずずという絶え間ない振動音に変じた。

ヘルハウンドとは比較にならない強大な敵の接近を察知したゴズたちは、素早く体勢を立て直し、その場から大きく飛びのく。

間一髪だった。

今の今まで三人がいた場所に、山のごとき巨軀《きょく》が躍り出る。長く伸びた複数の首。腐りかけの鱗《うろこ》に毒血で覆われた表皮。

それは疑いなく不死殺しの猛毒竜ヒュドラだった。

ゴズは、やはり、と内心でひそかにうなずく。広大なティティスの森を汚染するほどの毒と、先の八重咆哮から、現界した竜がヒュドラであることは予想の内にあった。

ただ、ひとつ気になるのは、伝承では九本あるはずのヒュドラの首が三本しかないことだった。

しかし、それについて考えるより早くベルヒ姉弟の声がその場に響き渡る。

「焼き払え、倶利伽羅《くりから》！」

「出ませい、倶娑那伎《くさなぎ》！」

二人が心装を抜き放つ声を聞き、ゴズも意識を戦闘に集中させる。

首の多寡《たか》など仕留めてから考えればいいこと。先に戦っているはずの空の姿が見えないのも気になったが、それもまた後で確かめればいいことだ、と己に言い聞かせる。

倶娑那伎《くさなぎ》の風が、倶利伽羅《くりから》の炎が、数珠丸の斬撃が続けざまにヒュドラを捉《とら》えた。風で裂かれ、炎で焼かれ、刃に貫かれて、ヒュドラは激しく巨軀をくねらせる。

だが、三人の攻撃に対する反応はそれだけだった。どれだけ攻撃されようとも、ヒュドラの三つ首はちらともゴズたちを見ず、ただひたすらに前方――南を向いて進み続けている。

三人からすれば、反撃を気にせずに好きなだけ攻撃できる状態だった。

むろん、ためらう理由はない。三人の心装が煌《きらめ》く都度、ヒュドラの鱗が、皮膚が、肉が、面白いように千切れ飛んでいく。

それでもヒュドラはゴズたちを排除しようとはしなかった。目を向けることとさえしなかった。

巨大な体軀を蛇のようにくねらせて、前へ前へと進んでいく。

それがどれだけ非効率的な移動方法であろうとも、立ち止まるよりはマシだといわんばかりに、幻想種はただただ前へと進み続けた。

その姿にゴズは違和感をおぼえた。いや、ゴズだけではなく、クライアも、クリムトもだ。

当然といえば当然だろう。幻想種の中でも最強に位置する竜種が、どれだけ攻撃されても反撃してこないという状況に不審をおぼえない旗士《きし》はいない。

――まるで何か恐ろしいモノから逃げているかのようだ。

期せずして、三人が同じことを考えたときだった。

「ハッハハハハ！　どこへ行くつもりだよ、幻想種!!」

その声はまるで雷鳴のようにティティスの森に、そしてゴズたちの耳に響き渡った。

とっさに上空を振り仰いだゴズが目にしたのは、喜悦の笑みを浮かべながら黒刀を構える御剣《みつるぎ》空《そら》の姿。

勁《けい》で脚力を強化して飛びあがったのか、それとも勁《けい》で足場を築いて宙を駆けたのか。いずれにせよ、ヒュドラの直上に姿を現した空は、刺突の構えから猛然と切っ先を突き出した。

「幻想一刀流――鑽《たがね》！」

それはゴズたちもよく知る幻想一刀流の基本技のひとつ。同じ基本技の颯《はやて》が「飛ぶ斬撃」ならば、鑽《たがね》は「飛ぶ刺突」である。

熟練の使い手が放てば、離れた位置から相手の身体に風穴をあけることも可能だが、威力そのものは初歩の域を出ない。少なくとも竜種相手に使うような技ではなかった。

クリムトなどは「何をやっているんだ」といわんばかりに舌打ちしたが、ゴズは空の判断に理解を示した。

空は正式に幻想一刀流を学んでおらず、扱えるのは初歩の技だけだ。その初歩の技さえ我流の域を出ない。その条件でヒュドラと戦うとすれば、とれる手段はただ一つ、時間をかけて敵の体力をそぎ落としていくしかない。

空もそう考えて、颯《はや》て《》や鑽《たがね》、あるいは焔《ほむら》といった基本技を使い、時間をかけてヒュドラを追い詰めていったのだろう。三日三晩続いた戦闘の意味もこれで説明がつく。ゴズがそう考えたとき。

――風が吹いた。

髪を残らずかきあげるような凄まじい突風だった。明らかに自然の風ではない。上空から強大な力で圧迫された空気が、逃げ道を求めてゴズたちに向かって吹きつけてきたのだ。

吹き荒れる風の強さは、すなわち空が放った勁技《けいぎ》の威力だった。

ヒュドラの巨体に穴があく。刺突の勁技《けいぎ》は巨大な錐《きり》のごとくヒュドラの背に突き刺さり、鋭く、深く、捻《ねじ》れながら鱗を、皮膚を、肉を抉《えぐ》りとっていく。その威力は明らかに初歩のそれではない。

『キシャアアァァアアア!!』

三本の首から同時に咆哮があがった。ゴズたちに攻撃されたときとは比較にならない音量と切迫感は、もはや悲鳴に等しい。

それを聞いた空が高らかに哄笑《こうしょう》する。

「ハッハァ！　どうした、反撃しないのか!?」

さらに一度。続けて二度。止まらぬ三度。

空中で、地上で、空《そら》は続けざまにヒュドラめがけて鑽《たがね》を放つ。ゴズたちには目もくれず、苦悶にのたうつ幻想種の身体を容赦なく穿《うが》っていく。

ヒュドラはといえば、こちらもゴズたちには目もくれず、かといって空《そら》に反撃しようともせず、のたうちながら南へ進もうとしている。

ここにおいて、ゴズはおそまきながら悟った。ゴズだけでなく、クライアも、クリムトも悟った。この幻想種は先刻からずっと、御剣空から逃げようとしていたのだ、ということを。

「くそ、空のやつ！」

クリムトは舌打ちしつつヒュドラから距離をとった。空は同じ戦場で戦っているクリムトたちをまったく気にせずに勁技《けいぎ》を連発している。

クリムトは鋭い眼差しで空を睨《にら》みつけるが、当の空はその視線にまったく気づいていなかった。あるいは、気づいていながら無視していた。

一方、姉のクライアは空の態度ではなく、勁《けい》に注意を引かれていた。

「勁《けい》の量も、質も、先日戦ったときとはまるで別人ですね……」

こうして見ているだけでわかる。轟々と空の身体を巡る勁《けい》の流れは太く、強く、アドアステラ帝国を横断する常河《じょうが》の流れを想起させる。

四日近く幻想種と戦っている以上、いつ勁《けい》が尽きてもおかしくないはずなのに、今の空は少しもそれを感じさせない。今しがた戦い始めたといってても違和感がないその姿は、はっきりと異様だった。

異様といえば、今の鑽《たがね》もそうである。

クライアの目から見れば、空の勁技《けいぎ》は精妙さのかけらもない粗《あら》いもの。しかし、込められた勁《けい》の量と質が尋常ではなく、槍にたとえられる初歩の勁技《けいぎ》が大砲のごとき威力を発揮している。

クライアも似たようなことはできるが、間違いなく空ほどの威力は出せないだろう。そもそも真似しようとも思わない。

もともと、颯《はやて》や鑽《たがね》といった初歩の基本技は「1」の勁《けい》をつぎこんで「1」の威力を引き出す技術なのである。

言葉をかえれば、初歩の技に「10」の勁《けい》をつぎこんでも威力は「1」のまま。強引に「2」の威力を引き出すこともできないわけではないが、それはつまり「8」の勁《けい》を無駄に消費することを意味する。

そんな非効率的なことをするくらいなら、より上位の技をつかって「10」の勁《けい》から「10」の威力を引き出せばいい。

ところが、空はその非効率的な戦い方を大規模に実行していた。たとえて言うなら、初歩の技に「100」の勁《けい》をつぎこんで、むりやり「10」の威力を引き出しているようなものである。

あまりに粗《あら》く、無駄が多い力技。だが、その力技を連発できる勁量《けいりょう》は、はっきりとクライアを凌《しの》いでいる。

――四日間、竜種相手に戦い続けた状態で、レベル『51』のクライア・ベルヒを凌《しの》いでいるのである。

クライアは背筋の震えをおさえることができなかった。

「司馬！」

みずからを襲った怖気《おぞけ》を払うように、クライアは声を出してゴズの指示を仰《あお》いだ。このまま様子を見るのか、それとも戦いに加わるのか、その判断を求めたのである。クリムトも姉にならってゴズに目を向けている。

これに対し、ゴズは声に出して二人に、そして空に己の決断を知らせた。

「空殿《そらどの》！　我ら三名、これより助太刀いたす!!」

ゴズにしても今の空の姿に思うところはあるが、その疑問を解くよりも眼前の幻想種討伐が優先する。

そう考えたゆえの決断だったが、空はこの声に応じなかった。

ちらと三人の方に視線を向けたように思われたが、それも一瞬のことで、次の瞬間にはひとりでヒュドラに斬りかかっている。

これまでのように、なぶるように遠距離から勁技《けいぎ》を放つのではなく、接近した上での直接攻撃。素早くヒュドラに肉薄した空は、すくいあげるように下から上へ、黒刀を一閃させた。

『ギィィィイイイイイィィィ!!』

ヒュドラの首が宙を飛ぶ。

空《そら》の攻撃はとまらず、続けざまに三度、幻想種の悲痛な咆哮が鳴り響いた。

八本の首と八本の尾、そのすべてを断ち切られ、ヒュドラは血みどろの肉塊と成り果てる。

ゴズが助太刀を申し出てから一分と経たない間の出来事だった。

3

「なんと……!」

ヒュドラの首を残らず叩き切った俺を見て、かつての傅役《もりやく》が目を剝《む》いている。傅役《もりやく》だけでなく、黄金世代と称えられた二人の同期生も同様だった。

一度は剣を交えた間柄だ。三人とも、俺が五年前と違うことは理解していただろうが、それでも単独《ソロ》で竜種を屠《ほふ》れるとは予想だにしていなかったらしい。

三人の間の抜けた顔に心地よく優越感をくすぐられながら、心装を一振《ひとふ》りして刀身についた血肉を払い落とす。

その後、俺はことさらゆっくりとした口調で三人に声をかけた。

「『我ら三名、これより助太刀いたす』？　いらんよ、お前らの助けなぞ」

あざけるように言い放つと、ゴズがなにやら感嘆した面持ちで言葉を返してきた。

「言葉もありませぬ。空殿の成長は理解したつもりでござったが、まさか幻想種を単身で屠《ほふ》ってしまうとは……見事でござる！　御館様もさぞ喜ばれましょう。他の旗士《きし》たちも、この勲功を知れば空殿の帰参に異を唱えることはありますまいっ」

「それを聞いて俺が喜ぶとでも？」

見当はずれのことを言うゴズに冷めた返事をすると、向こうはさらに熱を込めて語りかけてきた。

「空殿、ここは思案のしどころでござる。これは御館様の御心次第でござるが、今の空殿であれば、嫡子の座に返り咲くことも夢ではありますまい！」

「……む」

鼻で笑おうとした俺だったが、嫡子の一語を耳にした瞬間、不覚にも心が動いてしまった。

地位に未練があったわけではない。ただ、竜殺《ドラゴンスレイヤー》しの勲功をもって実家に帰り、嫡子の座に返り咲いて、俺を見限った者たちに目に物見せてやる――そのシチュエーションに惹かれたのである。

なんとなれば、それは五年前の俺が何より望んでいた結末だったから。もし、島を追放された直後に心装を会得していたら、きっと相手の誘いに乗っていただろう。

俺の反応に手ごたえを感じたのか、ゴズが勢い込んで言葉を続けようとする。

俺は左手をあげて、そんなゴズを制した。

あらためて考えるまでもない。過去は過去、今は今。嫡子の座にも、それに付随する諸々にも興味はない。

気がつけば、一度は揺れた心も落ち着きを取り戻していた。

「そんなことより、ゴズ。お前たちがここにいるということは、魔獣暴走《スタンピード》は止まったと思っていいんだろうな？」

帰参の話を打ち切り、話を別のところに移す。ゴズはまだ何やら言いたげな顔をしているが、かまわずに自分の疑問を優先させた。

俺が気になったのは、魔獣暴走《スタンピード》の原因であるヒュドラが倒れる前にゴズたちが姿を見せたことである。

俺がヒュドラと戦い、その間ゴズたちが魔獣暴走《スタンピード》を食い止める――それがイシュカで交わした約定だ。もし、ゴズたちが勝手な判断で約定を破棄したのだとしたら、大急ぎでイシュカに戻らなければならない。

魂喰い《ソウルイーター》の柄を握りしめながら問いかけると、ゴズは大きくうなずいてこちらの疑問に答えた。

「ご安心めされよ。おそらく、この三日で吐き出せる魔物はすべて吐き出したのでござろう。我らが森に踏み入った時点で、森から出てくる魔物は数えるほどでござった」

あの程度なら防衛線の兵士や冒険者で十分に食い止められる、とゴズは主張する。

――その言葉に嘘はない、と俺は判断した。ゴズに対して思うところは多々あるが、つまらない嘘をつく人間ではない。

これで『幻想種《ヒュドラ》』と『魔獣暴走《スタンピード》』という当面の危機は去ったわけだ。

むろん、問題のすべてが片付いたわけではない。ヒュドラを討っても、ヒュドラの毒は残っている。すでにティティスの森の汚染は深刻を通り越して絶望的なレベルに達しているし、ケール河の汚染も進んでいることだろう。問題はまだまだ山積みだ。

しかし、こちらに関しては個人でどうこうできるものではない。原因であるヒュドラは排除したのだから、あとは国王なり貴族なり、冒険者ギルドなり法の神殿なり、地位と責任と金がある連中にがんばってもらいたいところだった。


ただ、そういった者たちの中にも知己はいる。

アストリッドとクラウディアの姉妹はカナリア筆頭貴族の家柄だし、セーラ司祭とイリアは法の神殿の一員だ。

それに『血煙《ちけむり》の剣』の面々も今ごろイシュカでがんばっているはず。そんな彼女たちを尻目に「後はよろしく」とひとり太平楽を決め込むのはさすがにカッコ悪い。

何よりも、まだ俺には解決しなければならない問題があった。『鬼ヶ島』という問題が。

俺はあらためてゴズたち三人を見やり、口をひらいた。

「ゴズ、お前はイシュカで言ったな。幻想種を討った後、自分たちは報告のために島に戻ると。あれは本心か？」

「は、間違いなく本心でござる。できますれば空殿にも同道していただきたく存ずるが……」

「そうか」

後半の台詞《せりふ》は聞き捨てにして無造作にうなずく。

ゴズたちが鬼ヶ島に戻るということは、俺が慈仁坊《じじんぼう》を斬り、幻想種を討った事実を御剣家に知られるということだ。もちろん鬼人《スズメ》の存在も伝わってしまう。

それは俺にとっていささかならず都合が悪かった。当然のように「口封じ」という選択肢が出てくる。

もともと、四日前の仮初《かりそめ》の休戦はそのためのものだった。俺がヒュドラを喰っている間、魔獣暴走《スタンピード》をおさえこむ戦力が必要だったから、心ならずも刀を納めただけである。

ヒュドラを討ち果たし、魔獣暴走《スタンピード》が終息したことで休戦は終わった。スズメたちを襲ったこいつらを斬り殺したところで誰に文句をいわれる筋合いもない。このあたりに人目はないし、死体は毒で溶け去るから、勝った後の手間も最小限で済む。決着をつけるにはおあつらえ向きの状況といえる。

今の俺のレベルは『26』。ヒュドラと戦う前の、ちょうど倍だ。

いつかも述べたが、竜因子を宿した俺のレベルの上がり方は倍々ゲーム。一つ上がるごとに、それまでに倍する経験が必要になる。その俺がここまで一気にレベルを上げることができたのだ。ヒュドラの魂がいかに膨大であったかがわかるだろう。

今の俺はベルヒの二人はもちろん、ゴズに対してさえ何の脅威も感じない。だから、口封じをするのはたやすいのだが——その前に二つばかり確かめておきたいことがあった。

「一つ、いや、二つ訊《き》こう。スズメを襲い、俺の仲間を傷つけたことを詫びる気はあるか？　当人たちの前で頭を地面にこすりつけるなら、こちらとしても考えないでもない」

その言葉に真っ先に反応したのはゴズではなくクリムトだった。白髪紅眼の同期生はあざけるように唇を曲げて言い放つ。

「戯言《ざれごと》を。空《そら》、お前は鬼人を亜人の一種だとでも思っているのか？　あの娘を放置しておけば、次はお前の隣で幻想種が現界《げんかい》することになるぞ。鬼人は見敵必殺、無知ゆえにこれをかばうバカも同様だ」

吐き捨てるように言ったクリムトは、こちらの反応を待たずに言葉を重ねた。

「あのエルフも本来なら初太刀で殺していたところだ。命があっただけありがたいと思え。姉さんを邪魔した獣人や魔術師も同じことだ！」

「なるほど、詫びる気はないということだな」

相手の敵意を淡々と受け流して応じる。クリムトがいぶかしげに目を細めたが、俺はかまわずクライアを見る。俺の視線を受けたクライアがゆっくりと口をひらいた。

「鬼人ではない方々を傷つけたことは申し訳なく思っています。ですが、鬼人を討つ行為が間違っていたとは思っていません。クリムトが言ったように、そして空殿もご存知のように、幻想一刀流の使い手にとって滅鬼封神《めっきほうしん》は鉄の掟です」

「お前も詫びる気はなし、と」

あとはゴズだが、こちらは訊《き》くまでもなかった。受付嬢《リデル》経由でゴズの発言は聞いている。鬼人を討つために罪人になることも辞さぬ、などとぬかした奴が今さら鬼人に頭を下げるはずもない。

これで一つ目の問いは終了した。

「では二つ目の問いだ。今もクリムトが言っていたが、どうやら鬼人に関して俺が知らない事実があるらしいな。それについて教えるつもりはあるか？　俺の隣で幻想種が現界するというのはどういう意味だ？」

クリムトの言葉からある程度の推測はできる。鬼人の身体を依代《よりしろ》にして鬼神が現界する危険性があるとか、そういう話だろう。

だが、もしスズメにそんな真似ができるなら、バジリスクに襲われたときにその力を使っていたはずだ。

スズメにかぎった話ではない。この三百年、鬼人族は人間によって絶滅寸前まで追いつめられていったが、俺が知るかぎり、鬼神が現界した事例は三百年前の一件だけだ。

数百年に一度、あるかないかの可能性のためにすべての鬼人を殺しつくすのが幻想一刀流の責務だというなら、それはもう狂信の域に達している。

それとも、実は鬼神が現界した事例はいくつもあって、そのすべてを御剣家なりアドアステラ帝国なりが秘密裏に消し去っていたのだろうか。

これらの疑問に対し、ゴズが口惜《くちお》しそうに応じた。

「空殿。それは御剣家の秘事であり、それがしの独断で口外することはできぬのです。空殿が帰参し、幻想一刀流を修めて鬼門に至れば、御館様おんみずからお話しになられましょう」

「なるほど。つまりこういうことだな？　お前たちは御剣家の掟に従って罪もない者たちを殺そうとした。掟に従ってのことだから謝罪するつもりはない。襲った理由についても掟だから口外できない。くわしく知りたければ御剣家の軍門にくだれ、と」

ゴズたちの主張を簡潔にまとめた俺は、ふん、と鼻で笑った。

「一から十まで自分たちの都合のみ。清々《すがすが》しいくらいに傲慢《ごうまん》でけっこうなことだ。お前たちがそう来るなら、俺も遠慮なく自分の都合で動くとしよう」

そう言って魂喰い《ソウルイーター》を構えた俺は、無言のうちに勁《けい》を高めた。

その行動に敵対の意思を感じとったゴズ、クリムト、クライアの三人がそれぞれの心装を構えて俺と対峙する。

と、三人の中からクリムトが進み出てきて、俺の正面にまわった。剣呑《けんのん》な眼差しで俺を睨《にら》み、吐き捨てるように言う。

「空、はじめて幻想種を倒して浮かれているお前にひとつ教えてやる。鬼門の中には幻想種に匹敵する魔物がいくらでもいるぞ。俺たちはそういう場所で戦っているんだ。弱者《カス》相手に心装を振りまわして悦に入っているお前には想像もつかないだろうがな。鬼人のこともそうだが、無知は罪なりとは、まさに今のお前のためにある言葉だよ」

クリムトもクリムトで鬱憤《うっぷん》がたまっていたのか、色素の薄い唇から堰を切ったように俺への非難があふれてくる。

クリムトの手に握られた深紅の長刀が、持ち手の戦意に呼応するように音をたてて燃え盛った。大気さえ焦がしてしまいそうな猛烈な熱気が俺のところまで伝わってくる。

クリムトの性格なら即座に斬りかかってきそうなものだが、それをしないのは、イシュカで不覚をとった記憶が残っているからだろう。その証拠にクリムトの視線は俺の黒刀に注がれている。

魂喰い《ソウルイーター》とまともに打ち合えば、倶利伽羅《くりから》の炎さえかき消される。クリムトが警戒するのは当然のことだった。

そんなクリムトを見て思う。

おそらく、眼前の同期生はイシュカでのリベンジを目論み、やる気になっていると思われる。あのとき、俺は奇襲でクリムトを制した。クリムトにしてみれば、実力で負けたわけではないという思いがぬぐえず、それがこの場での戦意につながっているのだろう。

――その姿がひどく滑稽《こっけい》だった。

仮にも青林旗士《せいりんきし》なのだから、四日前の俺との違いくらい見抜いてほしいものだ。男児三日会わざれば刮目《かつもく》してこれを見よ、と言うだろうに。

相手を甘く見るから観《かん》の目が曇るのだ。俺と同じ舞台に立っているつもりのクリムトを見て、自然と唇の端が吊りあがった。それに気づいたクリムトが鋭く声をとがらせる。

「何がおかしい!?」

「いやなに、お前の言うことはもっともだ、と思っただけだよ。無知は罪なり。そのとおりだ。惜しむらくは発言者が自分の無知に気づいていないところだな」

「は、鬼門を知らず、鬼人を知らない奴が戯言《ざれごと》を! お前が知っていて、俺が知らないことがあるのなら言ってみろ、空!」

「ああ、言ってやろう。俺が知っていて、お前が知らないこと。それはな——俺とお前の実力差だよ、クリムト・ベルヒ! おおおおおおおおおおおおおお!!」

クリムトに現実を教えるべく、咆哮をあげて勁《けい》を高める。

高めて、高めて、高めて、さらに高めて、高めて、高めて——クリムトの顔が驚愕で歪んでいくのを見ながら、さらに勁《けい》を高めた。

恐怖に染まるクライアを見ながら、愕然と立ちすくむゴズを見ながら、俺はひたすら勁《けい》を高め続ける。

まだ続ける。まだ先がある。彼方にある限界に向けて、飽くことなく勁《けい》を高める。

高める高める高める高める、高める高める高める高める、高める高める高める高める高める高め
る高める高める高める高める高める高める高める高める高める高める高める高める高める高める高

める――

不意に、ビシリ、と鞭打つような音があたりに響き渡った。見れば、足元の地面が大きくひび割れている。ひび割れは一度だけではおさまらない。ビシリ、ビシリと音をたてながら次々に地面が割れていく。砕けていく。

直後、轟音をあげて大地がひしゃげた。まるで俺という存在に耐えかねたように、俺を中心にして円形に地面が陥没している。

気がつけば、風もないのに土ぼこりが激しく舞い上がっていた。

うねるように轟々と音をたてて逆巻く土ぼこりはあたかも竜巻のようで、割れ砕けた地面から土砂を巻き上げてみるみる巨大になっていく。ティティスの赤い土を含んだ竜巻の色は、赤。

それは規模こそ違え、幻想種《ヒュドラ》が生み出していた朱色《あけいろ》の竜巻を想起させる光景だった。

4

身体が熱い。まるで燃えているように。

今なお湧き出る勁《けい》は海の水のように尽きることがなく、全身の隅々まで行き渡っている。

酔いにも似た全能感が心と身体を包み込む。

今の俺ならば誰が相手でも勝てるだろう。竜でも、鬼神でも――剣聖でも。そんな確信が胸中を満たす。

気がつけば、大声で笑っていた。

「ハハハハハハハハハハ!!」

たまらない。たまらない。たまらない。

頭のどこかで、冷静な自分が「慢心するな」と諫《いさ》めている。心のどこかで、慎重な自分が「油断するな」と戒《いまし》めている。

だが、その声に従おうとは思わなかった。それはもう欠片《かけら》も思わなかった。

大地が悲鳴をあげるほどの力を。大気が吼《ほ》え猛《たけ》るほどの力を。望めば、神さえ殺せそうな力を手にしたとき、どうして慢心せずにいられるだろう。

油断？　おおいにけっこうじゃないか。だって、俺が油断の一つもしてやらなくては、目の前で呆然としているクリムトに勝ち目がなくなってしまう。

ちょうどいいハンデというやつだ！

「ハッハハハハ！　クリムト、いつまでのんきに突っ立ってるつもりだ!?」

言うや、俺は心装を真一文字に振るった。颯《はやて》や虚喰《こくう》のような勁技《けいぎ》ではない。文字どおりの意味で軽く振っただけだ。

それだけで風がうねり、クリムトの身体を突き飛ばした。

「くっ!?」

顔を歪めながら体勢を立て直すクリムト。その姿は隙だらけだったが、俺は悠然とその隙を見逃した。油断と慢心の一環である。

薄笑いを浮かべてたたずむ俺を見て、クリムトがうめくような声をもらした。

「…………空、お前」

「どうした？　顔色が悪いぞ、クリムト。お望みどおり、俺たちの実力差を教えてやったつもりだったんだが、わかりにくかったか？」

あからさまに嘲弄《ちょうろう》してやると、クリムトが、ギリ、と奥歯をかみ締めるのがわかった。

手加減された。それを自覚したゆえの表情である。

そんな相手に対し、俺は刀ではなく言《こと》の刃《は》で追撃をしかけた。

「きちんとこちらの意図が伝わっているようで何よりだ。で、何か言いたいことはあるか？　クリムトだけじゃない。クライアも、ゴズも、言いたいことがあれば聞いてやるぞ」

そう言ってクリムト以外の二人を一瞥《いちべつ》すると、ただでさえ白い顔を蒼白にしたクライアが震える声で応じた。

「……空殿、あなたは――あなたの同源存在《アニマ》はいったい何なのですか？　単身で幻想種を屠《ほふ》ったのです、レベルが上がるのはわかります。ですが、これほどの勁量《けいりょう》、これほどの勁圧《けいあつ》を放つのは八卦《はっけ》、いえ、四象《ししょう》レベルの同源存在《アニマ》でも不可能なはず……！」

クライアが口にしたのは同源存在《アニマ》の格を示す単語である。八卦《はっけ》は青林八旗《せいりんはっき》の旗将《きしょう》レベル、四象《ししょう》はその上。この上にさらに両儀《りょうぎ》、太極《たいきょく》という二つの位《くらい》があり、これは歴代の剣聖に匹敵する領域だ。クライアは俺がそこに足を踏み入れたのではないか、と考えているのだろう。

俺は唇の端を吊り上げて応じた。

「答える必要があるのか？　八卦《はっけ》や四象《ししょう》では不可能なら、その上に決まっているだろうが」

そう言ってクライアからゴズへと視線を移す。さすがというべきか、ゴズはすでにこちらの力を読み取っているようだった。

その証拠に数珠丸の力を使おうとしていない。今の魂喰い《ソウルイーター》に数珠丸の力が通じないことがわかっているから抜刀しないのだ。

畢竟《ひっきょう》、空装《くうそう》を用いるしかないゴズに、俺はけらけらと軽薄に笑いかけた。

「さあゴズ、はやく空装を出せ。ベルヒの二人も空装を出せるなら出しておけよ。出せないなら、心装を限界まで高めろ。魔獣暴走《スタンピード》をおさえてくれた礼に、はじめの一分は攻撃しないでおいてやる。お前たちがいなければ、ここまでの力は得られなかった。ここからの一分は俺からの感謝の気持ちだ」

「空殿、それは幻想種の力を奪った、という意味でござるか？　イシュカでそれがしの力を奪ったように」

「ああ、そのとおりだ。お前たちがティティスの魔物を押しとどめていた三日間で、俺は思う存分ヒュドラを喰らうことができた。この力はその結果だよ」

どうもありがとう、と丁寧に礼を述べる。むろん嫌みであるが、半分くらいは本心だった。

俺は再生を繰り返すヒュドラを倒すため、再生が不可能になるまで魂を喰い続けた。首を切っても、胴に風穴をあけても倒れない竜種を倒すためには他に方法がなかった。

そのために三日三晩という時間が必要だったのである。

それだけの時間、ヒュドラとの戦闘に集中することができたのは間違いなくゴズたちのおかげだった。礼の一つや二つ、惜しむものではない。

「もう一度言う。はやく空装を出せ、ゴズ・シーマ。本気のお前を叩き潰して、俺はお前を超えていく。もう二度と、俺を憐《あわ》れむことは許さない」


先陣を切ったのは炎刀を掲げたクリムトだった。

「幻想一刀流　緋狩《ひかり》！」

心装から噴き出した猛火が渦を巻き、凄まじい勢いで迫ってくる。

クリムトの心装　倶利伽羅《くりから》は炎の神剣であり、当然のように火系統の技と相性がいい。クリムトが放った勁技《けいぎ》はヒュドラ相手にも十分通用する威力を秘めていた。

もっとも、どれだけ強力な勁技《けいぎ》であろうと、俺にとってはエサも同然。右手一本で魂喰い《ソウルイーター》を構え、正面からクリムトの攻撃を受け止める。

すると、今度は横合いからクライアの気合の声がほとばしった。

「幻想一刀流　辻斬《つむじぎり》！」

放たれるのは轟然たる風の刃、それも複数同時だった。クリムトの心装が炎と相性がいいように、クライアの心装　倶娑那伎《くさなぎ》は風の技と相性がよく、威力は強烈。直撃すればヒュドラの首も吹っ飛ぶだろう。

仕掛けるタイミングも完璧だった。

俺が勁技《けいぎ》を喰らうためには、魂喰い《ソウルイーター》の刃で敵の勁技《けいぎ》を斬らねばならない。そして、斬った勁技《けいぎ》を飲み干すまでにはいくらかの時間がかかる。

クリムトの攻撃を受けている間ならば自分の技が無効化されることはない。クライアはそう踏んで、自身の勁技《けいぎ》の発動をわざと遅らせたのだろう。

もしかしたら、クリムトの方も姉にこの一撃を打たせるために初手で派手な技を使ってきたのかもしれない。このあたりの連携の巧みさは姉弟ならではといえる。

――ただし、それが通じるかどうかは別の話だ。

「カアッ!!」

心装で受けられないなら別のもので受ければいい。俺は勁砲《けいほう》を放ってクライアが放った風を散らしにかかる。

今の俺が放つ勁砲《けいほう》は、字面《じづら》どおり大砲の弾に等しい。辻斬《つむじぎり》の刃は、数瞬の間、こちらの勁圧《けいあつ》に抵抗するように空間を軋《きし》ませていたが、それも長くは続かなかった。

絹を裂くような音を立てて、風の刃が四散する。

それを見たベルヒの姉弟が表情を歪めた。二人に嘲笑を浴びせようとした俺は、ここで三人目の姿が見えないことに気がついた。

直後、頭上で重々しい声が響《ひび》く。

「幻想一刀流奥伝《おうでん》――」

顔をあげれば、そこには牛頭の武人が高々と宙を舞っていた。空装を展開したゴズは、手に持った青竜刀を高々と振りかざし――

「震《しん》の型《かた》　神鳴《かみなり》!!」

猛然と振り下ろした。

目を射るは雷光のごとき輝き、身体を貫くは落雷のごとき衝撃。回避を許さぬ圧力と速度をもって神速の雷刃《らいじん》が迫り来る。

勁砲《けいほう》を放つ余裕はなかった。それ以前に、たとえ撃っても無意味だっただろう。クライアのときとは逆に、こちらが押し負けるのは目に見えている。

だから俺は、空いていた左手を頭上にかざし、ゴズが放った斬撃を真っ向から受け止めた。

「ぐ……ッ!!」

急激なレベルアップによって、俺の勁《けい》は飛躍的に高まっている。勁《けい》による防壁《シールド》強度も四日前の比ではない。

だが、それでもゴズの攻撃を防ぐには足りなかった。血しぶきがはじけ飛び、親指と人差し指の間に刃がめりこんでいく。

肉が裂ける、骨が砕ける、神経が切られる、激痛が全身を駆け巡る。青竜刀の刃はたちまちこちらの手首まで達した。切り落とされこそしなかったが、これではもう左手は使い物にならないだろう。

正直なところ、今の俺だったら大抵の攻撃は勁《けい》だけで跳ね返せると思っていたのだが、本気を出したゴズにかかっては思い上がりに過ぎなかったようだ。

その事実を認識した俺は、こらえ切れずに哄笑を発した。

「ハッハハハハ!! すごいな、ゴズ! 今のはなんだ? 奥伝《おうでん》? 震《しん》の型《かた》? 見たこともない一撃だ! すばらしい一撃だ! これがお前の本気か!? あのゴズが……島でいつも俺を憐れみの目で見ていたあのゴズが、本気で俺と戦っているわけだ! 本気で俺に斬りかかってきたわけだ! ハハハハハ、アッハハハハハッ!!」

狂ったように笑いながら、俺は心装の力を発動させた。切り落とされた腕さえ復元する魂喰い《ソウルイーター》の力をもってすれば、裂けた肉や砕けた骨、切れた神経を治すなどたやすいこと。

刃がめり込んだままの復元はめちゃくちゃ痛かったが、その痛みすら今の俺にとっては心地いい。笑いがどうしても止まらない。

あのゴズが俺に本気を見せた事実が嬉しくてたまらなかった。

その本気の一撃が、腕の一本も落とせない事実がおかしくてたまらなかった。

あらためて実感する。俺はゴズ・シーマを超えたのだと。

——正直なところ、自分でもここまでゴズに屈折した感情を抱いているとは思っていなかった。

たしかに善意からの憐れみには辟易《へきえき》していたが、それも傅役《もりやく》として俺を大事にしてくれているからこそ、と理解しているつもりだった。

実際、イシュカで戦ったときはここまで感情の箍《たが》が外れることはなかったし——いや、そうか。

あのときはなんだかんだ言いつつ、まだゴズの方が強かったからな。魂喰い《ソウルイーター》との同調を深めた後半は反撃に転じることができたが、直後にヒュドラが出現したせいで戦いを中断せざるをえず、ゴズを上回ったという実感は得られなかった。

今、俺はようやくその実感を得るに至った。ヒュドラとの戦いを経て、はっきりと自分がゴズの上にいると確信したことで、たまりにたまった過去の鬱念《うつねん》が沸騰しているのだろう。

俺は刃がめりこんだままの左手で、ゴズの青竜刀の刀身をガシリと握り締めた。

それまで無言で俺の狂態を見ていたゴズの牛頭の兜が小さく揺れる。武器を手元に引き戻そうとしたようだったが、青竜刀はぴくりとも動かない。俺の膂力がゴズの膂力を上回っているのだ。

「ぬ……」

ゴズがうめく。俺は喜悦の表情を浮かべながら、さらに青竜刀を持つ手に力をこめた。

ギリギリと。ミシミシと。何かがきしむ音がする。

「空殿《そら》……あなたは……」

「くく。その声、兜の下では冷や汗でも流していそうだな。じかに顔を見れないのが残念だ」

さらに力を込める、込める、込める、込め続ける。すると。

パキン、と。水晶を砕いたような、小さくも鋭い音があたりに鳴り響いた。

ゴズの青竜刀に亀裂が走った音だった。

「ばかな……！」

「アッハハハハハ！　脆《もろ》い、脆《もろ》いなあ、ゴズ！　幻葬《げんそう》領域とやらはこの程度か？　幻想一刀流の神《しん》髄《ずい》とやらはこの程度か!?　俺の驕《おご》りを打ち払うといった、あのしたり顔はどこに置いてきた!?」

勁《けい》を左手に集中させ、これまで以上の力で一気に青竜刀の刃を砕き割る。そして、左手が解放されるや、素早く身体を回転させてゴズの腹に力任せの中段蹴りを見舞った。

至近で大砲を撃ったかのような轟音が響き渡る。

勁《けい》で強化された一撃をまともに食らい、甲冑に包まれたゴズの巨体が吹っ飛んだ。

「ぐぬぅ!?」

爆《は》ぜるような音をたててゴズが地面に激突する。立ちのぼる土煙。浴びせた蹴りの威力を証明するように、牛頭《ぎゅうとう》の黒甲冑が勢いよく地面の上を転がっていく。

見る見るうちに土と泥にまみれていくゴズの姿を見て、俺は三日月の形に口をひらいた。

攻撃を控えると約束した一分は、とうの昔に過ぎ去っていた。

5

「司馬《しば》！」

倒れたゴズをかばうように割って入ってきたのはクライアだった。

目に鮮やかな翡翠《ひすい》色の心装　倶娑那伎《くさなぎ》を構え、気合の声と共に袈裟《けさ》懸《が》けに振るう。

まともにくらえば左の肩口から右のわき腹にかけて、身体をばっさりと斜《なな》めに断ち切られていただろう。

だが、今の俺にとってクライアの斬撃をかわすのは簡単なことだった。最小限の動きで刃をかわし、素早く相手の懐《ふところ》にもぐり込む。

そして、武器を持っていない左手でクライアの着物の襟《えり》をむんずと摑《つか》んだ。

「しまっ!?」

クライアは慌てて俺の手を外そうとするが、ここまで入り込んでしまえばこちらの勝ちだ。

背負い投げの要領で腰をいれ、クライアの足を地面から引きはがす。

左手一本の荒業だったが、重甲冑をまとったゴズと異なり、着物袴《きものはかま》姿のクライアの体重は驚くほどに軽い。勁《けい》で筋力を強化した状態だと綿《わた》と大差なかった。

俺は持ち上げたクライアの身体を、今まさに横合いから斬りかかってこようとしていたクリムトめがけて投げつける。

まさか姉の身体を武器にされるとは思っていなかったのだろう、クリムトが驚愕に目を剝《む》いた。

「な!?」

心装の力をもってすれば、クライアごと俺を斬ることも可能であるが、むろん、クリムトにそんな真似はできない。躱《かわ》せば姉の身体が地面に叩きつけられてしまうので回避することもできない。

クリムトは自分の身体で姉を受け止めるしかなかった。

「ぐ……!」

「あぐ!?」

苦痛の声をあげ、絡み合うように地面に倒れ込むベルヒ姉弟。

隙だらけの二人に勁技《けいぎ》を放とうとしたが、俺が技を繰り出すよりも、ゴズが体勢を立て直す方が早かった。

俺は勁技《けいぎ》を中断し、猛然と迫り来るかつての傅役《もりやく》と再び対峙する。

「おおおおお!!」

「はああああッ!」

軒昂《けんこう》たる闘志を言葉にかえて、俺たちは真っ向から斬り結んだ。

といっても、勝敗はすでに見えている。ゴズの青竜刀の刀身部分は先ほど俺が握りつぶしているし、急激なレベルアップによって切れ味を増した黒刀は、頑丈きわまるゴズの空装を紙切れのようにスパスパ切り刻んでいく。

さらに、能力としての『魂喰い』の効率もあがっているようで、一太刀浴びせるごとに多量の魂が流れこんでくるのがわかる。

正面からの斬り合いが一方的な猛攻にかわるまで、さして時間はかからなかった。

「どうした、ゴズ！　まさか御剣家の司馬ともあろう者が、この程度で全力というんじゃないだろうな!?」

こちらの嘲弄《ちょうろう》にゴズは答えない。牛面の兜に隠れているので表情はわからないが、苦しげな息遣いまで隠すことはできない。

ゴズを追いつめている確かな実感を得て、くくっと喉《のど》を震わせる。

まあ、この結果は当然といえば当然だろう。向こうは三日三晩にわたって魔獣暴走《スタンピード》と対峙し続けた直後なのだから。クライアやクリムトも同様で、はっきりいって今の三人はイシュカで対峙したときよりも弱い。

一方の俺は、三日三晩戦っていたという条件こそ同じだが、魂喰いによるレベルアップによって三日前とは比較にならない強さを得ている。おまけに俺の勁――魔力《オド》の源は竜の心臓《ドラゴンハート》。三日やそこら全力状態を維持したところで湧き出る魔力が尽きることはない。

はじめからゴズたちに勝ち目などなかったのだ。

「ハハハハハハハ!!」

超然たる同源存在《アニマ》の力を背景に、ひたすら眼前の敵を斬って斬って斬りまくる。ほどなく体勢を立て直したベルヒ姉弟も参戦してきたが、それでも俺の優位は動かなかった。

武器としての力もさることながら、魂喰い《ソウルイーター》には復元能力がある。一撃で首を刎《は》ねられでもしないかぎり、たいていの傷は回復できるのだ。俺は余裕をもって三人の攻撃を弾き、躱《かわ》し、ときには身体で受け止めながら攻撃をゴズに集中させる。

何度目かの攻撃の際、鋭く踏み込んだ俺の突きがゴズの額を直撃し、ガラスを砕いたような破砕音と共に牛面の兜がぱっくりと割れた。

額から血を流したゴズの素顔があらわになり、俺は唇の両端を吊りあげる。そして、その表情のまま心装を一閃させ、ゴズの右肘を深々と切り裂いた。

関節部分を断ち切られて神経が傷ついたのだろう、ゴズの右手が力を失ってだらりと下がり、青竜刀が地面に落ちる。その後を追うように、ゴズ自身もがくりと膝をついた。

それでも戦意を喪失したわけではないようで、ゴズは無事な左手を伸ばして落とした武器を拾おうとする。大きく武骨な手が青竜刀の柄をつかんだ直後、俺は鉄靴でその手をおもいきり踏みつけた。

「ぐ……！」

「ふん、散々否定した相手に膝を屈する気分はどうだ、ゴズ？　その様《ざま》で俺の何を正すつもりだった？」

蒼白な顔で、肩で息をしているゴズをさらに追い詰めるべく、俺は魂喰い《ソウルイーター》の切っ先をゴズの左手にあてがった。

そして、無造作に突きおろす。

「ぬぐぅ……ッ！」

左手と地面を縫いとめられたゴズの口から、たまらず苦悶の声があがる。

その声を聞き、その顔を見て、俺は先刻の自分の考えを改めた。

慈仁坊《じじんぼう》を斬ったことが知られる？　幻想種を討ったことが知られる？　スズメの存在が伝わってしまう？

それがどうした。御剣家が俺たちを危険視して討ちに来るなら、こちらは送られてくる刺客をことごとく喰い尽くしてやればいい。四日前なら知らず、今の俺にはそれができる。

その証拠に、見ろ、剣聖の高弟たるゴズ・シーマが顔を歪めて呻《うめ》いているではないか。鬼ヶ島でも有数の旗士《きし》が、俺に膝を屈しているではないか！

「ハハハハハ‼」

湧き出る歓喜が哄笑となってほとばしる。

繰り返すが今の俺のレベルは『26』。次のレベルアップに要する魂の量は四日前とは比べものにならない。昼は深域の魔物を狩り、夜はルナマリアたちの魂を喰う――これまでのような方法では、必要量が満たされるまで月《つき》単位の時間がかかる。へたをすると年《ねん》単位かもしれない。

それはあまりにまどろっこしい。

だから、目の前にいる連中を生かして帰すことにした。そうすれば懐かしい故郷から定期的にエサが送られてくるからだ。

「空、貴様ッ！」

ゴズへの振る舞いを見たクリムトが激昂して髪を逆立てたが、その声は負け犬の遠吠えに等しかった。

「お前もいちいち吼えるな、クリムト」

両足に勁《けい》を込めて、素早くクリムトと距離をつめる。魂喰い《ソウルイーター》はゴズの手を刺し貫いたまま——つまりは素手の攻撃だったが、手加減する必要がない分、かえってこの方がやりやすい。

最大戦力のゴズがいてさえ三人同時に相手をすることができたのだ。そのゴズを無力化した今、残る二人に脅威を感じるはずがない。

振り下ろされた倶利伽羅《くりから》の斬撃を左手で受け止める。直後、熱による激痛が脳天を突き刺し、人間の肉が焦げる嫌な臭いが鼻をついた——が、それだけだ。先刻のゴズの奥伝《おうでん》の威力とは比べるべくもない。

ひきつるクリムトの顔を間近で観察しながら、俺は相手の隙だらけの腹部に右の拳を叩き込む。

これでもか、とばかりにたっぷりと勁《けい》を込めた拳で腹を抉《えぐ》ってやると、数本のあばら骨を砕いた感触が伝わってきた。

「ぐほぁ！」

唾《つば》と苦悶と、血と胃液と。それらを吐き出しながら、クリムトが「く」の字に身体を折りまげる。

素早く相手の腹から拳を引き抜いた俺は、痙攣したように震えているクリムトの背をめがけて思いきり肘を打ち下ろした。

「ぐぶッ!?」

堪《こら》えられるはずもなく、クリムトは勢いよく顔から地面に叩きつけられた。

自身が吐き出した汚物の上で悶《もだ》えるクリムトの右腕に鉄靴をのせる。

それを見て俺の意図を察したのか、クライアが慌てたように口をひらいた。

「ま、待ってください、空《そら》殿！」

「武器を持ったやつに待てといわれて、はいそうですかと待つバカはいないだろ」

暗に倶娑那伎《くさなぎ》を手放せといってやると、クライアは青い顔で翡翠の長刀を地面に突き刺し、一歩、三歩と後ずさった。

もし俺がその気になれば、クライアに先んじて倶娑那伎《くさなぎ》を手にすることができる距離である。

俺はふんと鼻で息を吐いた。

「それは『降参する』という理解でいいのか？」

「はい。これ以上の戦いは無益だと判断しました」

「良い判断だが、お前の弟はまだまだ戦うつもりのようだぞ。なあ、クリムト？」

俺とクライアが会話している隙に、こちらの足を払いのけようとしたクリムトが忌々しげに俺を睨《ね》めあげる。

「くそ、どけ！」

「お断りだ」

罵声に笑顔で応じた俺は、先ほどゴズに対してそうしたように、骨も砕けよとばかりにクリムトの右腕を踏みにじった。

直後、バキリ、と鈍い音があたりに響き渡る。

「ああああああああ!?」

「クリムト、やめなさい！　――空殿、お願いいたします。お望みがあれば私がうけたまわります。どうか刀を納《おさ》めてください」

そう言うと、クライアはその場で両膝をつき、俺に向かって深々と頭《こうべ》を垂れた。このままではクリムトが殺されてしまうと判断したのだろう。

クライアがそこまでするとは思っていなかった俺は、虚をつかれて目を丸くした。

――少しやりすぎたか。

思わずそんな思考が脳裏をよぎる。

だが、ここで手をゆるめても得られるものはない。このまま弟を痛めつけて姉を従わせてしまうことにした。

「話が早いな。それなら、お前には人質になってもらうぞ、クライア・ベルヒ」

「……人質、ですか？」

「ああ」

俺の案は単純なものだった。

ゴズたちを生かして帰すといっても、三人そろって帰してやるのは人が良すぎるというものだ。まずはゴズとクリムトを鬼ヶ島に帰し、俺の要求を伝えさせよう。

ここでいう要求とはスズメのこと。御剣の当主に対し、スズメのことは俺に一任し、御剣家は今後一切関わらないことを誓わせる。

クライアはその誓約がなされるまでの人質である。むろん、当主が俺の要求を拒否した場合は相応の覚悟をしてもらうことになる。

俺がそのことを告げると、真っ先に反応したのはクライアではなくクリムトの方だった。

「ふ、ふざけるな……そんなこと、できるわけないだろうが……！」

地面に這いつくばったまま、折れた右腕をおさえていたクリムトが声を荒らげる。

それに対して、俺はまったく同感だというように深くうなずいた。

「ま、そのとおりだな。あの当主が追放した人間の言葉に耳をかたむけるわけがない。鬼人を見逃せ、なんていう内容なら尚《なお》のことだ。だからこそお前を生かして帰すんだよ、クリムト」

「な、に……？」

「クライアを助けたければ命がけで俺の要求を通せよ。さもないと、お前の姉は死んだ方がマシだと泣き叫ぶ目に遭《あ》うぞ。どうして男のおまえじゃなく、女のクライアを人質に残すのか、わざわざ説明するまでもないよな？」

「ぐ……お前ぇぇ!!」

俺の言わんとすることを察したクリムトが、魑魅《ちみ》の形相で足につかみかかってくる。そのクリムトを力まかせに引きはがした俺は、膝をついたまま唇を噛んでいるクライアのもとに歩み寄った。

そして、着物の背を流れる綺麗な白色の髪をわしづかみにすると、苦痛の声を無視して無理やり立たせた。

「本来なら反抗できないように手足の腱を切るところだが、すすんで膝をついたことに免じてそれは勘弁してやる。クリムト、念のために言っておくが、もしお前が島に戻らずにクライアを助けにきたら、その時点で姉を殺すぞ。ゴズもわかったな」

魂喰い《ソウルイーター》で手を地面に縫いとめられているゴズに水を向けると、かつての傅役《もりやく》は押し殺した声で応じた。

「……空殿《そら》」

「なんだ？」

「鬼人の娘を空殿《そら》に任せると申したのは、他でもないそれがしでござる。責任をもって御館様をお説きいたしましょう。されど、慈仁坊《じじんぼう》のこと、幻想種のこと、心装のこと……それらは偽りなく復《ふく》命《めい》しなければなりませぬ。さすれば、御館様は必ずや空殿《そら》に『戻れ』とお命じになるはず。そのときはいかがなさるおつもりか」

「いかがも何もない。誰が今さらお前たちの下で戦うか」

考えるまでもないと冷笑で応じると、ゴズが険しい顔で続けた。

「御剣家は幻想一刀流の使い手を束ねる御家。単身で幻想種を屠《ほふ》るほどの使い手が御剣の外にあることを、御館様は決してお許しになりますまい。このままでは空殿《そら》は反逆者として処断されることになりましょう。質にとったクライアごと押し潰されることになりまするが、それでも意地を貫かれるご所存か？」

「くどい」

ゴズの言葉を真っ向から切って捨てた俺は、くくっと喉《のど》を震わせた。

「俺を処断する？　おおいに結構。御剣家が俺の要求を容《い》れればそれでよし、容《い》れぬのならそれもよし。俺はどちらでも構わない。お前の主にもそう伝えておけ」

前者ならば、俺を見限った実家に力ずくで要求を通した上でスズメの安全を確保できたことになる。レベル上げに関しては少しばかり滞《とどこお》ることになるが、魔獣の被害に困っている人間はどこにでもいる。夜に関しても供給役の数を増やすとか、手はいくらでもある。

後者に関しては前述したとおりだ。スズメたちを遠ざけた上で刺客の群れを迎え撃ち、片端から喰い尽くす。

どちらになっても構わないのだ。選択を突きつけているのは俺の方。勘当した息子の要求に対し、あの父が何を考え、どのように動くのか。それを想像するだけでひどく愉快な気分になった。

第六章　龍《りゅう》穴《けつ》

1

「さて、と」

ゴズたち鬼ヶ島三人組との間にいちおうの決着をつけた俺は、人質にしたクライアを連れてゆっくり森の中を歩いていた。

本当にゆっくりと、それこそ近所を散歩するように。そんな俺を見てクライアが怪訝そうな顔をしている。

ちなみに、クライアの髪をつかんでいた手はとっくに離していた。髪をつかんで無理やり立たせたり、引きずるように歩かせたりといった乱暴な振る舞いをしたのは、ゴズとクリムトに対する示《じ》威《い》である。ああしておけば「追ってくれば殺す」という言葉に迫真性が生まれる。

その二人がすでにいないのだから、芝居を続ける必要もないわけだ。もちろん、わざわざそのことを説明してはいないので、クライアは俺への敵意と警戒を持ち続けているに違いない。

それはさておき、なぜ俺がイシュカに戻らずに森に留まっているのかというと、これは俺が抱えている一つの気がかりを解消するためだった。

以前、エルフの賢者《ルナマリア》は竜種に関して次のように述べていた。

真なる竜には卵の時期は存在しない。世界の条件が整ったとき、血肉をもって生まれ出でる幻想災害。それが竜である、と。

この言葉が正しいとすれば、ヒュドラが出現した今のティティスの森は「世界の条件」が整っていることになる。別の表現を用いれば、第二、第三の竜種が出現する可能性がある。

もちろん、そうならない可能性もあるのだが「世界の条件」の詳細がわからない以上、すべては推測の域を出ない。


だから、確かめることにした。

死んだフリをしたヒュドラを使って。


俺がヒュドラの擬死《ぎし》に気づいたのは、先刻、ヒュドラの八本首をすべて落としたときである。

これまで魂を喰ってきた敵は、蠅の王にせよ、蛇の王にせよ、あるいは慈仁坊《じじんぼう》にせよ、殺した瞬間にそれとわかるくらい大量の魂が流れ込んできた。

だが、ヒュドラに関してはこれがなく、俺は猛毒竜がまだ生きていることを確信していた。すぐにとどめを刺さなかった理由はいま述べたとおりである。

死んだフリをするということは、ヒュドラの中に「死にたくない」という意識が働いているということだ。彼我の力量差をわきまえる知能もあると推測できる。

俺という脅威が目の前からいなくなれば、ヒュドラは待ってましたとばかりに逃げ出すに違いない。そのときに後《あと》をつければ、竜種出現の条件を突きとめることができるかもしれない。そう考えたのである。

もし、この考えが的外れなものだったとしても問題ない。そのときは改めてヒュドラにとどめを刺し、残った魂を喰らえばいいだけだ。

——そして、事態は俺の予測どおりに動きはじめた。

「なるほどね、肝心の最後の首は胴体の中に隠していたのか」

凄まじい速度でティティスの森を北上するヒュドラの後を追いながら、俺は小さくひとりごちた。

八本の首と八本の尾を失い、肉塊となりはてた胴体から現れた九本目の首。おそらく、この首こそヒュドラの本体だ。

というのも、自らの身体を食い破って姿を現したその首は、胴体とつながっていた部分を自分で食いちぎり、単独で動き始めたからである。

身体をくねらせて素早く地面を這い進む姿は蛇そのもので、毒で地面を溶かしながら進んでいた鈍重さはどこにも見受けられない。

さて、いったいどこに向かっているのか。そんなことを考えながら慎重にヒュドラを追跡していると、すぐ近くから――具体的にいうと胸のあたりから慌てたような声があがった。

「あ、あの、空殿《そら》!?」

視線を下に向けると、顔中を困惑と羞恥で満たしたクライアと目があった。

「黙ってろ。舌をかむぞ」

「は、はい。あの、でも、この体勢はいささか問題があると思うのですが……!」

どうやらクライアは、俺に抱きかかえられている状態――いわゆるお姫様だっこの体勢を気にしているらしい。

それはまあ、ついさっきまで本気で斬り合っていた相手に抱きかかえられるのは落ち着かないだろう。それはわかるのだが、疲労困憊《ひろうこんぱい》のクライアが自力で俺についてこられるとは思えないし、かといって背中に背負うと、俺の視界の外で何をされるかわからない。もちろん、どこかに置いていくのは論外である。

そう考えると、こうやって抱きかかえて運ぶのが最善なのだ。この状態なら、たとえクライアが俺に攻撃をしかけてきても即座に対応できる。

「我慢しろ」

無情に告げると、クライアは観念したように目を伏せた。

そんな会話をかわしながら、俺は森の中を飛ぶように移動し続ける。途中、毒液の海と化した一帯を通り過ぎた際、この中に潜りこまれると厄介だと思ったが、ヒュドラは滑《すべ》るように毒海を通過するだけで潜る素振りは見せなかった。

もしヒュドラが単純に身を隠す場所を求めているだけなら、ためらいなく毒海に潜ったはずである。だが、その素振りさえ見せなかった。

ということは、ヒュドラには他に明確な目的地があるのだ。蝿の王におけるあの縦穴のような巣がヒュドラにも存在する。おそらくはティティスの最深部に。

その推測を肯定するように、ヒュドラは瞬く間に深域を通り抜け、緑深きティティスの最深部に到達した。

俺にとっても最深部に足を踏み入れるのは初めてのことである。

最深部の空気は明らかにこれまでと異なっていた。比喩的な意味ではなく、本当に空気の質が変化したのだ。

一言でいえば、濃くなった。

むせ返るほどの生命《いのち》の匂い。世界が生み出す魔力――マナの力が空気中に満ち満ちており、ただ立っているだけで全身に魔力が満ちていくのがわかる。ミロスラフあたりがここに来たら、普段の数倍、ことによったら数十倍の威力の魔法を行使できるだろう。

信じられないくらいの魔力密度は、いっそ不気味なほどだ。

俺は何かに気圧《けお》されるように走る速度を落とし、周囲を警戒しながら前へと進む。そうして進めば進むほどに、得体の知れない不気味な感覚は強まっていった。

その感覚を助長するのは周囲の光景である。

最深部の森の植物は外周部のそれとも、深域のそれとも異なっていた。別段、見たこともない新種が生えているわけではない。目につく植物はどれもこれも見知った種である。

ただ、その生育ぶりが俺の知識を超えているのだ。

たとえば、俺の右手に見えるコルシラという草は最大でも一メートルしか伸びないはずなのに、ここでは当たり前のように二メートル以上伸びている。パラルという木の実は精々拳《こぶし》くらいの大きさのはずなのに、ここでは大人の頭ほどに肥大している。

目に入る植物のどれもこれもがそんな状態だった。

あまりにも濃密な魔力《マナ》を取り込み続けた結果、種としての本来の形を逸脱してしまった奇形の森。

それが幻想種が棲むと噂されるティティス最深部の姿だった。

どうしてこれほどの魔力《マナ》が発生しているのかはわからないが、この分では植物以外も変異を遂げていると考えておくべきだろう。魔獣が大幅に強化されている可能性も考えられる。

俺は抱えていたクライアを地面に下ろすと、魂喰い《ソウルイーター》を顕現させた。そうした方がいい――というより、そうしないと危険だと本能が告げていた。

クライアも同じことを感じたのか、俺にならうようにみずからの心装を出している。

幸いというべきか、ヒュドラが進んだ方向は軒並み木がなぎ倒されているので、痕跡を見失うおそれはなかった。

俺は周囲を警戒しつつ先へと進む。

見れば、ヒュドラによってへし折られた木の割れ目から、早くも枝らしきものが伸び始めている。自然の植物ではありえない成長速度だ。

冷静に考えてみると、ヒュドラは最深部で誕生してイシュカに向かったわけだから、このあたりの植物も一度は毒液の海に沈んだはずである。あるいは、あの朱色の竜巻によって地面ごと空高く吹き飛ばされたはずだ。

にもかかわらず、周囲にはその痕跡が見当たらない。このあたりの植物はありあまる生命力でヒュドラの毒を飲み干し、ほんの数日でいつもの姿を取り戻したのだろう。

前述したとおり、深域にはいまだに毒海が残っていた。しかし、最深部ではもう毒海は影も形も残っていない。最深部《ここ》に『何か』があるのは確実だった。

と、そこまで考えたとき、不意に視界がぐらりと揺れた。

慌てて足を踏みしめてかぶりを振る。酩酊《めいてい》感とでも言おうか、奇妙に身体がふわふわして足元が定まらない。浴びるように酒を飲めば今の俺と同じ感覚が味わえるかもしれない。

ついでにいえば、さきほどから胸焼けにも似た鈍痛がみぞおちのあたりに生じていた。

それらの異常が魔力《マナ》によって引き起こされたことは明白である。本来、魔力《マナ》は身体を損なうものではなく、それどころか心身を活性化させる働きをする。魔術師ならずとも魔力《マナ》の恩恵を受けることはできるのだ。

しかし、良薬も飲み過ぎれば毒となるように、過剰な魔力《マナ》の摂取は必要以上に身体の働きを活発にしてしまう。それが心身の異常となってあらわれているのだろう。

毒であれば勁《けい》で防ぐこともできるが、魔力《マナ》の場合は身体が勝手に取り込んでしまうので勁《けい》を用いても防げない。ある意味、ヒュドラの毒よりも厄介だった。

この地に長居すると冗談抜きで命にかかわる。知らず、ヒュドラを追う速度があがっていた。

それからどれくらい進んだだろう。

クライアは先ほどからずっと口元に手をあて、ひっきりなしにえずいている。俺自身も眩暈《めまい》と吐き気に苛まれ、気を抜くとその場に倒れこんでしまいそうだった。

正直、魔獣の襲撃がなくて助かった。このあたりの魔獣はヒュドラを恐れて逃げ散ったと思われるので、この点に関してはあの竜種に感謝している。

そんなことを考えながら、萎えそうになる足を励ましてなおも先に進む。

――『それ』が視界に飛び込んできたのは、そのときだった。

地面にぽっかりと穴があいている。

巨大な、あまりにも巨大な穴。イシュカどころか王都さえ呑みこんでしまいそうな大空洞を目にした瞬間、俺は全身の毛という毛が逆立つのを感じた。

地の底から轟々とあふれ出る魔力《マナ》の奔流。天に届けとばかりに吹き上がるこの魔力《マナ》に比べれば、ここまで俺たちを苛んできた魔力《マナ》の密度は十分の一にも達するまい。

そもそも、これを魔力《マナ》と呼んでいいのかさえわからない。元素《エーテル》とか神気《オリジン》とか、そういった神話の領域の力ではないのか、これは。

無限に等しい力が無尽蔵に湧き出している奇跡、あるいは悪夢。

ああ、ここならば幻想種が出現しても何の不思議もないと納得できる。

俺はこれまでこんな光景を見たことはなかった。だが、知識としては知っている。

大地に開いた穴と、そこからあふれ出る原初の力。古来、王朝を興《おこ》した英雄たちは決まって『それ』の上に都を築いてきたという。

それすなわち龍穴《りゅうけつ》である。

2

「なるほどね。中心部にこんなものを抱えているから、ティティスみたいな森がうまれたわけか」

一国の面積に匹敵する巨大な森。多くの魔獣、魔物が徘徊《はいかい》していることから開発の手も及ばない。

深域はもちろん、外周部にも多種多様の薬草が生えており、多数の冒険者が毎日のようにかき集めても尽きることがない。

これまでは「そういうものだ」と思っていたから、さして疑問を持たなかったが、あらためて考えてみれば、ティティスの森は他の森よりも際立って豊かであり、際立って危険である。

それらは龍穴の存在によるところが大きかったのだろう。

レベル『1』だった俺が五年間、まがりなりにもイシュカで暮らしてこられたのは、この龍穴のおかげということになる。感謝をこめて金貨の一枚や二枚、賽銭《さいせん》として投げ込んだ方がいいかもしれない。底の見えない穴を覗き込みながら、そんなことを考える。

「しかし、どうして誰もこれに気づかなかった――いや、単純に誰もここまで踏み込めなかっただけか」

歩く隙間もないほどに繁茂《はんも》した草木をなぎはらい、道をつくるだけで一苦労だ。しかも、草木は自動で再生する上、魔力《マナ》の過剰摂取による体調不良というおまけもついてくる。俺とてヒュドラの後をつける形でなければ、ここまでたどり着くことはできなかった。

ふと思い立って顔をあげると、植物の枝葉でつくられた厚い天蓋《てんがい》が空からの視線をさえぎっているのがわかった。これではクラウ・ソラスで上空を飛んでも龍穴に気づくことはできない。

今日、俺が龍穴を発見することができたのは、いくつもの偶然が積み重なった末の奇跡だった。

そう考えると、ぜひともこの機会をいかしたいところなのだが――

「どう考えても人間にどうこうできる力じゃないな、これ」

それが率直な感想だった。

たしかに、この龍穴の力を取り込むことができれば凄まじい力を得ることができるだろう。それこそ今の何十倍、へたをすると何百倍という力を行使できるかもしれない。

だが、それは海の水を残らず飲み干すことと同じくらいの不可能事だと思える。

だいたい、俺の力は『魂喰い』であって、魔力喰いでもなければ元素喰いでもない。同源存在《アニマ》の力さえまだ完全に御していないのに、このうえ専門外の力に食指を伸ばすのは避けるべきだろう。

と、そのとき、背後からかすれるようなクライアの声がきこえてきた。

「…………これは、鬼門？」

「なに？」

どういう意味だ、と思って後ろを振り返る。俺が知るかぎり、島にこんな巨大な穴は存在しない。そもそも鬼門は柊都《しゅうと》の中央に配置された建造物、文字通りの『門』である。

俺の視線の先で、クライアがただでさえ白い顔を蒼白にして立ち尽くしている。と、糸杉のような身体がいきなりぐらりと揺れた。まるで糸が切れた人形のように、そのままとさりと地面に倒れ伏す。

あわてて駆け寄って顔をのぞきこむと、クライアの口元からはひゅうひゅうと喘鳴《ぜんめい》じみた呼吸音がこぼれていた。目はきつく閉じられ、眉間には深いしわができている。

望まずとも注ぎ込まれる多量の魔力《マナ》に、身体が耐え切れなくなったのだと思われた。

繰り返すが、この場に満ちる魔力《マナ》自体は人間にとって有益である。だが、どれだけ有益な力でも、必要量を超えて無理やり注ぎ込まれれば器《からだ》が耐え切れなくなる。満腹な人間の口に無理やり食べ物を押し込み、水で流し込むようなものだ。

俺自身、すでにけっこうつらい。一刻もはやくこの場を去らないと、クライアの二の舞になってしまいそうだ。

見れば、クライアの周囲には今もにょきにょきと新しい植物が生えてきており、這うように彼女の手足を覆いつつある。

……ここで倒れた人間は、こんな風に身体を植物で覆われて息絶えることになるのだろう。

舌打ちしてクライアの身体から植物を取り払う。ついでに自分の足にからみついてきた木の根を蹴り飛ばした俺は、素早く周囲に視線を飛ばした。

竜種が生まれる「世界の条件」、その一つは確かめることができたように思う。であれば、これ以上の長居は無用。ここに逃げ込んだヒュドラの本体をしとめてさっさと退散しなければ。

龍穴の詳しい調査は次に来たときにすればいい。そのときはルナマリアなりミロスラフなり、俺よりこういうことに詳しそうな人間を連れてこよう。

幸いというか、当然というか、ヒュドラの居場所はすぐに判明した。倒れた木々という明確な道があるからわかりやすい。

龍穴の中に飛び込まれでもしたら厄介だと考えていたのだが、どうやらその行為はヒュドラにとっても避けるべきことだったようだ。たぶん、それをすれば竜種でさえ消滅をまぬがれないのだろう。

——魂喰い《ソウルイーター》を振りかざし、振り下ろす。その一撃でヒュドラはあっさりと死んだ。

まあ、死んだフリをするくらいだから、もう戦闘力が残っていないのは予測できたことである。

この状態はヒュドラにとって、本当に最後の生存手段だったに違いない。ヒュドラには悪いが、戦闘よりも、戦闘が終わった後の魂の流入時が一番きつかったくらいである。

ヒュドラの大量の魂が流れ込んでくる感覚と、龍穴の大量の魔力《マナ》が流れ込んでくる感覚が重なり合い、あやうく意識が飛びかけた。

レベルがさらにあがって『27』になったが、それを喜ぶ暇もない。俺はクライアを抱きかかえて龍穴から、さらにはティティスの最深部から離脱した。

途中、ヒュドラがつくった道がはや植物で塞がれているのを見て心底ぞっとする。あまりに過ぎた生命の力はへたな魔物よりもおぞましい。この分では、このあたりの魔獣も龍穴の影響を受けて凶暴化しているに違いない。

——そう。それこそ鬼門の影響で凶暴化している鬼ヶ島の魔獣たちのように。

3

意識を失ったクライアを抱えて龍穴を離れた俺は、ティティス最深部を離れてイシュカへと向かっていた。

毒液の海と化している場所を避け、木立の間を縫って進んでいると、不意に上空からバッサバッサと激しい羽ばたき音が降ってきた。

すわ魔物の襲撃か、と警戒する俺。

しかし、その警戒は一瞬で霧散した。羽ばたき音と一緒に、ぷぃぃという聞きおぼえのある鳴き声が降ってきたからである。

さてはと思って見上げてみれば、案の定、そこには藍色《あいいろ》の鱗に覆われた翼獣《ワイバーン》――クラウ・ソラスが滞空飛行《ホバリング》していた。

ヒュドラの気配が消えたことに気づき、イシュカから迎えに来てくれたらしい。

正直、けっこう疲れていたので助かった。そう思って上空のクラウ・ソラスに手を振ろうとした俺は、ふと違和感をおぼえて眉をひそめた。

木立の隙間から見えるのは確かにクラウ・ソラスなのだが「ぷぃぃ」のほかに「ぴぃぃ」やら「ぐるぅ」やら、聞きおぼえのない鳴き声が混ざっている気がしたのだ。

他の魔獣に襲われている――にしてはクラウ・ソラスが戦っている様子はない。はて、と首をかしげた次の瞬間、今度はれっきとした人間の声が耳に飛び込んできた。それも二つ同時に。

「ソラ殿！」

「ソラさん！」

安堵と喜びが入り混じったその声は、翼獣《ワイバーン》に乗ったドラグノート姉妹のものだった。

「陛下から勅命が下ったのです。イシュカに飛んで事の次第を確かめよ、と」

どうしてここに、と目を丸くして問う俺に対し、アストリッド・ドラグノート公爵令嬢はそう答えた。

もう少しくわしく述べると次のようになる。

過日のヒュドラの咆哮は、イシュカのみならず王都ホルスにも届いていた。それでなくとも魔獣暴走《スタンピード》によって王都とイシュカをつなぐ王国の大動脈が切断されている最中である。

それまで王都の守りを優先して戦力を出し渋っていたカナリア宮廷だったが、事ここに至ってさすがに動かざるをえなくなった。

その先陣として派遣されたのが竜騎士団である。もちろん総出撃ではなく、副団長であるアストリッド他三騎が状況把握のためにイシュカへ向かって飛び立とうとした。

ところが、ここで予期せぬ事態が起こる。先の竜の咆哮《ドラゴンロア》の影響で、ほとんどの翼獣《ワイバーン》が行動不能におちいってしまったのである。

行動可能な翼獣《ワイバーン》は片手の指で数えられるほどであり、その中の一頭がアストリッドの騎竜アスカロン。そして、もう一頭が——

「ボクのクラレントです！」

胸を張って告げたのはクラウディア・ドラグノート公爵令嬢だった。

王都で着ていたお嬢様らしい清楚な衣服から一転、男物の凜々しい騎士装束になっている。髪も結い上げているため、見る人によっては少年と勘違いするかもしれない。

クラウディアは竜騎士どころか騎士ですらなかったが、翼獣《ワイバーン》の騎乗に関してはアストリッドに迫る能力を持っているそうで、多少の悶着《もんちゃく》はあったものの、当人の強い希望もあって姉と共にイシュカに向かうことになった。

そうしてイシュカへとやってきた姉妹は、残っていたルナマリアたちから状況を聞くや、すぐに俺の後を追おうとしたそうだ。

だが、公爵家に愛育された翼獣《ワイバーン》たちも、今まさにヒュドラが暴れている場所に向かえるほどの胆力はなかった。クラウディアによれば、イシュカに戻っていたクラウ・ソラスからも、俺の邪魔をするな、という警告があったそうだ。

そんなわけで、今日までもどかしい思いで待っていたドラグノート姉妹は、ヒュドラによる地響きが消えたことを受け、クラウ・ソラスと共に深域まで駆けつけた——というのが二人がここに至るまでの顚末《てんまつ》だった。

「ソラさん！　あの、ボク、体力回復薬《スタミナポーション》と上級治療薬《ハイポーション》を持って来ました！」

そう言ってクラウディアがずずいっと薬ビンを差し出してくる。俺の胸に押しつけんばかりの勢いで、とてものこと「いえ遠慮しておきます」と言える雰囲気ではなかった。

実際、ヒュドラやゴズたちとの戦いはともかく、龍穴《りゅうけつ》での疲労は両肩に重くのしかかっている。

俺はありがたくクラウディアの気遣いを頂くことにした。

「ソラ殿、そちらの女性はもしや鬼ヶ島の方ですか？」

俺が薬を飲み終えるのを見計らって、アストリッドが気遣わしげに問いかけてくる。

鬼ヶ島について知っているアストリッドは、魔獣暴走《スタンピード》におけるクライアたちの活躍を聞き、おおよその見当をつけていたのだろう。

青林旗士《せいりんきし》である慈仁坊《じじんぼう》が王都を襲ったのはついこの間のことだ。クライアを見るアストリッドの眼差しは鋭かった。

「そうです。色々ありまして、しばらく私のもとに留まることになりました」

くわしく説明すると長くなるので事情を端折《はしょ》って伝える。すると、アストリッドは気を悪くした様子もなく、こくりとうなずいた。

「わかりました。それでは、これからイシュカに戻ろうと思いますが……騎乗は可能ですか？」

いたわりの念が込められた問いかけ。

本来、アストリッドは国王の勅命を受けた者として、俺から訊《き》き出さなければいけないことが山ほどあるはずだ。ヒュドラのこと、鬼ヶ島のこと、一つとしてなおざりにしていいものはない。事態の重要性を考えれば、力ずくで詰問されてもおかしくないのである。

しかし、アストリッドはそんな気振りは少しも見せず、こうして俺のことを案じてくれている。俺から力ずくで情報を聞き出すことは不可能だから――そんな理由ではないことは、優しい紫水晶《アメジスト》の瞳が物語っている。

俺は公爵令嬢の心遣いに感謝しつつ、騎乗は可能かという問いにうなずいた。

実のところ、クラウディアからもらった薬を飲んでも龍穴《りゅうけつ》から続く酩酊《めいてい》感は消えていない。この状態でクラウ・ソラスに乗るのはけっこうきついのだが、だからといってドラグノート姉妹をいつまでもティティスの深域に置いておけるわけがない。

そんなわけで、俺は胃の奥からせりあがってくる苦いものを飲み下しつつ、クラウ・ソラスにまたがった。クライアに関しては、落とさないようにしっかりと抱きかかえる。

その後、俺はドラグノート姉妹に左右を守られながらイシュカに帰還した。

帰ったら帰ったで、シールやスズメに泣きながら抱きつかれたり、ルナマリアやミロスラフに潤んだ目で生還を喜ばれたり、真剣な表情をしたイリアやセーラ司祭に両手を握られて感謝の言葉を述べられたりと色々あった。

他にもイシュカ政庁から呼び出しがあったり、冒険者ギルドからエルガートやリデルがやってきたり、防衛戦に参加していた兵士や冒険者が「ゴズとクリムトは無事なのか」と押しかけてきたり、俺の帰還にともなう反応は数えあげたらきりがない。

スズメたちはともかくとして、政庁だのギルドだのの相手をしている気力はなかったので、アストリッドに頼んで「すべては明日説明する」と通達して強引に騒音を遮断した。

イシュカを襲った魔獣暴走《スタンピード》と幻想種《ヒュドラ》が二つながら解決したのは事実であり、俺がそれに大きく尽力したことは間違いないのだ。

せめて今日一日、寝台で大の字になって眠る程度のことは許されてしかるべきである。そんなことを考えながらのそのそと横になる。

俺の意識が睡魔に飲みこまれるまで、かかった時間はごくわずかだった。

4

竜殺し《ドラゴンスレイヤー》。

それがヒュドラを討伐した俺に与えられた称号だった。人の身で竜を討つのは神代の英雄に匹敵する偉業。俺は冒険者として、戦士として、およそ考え得るかぎり最高の栄誉を手にしたことになる。

ただし「単独《ソロ》で」という部分は取り除かれていたので、本来の実績からいうと四分の一に減ってしまった計算になる。

というのも今回のヒュドラ討伐は四人パーティ――俺と鬼ヶ島の三人組――によるものだ、とイシュカ政庁が公式に発表したからである。

これは俺の考えによるものだった。

ほんの数ヶ月前まで『寄生者《パラサイト》』として蔑まれていた人間が、ひとりで竜種を討ったと主張しても疑われるに決まっている。仮に信じてもらえたとしても、今度は「どうやって短期間でそこまで強くなれたのか」と詮索《せんさく》されてしまう。どちらも面倒な話だった。

他方、鬼ヶ島の三人組は竜の咆哮《ドラゴンロア》以前から魔獣暴走《スタンピード》鎮圧に尽力し、衆人環視の中で人間離れした力を見せつけていた。守備隊に参加していた兵士や冒険者からの信望は絶大であり「あの三人なら竜を討伐しても不思議はない」と思われている。

そういった諸々を踏まえ、ヒュドラ討伐は四人の力によるもの、ということにしたのである。

四分の一になったといっても竜殺しは竜殺し。イシュカにおける俺の名声、影響力は天を衝《つ》くほどに高まるに違いない。かつて俺は『隼の剣《はやぶさ》』に囮《おとり》にされ、冒険者ギルドにその罪を消されるという憂き目にあったが、もう二度とあんなことは起こらないし起こさせない。

そう断言できるだけの立場を手に入れたわけで、なかなかに感慨深いものがあった。

もちろん、すべてが思惑どおりに運んだわけではない。

特に冒険者ギルドは、魔獣暴走《スタンピード》の最中に三人組が俺の家を襲った事実を知っている。ギルド職員の中には「ヒュドラを討伐したクライアたちが、先の一件の謝罪として俺に功績の一部を分け与えたのではないか」とまことしやかに囁《ささや》く者もいるそうな。

他にも俺の功績を疑う者はおり、こういった連中は俺のことを偽・竜殺し《ドラゴンライアー》と呼んだ。ヒュドラ戦に参加せず、功績だけを盗み取った嘘つき《ライアー》の竜殺し、というわけである。

実に腹立たしい話であるが、ただでさえ最近は藍色《あいいろ》の竜騎士だなんだともてはやされていた。そういった反感が積もり積もってのことだろう。

それにレベル『27』となった今となっては、いちいちこの手の連中の相手をしようとも思わない。やるべきことは山ほどあるのだ。二つ名が『竜殺し《ドラゴンスレイヤー》』になろうが『偽・竜殺し《ドラゴンライアー》』になろうが構っている暇はない、というのが正直なところだった。


で、その「やるべきこと」の内容だが、まず一つは龍穴の調査および幻想種の再誕に備えた監視である。

一日二日で再び竜種が出現するとは思えないが、あの龍穴を見た後だとその可能性を完全に排除することもできない。

そんなわけで、俺はクライアと共にかつての蝿《はえ》の王の巣に移り住むことにした。まあ移り住むといっても、クラウ・ソラスに乗ってイシュカと深域を往復する生活なので、一日の半分くらいはイシュカにいるのであるが。

クライアを蝿の王の巣に置くことにしたのは、言うまでもなくスズメたちへの配慮である。なにしろクライアはほんの数日前にスズメを襲い、シールを斬ったばかり。ミロスラフに至っては、二人を守るために自爆魔法を行使して瀕死の重傷を負っている。そんな相手と一つ屋根の下で暮らせ、なんて言えるはずがなかった。

また、単純に戦力を計算した結果でもある。万が一にも竜種が再誕した場合、これとまともに戦えるのは俺を除けばクライアだけだ。俺がちょくちょくイシュカに戻ることを考えると、クライアにはティティスに常駐してもらう必要があった。

人気《ひとけ》のない場所で注目を避ける、という理由もある。俺もクライアもイシュカでは時の人。どこに行こうと、どこに居ようと、常に人の目がついてくる。自宅に閉じこもっていれば人の視線は遮断できるが、そうすると今度はたくさんの訪問客が押し寄せてくる。

その意味で、蝿の王の巣は他者を排除できる最高の環境だった。

俺はここで竜種の出現に備えつつ、クライアを相手に毎日のように稽古を繰り返した。試しの儀を超えて正式に幻想一刀流を修《おさ》めたクライア・ベルヒ。その彼女と本気でやりあうことで、我流に近い自分の剣を磨き直そうとしたのである。

むろん、一口に本気といっても、心装を全開にした殺し合いでは技を磨くどころではないし、言ってはなんだがクライア相手ではすぐに決着がついてしまう。

だから、条件をつけて戦った。心装を使わない、勁技《けいぎ》を使わない、あるいは勁《けい》による身体強化さえ使わない、という具合に。場合によっては俺だけがそれらを禁止し、クライアに縛りはつけないというハンデ戦もおこなった。

俺にしてもクライアにしても、勁《けい》を用いることで長時間の戦闘が可能であるため、熱が入ると時間を忘れてしまうことがしばしばある。今日も今日とてそれが起こってしまい、気づいたときには限界を超えたクライアが汗まみれでひっくり返ってしまった。

「お帰りなさいませ、マスター」

クライアを背負って巣穴に戻った俺を出迎えたのはルナマリアである。今、巣穴にいるのは俺とクライア、そしてルナマリアの三人だ。

俺がここにルナマリアを連れて来たのは、ルナマリアだけが直接クライアと戦っていないからであった。ルナマリアが戦ったのはクリムトひとり。もちろん、だからといってクライアの存在に虚心ではいられないだろうが、少なくとも他の三人よりはクライアに対する恐怖心は薄いだろう。

それに、ヒュドラの毒に冒された深域や、最深部にある龍穴について、森の妖精であり賢者でもあるルナマリアの意見を聞きたかった、という理由もある。

そのルナマリアであるが、クライアを背負った俺の姿を見て一瞬で状況を察したらしく、困ったように眉尻を下げた。

クライアが俺との稽古で気力体力を使い果たして倒れるのは初めてではない。そのつど、俺はルナマリアに命じてクライアの着替えや汗拭きをやらせている。ルナマリアにしてみれば、言いたいことの一つ二つあるに違いない。

もっとも、ルナマリアが俺に対して不平不満を口にすることは一切ないし、仮に「もう少し彼女の体調を考慮してあげては」などと言われてもうなずくつもりはなかった。

こう見えて俺は執念深いのだ。三人組がやったことを水に流してやるつもりは微塵もない。ゴズとクリムトに関しては痛めつける形で報復してやった。クライアに関してそれをしなかったのは、こういう形で役に立ってもらおうという心積もりがあったからなのである。

ちなみに、俺がイシュカに戻るときはルナマリアも一緒に連れて帰るので、巣穴に残るのはクライアひとりになる。当然、逃げようと思えば逃げられるわけだが、もし逃亡を試みた場合、稽古相手以外の役割が加わることになるだろう――魂の供給役、という役割が。

俺はゴズとクリムトに対して人質《クライア》の安全を保証した。クライア自身も今のところは大人しくしており、俺の命令に従順にしたがっている。

だから、今は手を出さない。

だが、もしクライアが逃亡をはかるようなら話は別である。率直に言うと、わざと逃亡しやすい環境に置いて逃走を使嗾《しそう》している面も否定できなかった。

クライア自身が己の非を認めざるをえない状況に追い込んでしまえば、あとはこっちの思いのまま――そんなことをあれこれ考えていると、クライアの世話を終えたルナマリアが真剣な顔で口をひらいた。

「マスター、お話があります」

「話？」

やはりクライアのことか、と思ったが、それが間違いであることは次の一言でわかった。

「先日、連れて行っていただいた龍穴のことです。鬼ヶ島にあるという鬼門に関わることでもあります」

「む」

ルナマリアの言うとおり、俺はすでに一度ルナマリアを龍穴に連れて行っている。

これにはクライアも同行しており、先日の言葉の意味――龍穴を指して鬼門と呼んだこと――も聞き出していた。

といっても、クライアの話はかなりあやふやなもので、はっきり言ってしまえば、目を覚ましたクライアは自分の発言をおぼえていなかった。龍穴にたどり着いた段階で意識が朦朧《もうろう》としていたらしい。

クライアがおぼえていたのは、龍穴の近くに行ったときの感覚が、鬼門をくぐるときの感覚とよく似ていたこと。おそらく、それがあの『これは、鬼門？』という言葉の意味だったのだろう。

試しの儀を超えられなかった俺は、鬼門をくぐるどころか近づくことさえ許されなかったので、クライアの言葉の真偽はわからない。

ただ、土地の植生や魔獣の生態に大きな変化をもたらすなど、龍穴と鬼門にはいくつかの共通点がみられる。

俺はこういったことをルナマリアに伝えた上で龍穴に連れて行った。誰よりも早く俺の同源存在《アニマ》に気づいたエルフの賢者ならば、俺には気づけないことも気づけるかもしれないと期待したのである。

どうやらルナマリアはその期待に応《こた》えてくれたようだった。

「今から申しあげるのは、推論というのもはばかられる思いつきです。そのつもりでお聞きください」

「わかった」

「まず龍穴についてですが、あれは大地の力が湧き出る噴出点です。あそこからあふれていたのは純粋な魔力《マナ》の濁流。火山の噴火や落雷、さもなければ竜巻のようなものだとお考えください。人の手で触れていいものではありません」

「そうか。可能であれば、あれを利用して深域の毒を消せたら、と思ったんだが……」

俺が言うと、ルナマリアはきっぱりと首を左右に振った。

「私たちがあれに触れれば、ヒュドラの毒以上の惨禍《さんか》をまきちらすことになるでしょう。あの異常な魔力《マナ》は、普通の植物や動物にとってまぎれもない毒です。最深部の光景こそ、あれが毒である何よりの証といえるでしょう」

そう言うと、ルナマリアは「ここからが思いつきの部分です」と断ってから話を続けた。

「私は見たことがありませんが、鬼ヶ島にあるという鬼門が龍穴と同じ働きをしているのなら、それもまた植物にとって、動物にとって毒であると考えられます」

「ああ。鬼門ができてから島の植生は大きくかわったという話だ。魔物の強さも大陸とは比較にならない」

「だとすれば、マスター。そこで暮らす人々にもなんらかの影響が出ているのが当然だとは考えられませんか？」

ルナマリアの問いに、俺は眉をひそめた。

相手の言葉が間違っていると思ったわけではない。こんな当たり前のことにどうして気づかなかったのか、と疑問を抱いたのである。

ただ、改めて考えてみれば、その答えは明白だった。実際に島で暮らしている人々に何の影響も出ていないことを、俺をはじめとした鬼ヶ島の住民たちは知っている。だから、鬼門が人間に影響を与えるとは思っていないのである。

たとえば、人が突然魔物になっただとか、角が生えた赤ん坊が生まれてきただとか、そういった異常がたびたび発生すれば、鬼門が人間に与える影響を憂慮する者も出てくるだろうが。

そんな俺の意見に対し、ルナマリアは怖いほどに鋭い眼差しで訴えてきた。

「マスター、私は鬼ヶ島の住民を四人しか知りません。そして、その四人はいずれも常人とは比較にならない力を持った方々でした。マスターの内に棲む竜……マスターたちが同源存在《アニマ》と呼ぶその存在は、私の目から見れば異常だと映ります。私も弓を嗜《たしな》む身です。一つの流派を極めた結果としてたどり着ける境地というのは確かに存在するでしょう。ですが、マスターたちのそれはあまりにも大きすぎる。人間という種を超えた力だと、そう思ったことはありませんか？」

5

蠅の王の巣は深い縦穴《たてあな》構造をしており、穴底は貴族の邸宅がまるまる一つ収まるほどに広い。ソラはそこに食料や水を運び込み、複数の天幕をしつらえて生活環境をととのえ、ティティスにおける活動の拠点としていた。

今、ルナマリアはその天幕の一つでソラと共に起居《ききょ》している。

――人間という種を超えた力だと、そう思ったことはありませんか？

その問いを発したのも天幕の中でソラと二人きりになったときだった。クライアに話の内容を聞かれたくなかったからである。

ルナマリアの心には強い疑念があり、それはマスターを取り巻く環境に向けられていた。

龍穴、鬼門、同源存在《アニマ》、幻想一刀流、御剣家。

知っていたこともあり、知らなかったこともある。そういった諸々をすべて重ね合わせたとき、ルナマリアの脳裏に浮かびあがったのはひどく歪《いびつ》な像だった。

龍穴にせよ、鬼門にせよ、植物や動物の本来の姿をねじまげるモノは毒とかわらない。そして、植物や動物に影響を与える力が人間のみを例外とする道理はない。

おそらく鬼ヶ島の住民はすでに侵食されている。彼《か》の地に鬼門があらわれてから実に三百年、むしろ侵食されていないはずがないとさえ思う。

結論をいえば、ルナマリアはその侵食の結果こそ同源存在《アニマ》の発現なのではないか、と考えていた。

同源存在《アニマ》についてはソラから簡単に聞いている。心の中、魂の奥にいるもうひとりの自分。この同源存在《アニマ》を自覚し、制御し、具現化することが幻想一刀流の奥義であり、ルナマリアがソラの中に感じた竜もまた同源存在《アニマ》なのだという。

ルナマリアにその説明をしてくれたソラは、自分が口にしている内容に疑問を抱いていなかったようだが、聞いていたルナマリアにしてみれば、とうてい信じがたいことだった。一つの流派を極めるだけで人間が竜の力を得るなどありえることではない。

だが、ソラは実際にそれだけの力を手に入れているし、鬼ヶ島の三人組もソラに迫る実力を有していた。しかも、鬼ヶ島には四人と同等、あるいはそれ以上の実力者たちが何十人と控えているという。

過日、王都ホルスではカナリア王国最強の竜騎士たるドラグノート公爵が、たったひとりの旗士《きし》によっておさえ込まれた。それだけの戦力が鬼ヶ島では当たり前のように輩出《はいしゅつ》されているという事実。

これを異常といわずして、何を異常というのだろう?

幻想一刀流がどれだけ優れた流派であるとしても、この異常性の説明はつけられない。だいたい、剣技を極めることで同源存在《アニマ》に目覚めるのなら、他の流派でも同源存在《アニマ》を宿す者が出てもよさそうなものだ。だが、そんな話は聞いたことがない。

幻想一刀流のみが同源存在《アニマ》に至れる理由こそ鬼門である、というのがルナマリアの推測だった。

おそらく鬼門は人の手でつくられた人造の龍穴であり、青林旗士《せいりんきし》は鬼門によって変異した人間。

本来であれば「もうひとりの自分」などというモノが己の中に棲みつけば、狂気か病と認識されるだろう。それが鬼ヶ島特有の症状であれば、土地の呪いだと思われて住民が離散しても不思議はない。

だが、鬼ヶ島には機構《システム》があった。幻想一刀流という流派を介して『呪い』を『力』に変換する機構《システム》が。これによって発症者は周囲から疎んじられることがなくなり、それどころか尊敬と崇拝の対象になる。

ここにおいて呪いは祝福となり、鬼ヶ島の住民はこぞって機構《システム》の下に集い、継続的に戦力を輩出する基盤ができあがる。

——そら恐ろしいほどに効率的なこの機構《システム》の名は、御剣《みつるぎ》家。

ソラは三百年以上続いてきたこの機構《システム》に真っ向から挑もうとしている。

ルナマリアとしては幾度《いくど》警告してもし足りないという心境であり、実際に何度もソラに警戒をうながした。

これはソラの近くにいる自分の危険を慮《おもんぱか》ってのことではなく、純粋にソラの身を案じたゆえの行動である。

ルナマリアがソラのもとにいるのは贖罪《しょくざい》のためであり、そのために今日まで献身を続けてきたわけだが、今、ソラの身を案じる気持ちに贖罪や献身といった色合いは含まれていない。

どうしてそう断言できるのかといえば、ソラが鬼ヶ島の刺客によって討たれたら、と思うだけで心臓をわしづかみにされるような痛みが走るからである。ソラへの想いがただの償いの念であれば、ここまで胸が痛むことはないだろう。

ヒュドラとの戦いでもそうだった。ソラならば大丈夫と信じてはいたものの、あの四日間はろくに食事が喉《のど》を通らなかった。ソラが無事に戻ってきてくれたときには思わず涙ぐんでしまったものである。

自分の心をかき乱す感情の正体にルナマリアは気がついている。これまでとても無自覚だったわけではないが、今回の一件で強烈に自覚させられた。

正直なところ、戸惑いを禁じえずにいる。

長命種であるエルフは異性を求める欲求がとぼしい。事実、ルナマリアはこれまで同族、他種族を問わず、異性にこの手の感情をおぼえたことはなかった。

これはラーズも例外ではない。ラーズの行動力と飾らない人柄には魅力を感じていたし、だからこそ『隼《はやぶさ》の剣』に加わって五年以上も行動を共にしたのだが、それは恋情の存在を肯定するものではない。ルナマリアは他の多くのエルフと同じく、伴侶とする相手は一人だと考えているし、相手にも同じ価値観を求めている。この点、ラーズがルナマリアと異なる価値観の持ち主であることは、イリアとミロスラフに対する態度が物語っていた。

ルナマリアから見れば、ラーズは頼りになる戦士であり、リーダーであり、それ以上ではなかったのだ。

恋情の有無という点でいえば、ソラも同様である。

求められれば夜伽《よとぎ》もしたが、それはソラを見殺しにした罪をつぐなうためであり、それ以外の感情が芽生えることはない。少なくとも当初のルナマリアはそう考えていた。

ただ、その考えはルナマリアの意思を置き去りにして、少しずつ変質していってしまう。

はじめは自分ひとりだった夜の行為にシールが加わるようになり、すこし時間を置いてミロスラフも呼ばれるようになった。

自然、ルナマリアが肌を重ねる機会は減った。

ルナマリアにしてみれば望まぬ環境から遠ざかれるのだ、胸をなでおろしてしかるべきであったろう。

——だが、実際に胸をよぎったのは安堵以外の感情だった。

このとき、ルナマリアは自分の中に予期せぬ感情が芽生えていたことを知った。相手の荒々しさに引きずられるように、身体も、心もソラの側へ傾いてしまっていることを自覚した。

それが恋情なのか、愛情なのか、同情なのか、はたまたそれ以外の感情なのか。それを確かめあぐねているうちに鬼ヶ島の三人組が来襲し、魔獣暴走《スタンピード》が発生し、ヒュドラが出現し——気がつけば、ソラを失うことを本気で恐れている自分がいる。

ルナマリアは小さく息を吐き出した。この先どうなるのか、自分はどうしたいのか。明敏な賢者の頭脳をもってしても、それらの答えはなかなか見つかりそうになかった。

6

「ソラ直伝《じきでん》水鉄砲、発射二秒前ー！」

「一秒前ー！」

「はっしゃなのー！」

湯船につかった子供たちが元気よく声を張りあげ、しぼるように両手を重ねる。すると、手の隙間からお湯が勢いよく噴き出し、湯気にけむる宙に放物線を描いた。

それ自体は微笑ましい光景なのだが、水鉄砲の標的にされる身としては思うところもある。髪を洗っている最中、顔に三本の放水の直撃を浴びたイリアは無言で風呂桶に両手をつっこんだ。そして、子供たちとまったく同じ動作で報復行為を実行に移す。

「ぶば!?」

「ぶび!?」

「ぶぶ!?」

自分たちとは精度も威力も段違いの放水に額を直撃され、子供たちの口から三者三様の悲鳴があがる。イリアはそんな三人に重々しく語りかけた。

「アイン、ツヴァイ、ドーラ。水鉄砲を撃っていいのは、水鉄砲を撃たれる覚悟がある人だけよ」

「ふははー、われらはひかぬ、こびぬ、かえりみぬ！　者ども、うちかえせー！」

「おー！」

「おーなのー！」

「……誰かさんのよからぬ影響が顕著に出てるわね」

またしても顔にお湯を浴びせられたイリアが小さくぼやく。

その後、しばし苛烈（？）な撃ち合いが展開されたが、イリアはこの撃ち合いが長引く前に三人を湯船からひっぱり出した。あまり長いこと湯につかっていると、頭に血がのぼってしまって危険だと注意されていたからである。

　イシュカでは風呂といえば基本的に蒸し風呂であり、メルテ村にいたってはそもそも風呂自体が存在しない。子供たちが慣れない湯浴みで体調をくずさないように注意しなければならなかった。

　そんなイリアの気づかいも知らず、湯船から出た弟妹は興奮してきゃっきゃっと騒いでいる。イリアはそんな三人をたくみにつかまえ、身体や髪を洗っていった。要領としては、故郷の川原で水浴びをしていたときと同じなので慣れたものである。

「お湯だと汚れも落ちやすいし、その点は水で洗うより楽ね」

「あったかいから気持ちいーしな！」

　妹《ドーラ》の髪を洗いながらイリアが言うと、隣で弟《ツヴァイ》の髪を洗っていたアインが大きくうなずく。

　いかにも楽しそうにはしゃぐアインを見て、イリアはしかつめらしく語りかける。

「アイン、私たちはずっとこの家で暮らせるわけじゃないからね。今の生活に慣れると村に戻ってからが大変よ」

　貴族のそれと見まがう豪奢《ごうしゃ》な邸宅に大きな浴室。使用している水はルナマリアが水の精霊《ウンディーネ》を召喚して用意したもので、そのまま飲み水に使えるくらい清浄なものである。

　これだけの水を湯浴み目的で使うのは、平時でさえ贅沢の極み。ましてやケール河の水がヒュドラの毒に汚染されている現在では、贅沢を通り越して奢侈《しゃし》といってよい。

メルテ村に戻れば、湯浴みはおろか飲み水にも困る生活が待っている。子供たちの楽しみに水を差すとわかっていても、一言《ひとこと》いわずにはいられなかった。

だが、そんなイリアの危惧は子供たちには通じなかったようで——

「えー？　でも、ソラは好きなだけいろっていってたぞ？」

「いってたよー」

「いってたのー」

「……そうだとしても、よ。まさか、ずっとここで暮らすわけにはいかないでしょう？」

イリアの言葉に三人はそろって首をかしげた。どうにもイリアの言わんとすることがわからないらしい。

さて、どうやってこの子たちに現状を認識してもらおうか、とイリアが考えていると、浴室の扉が音もなくひらき、五人目の人物が入ってきた。

はじめは母セーラかと思ったイリアだったが、視界に赤い色彩がうつった時点で無意識に身体をかたくした。

「あ、ミロ姉《ねえ》だー」

「あ、う……」

「ミロ姉《ねえ》なのー」

三人がそれぞれの反応を示す中、ミロスラフはいかにも他意のない表情でにこりと微笑んだ。

「ご一緒させてもらいますわね、皆さん」

そういうとミロスラフは浴槽の近くまで歩み寄り、桶を手にとって風呂の水を自分の身体にかけた。

思わず、という感じでミロスラフの口から吐息がこぼれおちる。

このところ、ミロスラフは日夜部屋に閉じこもって薬の研究に励んでおり、隠し切れない疲労が影となって顔を覆っている。その影が湯をかけると同時に溶けるように薄れていく。

と、そのときだった。

「あ、あの、ぼく、もうあがる！」

アインに髪を洗ってもらっていたツヴァイが唐突に立ち上がり、慌しく浴室から出て行ってしまう。去り行くツヴァイの頬は林檎《りんご》のように真っ赤だった。

「あ、おーい、待てよ、ツヴァイ。俺もあがるからさー！」

「あがるのー！」

ツヴァイの後を追ってアインとドーラも浴室を出ていく。

イリアは慌てて三人の背に声をかけた。

「三人とも、ちゃんと身体を拭きなさいよ！」

『はーい！』

イリアの呼びかけに応じて三人の声が返ってくる。あいかわらず返事だけはいいんだから、とイリアが嘆息すると、横からくすくすと笑い声が聞こえてきた。

「ふふ、元気な子たちですわね」

「……ええ。元気すぎて大変なときもあるけどね」

「その逆よりもよほどいいではありませんか」

そう言うとミロスラフはゆっくり立ち上がった。輝くばかりに白い魔術師の肢体がイリアの視界に映し出される。

今のミロスラフを見て、ほんの数日前に全身に重度の火傷《やけど》を負った人物だと見抜ける者はいないだろう。焼けて傷んでいた髪も、すっかり以前の色艶を取り戻している。

ただ、長さだけはこれまでどおりとはいかなかった。もともと、ミロスラフの髪は腰に届くくらいに豊かだったのだが、行方不明事件の際に肩に届くまでに短くなり、今回の一件でさらに短くなってしまった。短髪姿の今のミロスラフはどことなく男性的《ボーイッシュ》な雰囲気を漂わせている。

ミロスラフは足先から湯船に入り、小さく嘆声をもらしながらお湯の中に身をしずめる。

それを見たイリアは無言でミロスラフにならい、湯船の中に身を移した。

二人は近からず、遠からずの距離を保ったまま互いに口をひらかない。

沈黙の帳《とばり》に覆われる浴室。かすかな水音と立ちのぼる湯気。遠くから三人組の笑い声が聞こえてくる。

――口火を切ったのはミロスラフだった。

「わたくしに訊《き》きたいことがあるのではありませんか、イリア?」

それを聞いたイリアはかすかに眉根を寄せた。

ミロスラフの言葉の意味がわからなかったからではなく、その逆である。

ソラに服従し、イシュカにやってきて、ルナマリアやミロスラフらと接した。『隼《はやぶさ》の剣』が崩壊していく過程において、ミロスラフがどのような役割を果たしたのか、今のイリアはおおよそ気づいている。

訊《き》きたいことがあるか?　あるに決まっているではないか。

どうして仲間を売ったのか。どうしてラーズを裏切ったのか。どうしてソラに従っているのか。どうして、どうして、どうして。疑問の種はいくらでもある。

だが、イリアは疑問をただそうとはしなかった。

「今のところは、特にないわね」

「――そうですか」

イリアの返答に、ミロスラフは少しの間をあけてうなずいた。おそらく、その一瞬で正確にイリアの心情を読み取ったのだろう。

再びミロスラフが口を開く。

「それでは、わたくしの方から話をさせていただきます。正確には、話ではなくお願いになりますが」

「お願い？　あなたが、私に？」

「ええ。イリア、今あなたが考えていること、ラーズには黙っていていただきたいのです」

その言葉の意味を理解した瞬間、イリアの顔に隠しようのない怒気が浮かびあがった。

「どういう意味？　まさか、まだラーズをだますつもりなの？　それとも、この期に及んでラーズに嫌われたくないとでも言うつもりかしら？」

「いいえ、今さらラーズのもとに戻るつもりはありませんし、戻れるとも思っていません。黙っていてほしいといったのは、わたくしのためではなくラーズのためなのです」

「それこそどういう意味よ」

相手の言葉の意味がわからず、イリアは口をとがらせる。

ミロスラフは湯船の水をそっと両手ですくいながら言葉を続けた。

「盟主《マスター》のことですわ」

「……ソラがどうかしたの？」

「盟主《マスター》はラーズに対してあまり敵意を抱いていません。おそらく、蝿の王に襲われたときの状況のせいでしょう。あのとき、ラーズは気を失っていただけですから」

ミロスラフのように魔法でソラに危害を加えたわけではない。イリアやルナマリアのように、意図してソラを見捨てたわけでもない。ソラを囮《おとり》にした一件において、ラーズにはいかなる非もないのである。

むろん、だからといってソラがラーズに好意的なわけではない。ラーズはこれまでソラに対する失望を隠さなかったし、意識を取り戻した後は仲間をかばってソラの主張をことごとく退けた。

その意味でソラは『隼の剣』全員を憎んでいるだろう。

ただ、ラーズに向ける敵意は、ミロスラフたちに向ける敵意とはくらべものにならないくらい淡《あわ》い。少なくとも、ミロスラフはそう感じていた。

「わたくしは攫《さら》われ、ルナは囚《とら》われ、あなたは縛られた。今やわたくしたちの生殺与奪の権は盟主《マスター》に握られています。あなたが聞いているかはわかりませんが、盟主《マスター》は蝿の王の一件を公表し、わたくしたちに公の場で謝罪をさせるおつもりです」

「謝罪？」

「ええ。そうすることでギルドの裁定が間違っていたことを知らしめ、なおかつ、わたくしたちが『血煙《ちけむり》の剣』に加わる表向きの理由をこしらえるおつもりでしょう。そして、これが肝心な点なのですが――盟主《マスター》の『隼の剣』に対する復讐はここで終わりなのです。ラーズに対しては決闘で恥をかかせたこと、『隼の剣』を解体したことで十分に思い知らせてやったとお考えなのでしょう」

「でもそれは、ラーズがおとなしくしていればの話――そういうこと？」

イリアの問いにミロスラフははっきりとうなずく。

なるほど、とイリアは難しい顔で考え込んだ。もし、イリアの口から事の真相を知らされれば、ラーズは間違いなく激怒するだろう。激怒し、ソラに報復しようとする。

そうなれば、ソラは一度おさめた矛を再び手に取るに違いない。以前のソラ相手であればともかく、竜さえ屠《ほふ》る今のソラにラーズが太刀打ちできるはずがない。

ミロスラフはそれを恐れてイリアに警告したのだ。

「今、ラーズは盟主《マスター》に感謝しています。スキム山からわたくしを助け出したことで。その上で今回のヒュドラ討伐を聞きつければ、感心こそすれ敵対しようとは思わないはずですわ」

「グリフォン退治の件ね。ラーズから聞いたとき、あなたらしくないと思ったものだけど……そう、そこまで考えた上での行動だったの」

「否定はいたしません」

あっさりうなずくと、ミロスラフは立ち上がって湯船を出た。そして、そのまま浴室の扉へと向かう。

カラスの行水にもほどがあるが、ソラから解毒薬の改良を命じられている身として、一分一秒でも惜しいというのが今のミロスラフの心境なのだろう。

以前は蛇蝎《だかつ》のごとく嫌っていた相手に、どうしてそこまで尽くすのかと疑問に思ったが、これに関してはたずねても答えは返ってこないと確信できた。

ミロスラフが去った浴室で、イリアはひとり天井を見上げる。

今は何も考えず、ただただ湯の心地よさにひたっていたかった。

7

「ひとまず、イリアについてはこれでいいですわね」

自室に戻ったミロスラフはそうつぶやいて、小さく息を吐いた。

イリアや三兄妹が使用している浴室に行ったのは偶然ではない。もともと、ミロスラフは早いうちにイリアに釘を刺しておかなければと考えており、その機会をうかがっていたのである。

イリアが自らの意思でソラに服従したことは聞いていたが、直情的なイリアのこと、何かの拍子に感情を爆発させてしまう可能性はゼロではない。

それこそ、ふとした拍子にラーズに事情を話してしまうかもしれない。そうなれば、せっかくミロスラフが苦労して取り去ったラーズの「ソラへの敵意」が再燃してしまう。

そういった理由でイリアを掣肘《せいちゅう》する必要を感じていたわけだが、話の内容が内容なだけに他者の耳目に触れないよう注意しなければならなかった。

家の外は論外。かといって、家の中なら大丈夫というわけではない。子供たちやセーラ司祭、スズメやシールに聞かれないともかぎらないからだ。

浴室という場所を選んだのはこのためだった。あそこなら、うっかり他者が入ってくるということはない。そう思って、子供たちが風呂からあがる頃合をみはからって足を運んだのである。

ミロスラフは先ほどのイリアとの会話を思い返す。

あそこまではっきりといっておけば、イリアの口からラーズに事情がもれることはないだろう。ミロスラフにしても、命まで懸けた苦労をイリアに台無しにされたくなかったので、これでようやく安心できる。

「それにしても、あのイリアがあそこまで盟主《マスター》を受けいれているとは思いませんでしたわ」

イリアが聞けば「あなたに言われたくないわよ」と言い返したに違いない台詞をミロスラフは口にする。

実際、ミロスラフは驚いていた。いかにソラに服従を誓ったとはいえ、あのイリアがミロスラフの裏切りに気づいてなお冷静さを保つとは思っていなかったのである。

最低でも平手のひとつは飛んでくると覚悟していたのに、イリアはそれをしなかった。ミロスラフを責めることはソラを責めることにつながる——そう思ってラーズとの仲を裂かれた恨みを押さえ込んだのだ。イリアの服従が偽物ではないことの証といっていいだろう。

だから、最初に言ったとおり、イリアに関してはこれでいい。

次にミロスラフの脳裏に浮かんだのはイリアの母セーラ司祭だった。

ソラがセーラ司祭に対して浅からぬ好意を抱いていることは明らかであり、ミロスラフは司祭の心がソラに向くように策動するつもりだった。

これはソラに命じられてのことではなく、ミロスラフの独断である。

エサを欲するソラに獲物をあてがう。

ルナマリアは頭の働きこそ優れているが、こういった方面には疎《うと》い。性格的な枷《かせ》もある。他者をおとしいれる手段を思いついたとしても、実行には移せないだろう。

その点、ミロスラフは違う。現に埋伏の毒として『隼の剣』を解散同然に追い込んだし、さかのぼればソラに『寄生者《パラサイト》』の悪名を刻み込んだのもミロスラフである。この手の暗躍はお手の物といってよかった。

「何の自慢にもなりませんけれど、ね」

知らず、自嘲の笑みがこぼれる。

言ってしまえば、すべてはソラへの点数稼ぎである。ミロスラフはルナマリアやイリアと同じ「供給役」であるが、ソラの関心は二人にくらべて薄い。不興を買えば容赦なく切り捨てられてしまう。

なんとかソラに必要な存在だと思ってもらうため、ミロスラフなりに必死に行動しているのである。

——そして、ミロスラフの暗躍はイリアとセーラ司祭以外の人間にもおこなわれていた。

「盟主《マスター》、少しお時間をいただきたいのですが、よろしいでしょうか？」

その日、ミロスラフは控えめにソラに声をかけた。

声に含まれた色合いがいつもと違うことに気づいたのか、ソラは怪訝そうに眉根を寄せる。

「かまわないが――その顔を見るかぎり、おおっぴらに話せることじゃなさそうだな」

「ご推察のとおりです」

「それなら俺の部屋にするか。チビたちはクラウ・ソラスに付きっ切りだから、いきなり突撃してくることはないだろ」

「ありがとうございます」

深々と頭を下げたミロスラフが、その後、ソラの部屋で語ったのは冒険者ギルドのことだった。

正確にいえば、ギルドマスターであるエルガートと受付嬢のリデル、二人に関することである。

「実はリデルさんから盟主《マスター》への言伝を頼まれています。内密に会って話がしたい、とのことです」

「……リデルが、俺と話？　内密に会うということは、ギルドの密使ということか？」

「いえ、リデルさん個人の用件です。もちろん、ギルドとまったく無関係ではありませんが」

それを聞いたソラが右の眉をあげる。

「えらく断定的な物言いだな。くわしい話を聞いているのか？」

「はい。内容もわからずに盟主《マスター》に取り次ぐことはできませんので、おおよそのところは聞いています。それに、わたくし自身、少しばかり話に関わっていますので」

「ふん、なんだかよくわからないが、とりあえず聞こうか」

「かしこまりました」

ソラにうながされてミロスラフは説明をはじめた。

結論からいってしまえば、リデルの用件とは「冒険者ギルドに対する報復をやめてほしい」というものだった。

ここでいう報復とは、過日、浴室でイリア相手に話した内容のことである。

『盟主《マスター》は蝿の王の一件を公表し、わたくしたちに公の場で謝罪をさせるおつもりです』

『そうすることでギルドの裁定が間違っていたことを知らしめるおつもりなのでしょう』

ソラが考案した「平和的にギルドに喧嘩を売る方法」の最終段階たる「急」。それをやめてほしい、とリデルは申し出てきたのだ。

ミロスラフは続ける。

「先日、王都の冒険者ギルドを任されているセルゲイ卿が盟主《マスター》との面会を望んでいるとお伝えしたこと、おぼえておいででしょうか？　あのときの申し出は、盟主《マスター》を自分の側に取り込んだ上でエルガート卿を追い落とすつもりだったと思われます。盟主《マスター》が拒否なさったことで、セルゲイ卿の思惑は潰えたわけですが――」

「今回の件でまた再燃したか」

「はい。魔獣暴走《スタンピード》に幻想種《ヒュドラ》に死毒。イシュカの混乱を招いたのはエルガート卿の無策ゆえと声高に非難しているそうです。すでに聖王国にあるギルド本部にも使者を差し向けたとか。エルガート卿やリデルさんは事態の収拾に手一杯で、セルゲイ卿の相手をしている余裕はなく、このままでは一方的にセルゲイ卿の主張が認められてしまうかもしれない、とリデルさんは案じていました」

セルゲイは蓄財に長け、ギルドの上層部とも深いつながりがある。また、各地のギルドの中には金銭的な面でセルゲイに助けられているところも少なくない。

剣をとっての戦いならエルガートの勝ちは揺るがないが、金をとっての戦いとなると敗北の目も出てきてしまう。

「そんな状況で竜殺《ドラゴンスレイヤー》したる盟主《マスター》が公然とイシュカギルドの非を鳴らせば、エルガート卿の立場はますます苦しくなってしまいます。最悪の場合、責任を問われて刑場に送られることになるでしょう」

エルガートは今回の一件で最善を尽くしたが、それでもイシュカが多大な被害を負った事実は消えない。

これが普通の都市の出来事であれば、一介のギルドマスターが責任を問われることはないだろう。だが、イシュカは冒険都市。都市政策として冒険者を優遇してきた歴史があり、ギルドはその恩恵を受けてきた。冒険者ギルドの責任者として、エルガートは責任をとらなければならない立場にいるのである。

「リデルさんも、そのことは承知しているそうです。ただそれでも、危急の事態にあって最善を尽くしたエルガート卿が処断されるのは納得できない、と」

「その罪にセルゲイとやらの私怨が重なるなら尚のこと、というところか。だから、俺に余計なことはするなと。まあ、わかりやすいといえばわかりやすいな」

しかし、とソラは内心で腕を組む。

疑問があった。

たしかにソラはギルドに報復するつもりだったし、そのための計画として「平和的にギルドに喧嘩を売る方法」を考案し、段階を踏んで実行に移していた。

だが、ヒュドラを倒してからこちら、その計画はほとんど忘れていたというのが正直なところである。今はクライア相手に幻想一刀流を磨くことがすべてに優先する。それに、都市の惨状を尻目に高圧的にギルドを責める自分の姿を、スズメやセーラ司祭、それに子供たちに見せるつもりはなかった。

そもそも、ソラは自分の計画を公言したことはない。リデルはいったい誰の口からソラの計画を聞いたのか。

それに、冒険者ギルドの中にはソラの『竜殺し《ドラゴンスレイヤー》』の功績を疑問視している者も少なくないと聞く。

ソラにしてみれば、リデルの申し出を受け入れる理由はひとつもなかった。受け入れるどころか、腹を抱えてエルガートやリデルの苦境を笑ってやりたいくらいのものである。リデルがどうしてもというなら話くらいは聞いてやらぬでもないが、対価としてリデルのすべてを差し出すくらいのことをしてもらわなくてはテーブルにつく気にもならない。

——と、そこまで考えたとき、そのソラの思考を読んだようにミロスラフが口をひらいた。

「リデルさんはエルガート卿に尊敬以上の感情を抱いています。そのエルガート卿の危機とあらば、たいていの要求は呑むことでしょう。ギルドに対する埋伏の毒とするもよし、『血煙《ちけむり》の剣』に引き抜いて使役するもよし、夜の糧とするもよし。盟主《マスター》の当初の計画とは異なるかもしれませんが、それを踏まえても十分な成果が得られると存じます」

8

この手のことには時間を置かない方がいい。

そう考えた俺は、ミロスラフから話のあった翌日にリデルと会うことにした。といっても、こちらからギルドまで出向く義理はないので、話があるなら指定した時間に来いと言い送っただけである。

そうしたら、指定した時間ちょうどにギルドの制服を着たリデルがやってきた。寸前までギルドで仕事をしていたらしい。

そのリデルをミロスラフが俺の部屋まで案内する。俺はリデルだけを部屋に入れ、ミロスラフには扉の前で見張り役をさせた。家の中に盗み聞きをはたらくような人間はいないはずだが、意図せず会話がきこえてしまうことはありえるし、話の途中でチビたちが乱入してきたら緊張感も何もあったものではない。

客間ではなく、寝台《ベッド》がおかれている私室で俺と向かい合ったリデルは、傍から見てもはっきりわかるほど青ざめていた。

はじめ、俺はリデルがこれから起こることにおびえているのかと思ったが、よくよく見れば、リデルの目には強い光が浮かんでいる。覚悟を決めた人間の目だ、と思えた。

してみると、顔色が悪い理由は単純に疲れのようである。イシュカのために働くことを誇りにしているリデルのことだ、魔獣暴走《スタンピード》発生からこちら、それこそ寝食をけずって奔走しているのだろう。いちおうは招いた立場なのだから椅子のひとつもすすめるか。そう思って口をひらこうとしたとき、こちらに先んじてリデルが動いた。

頭を下げたのである。会釈《えしゃく》したとかそういうレベルではなく、深々と、腰を九十度曲げている。

その体勢のまま、リデルは硬い声を発した。

「私の願いを聞き入れてくださったこと、お礼を申し上げます、『竜殺し《ドラゴンスレイヤー》』」

「おや、ギルドでは『偽・竜殺し《ドラゴンライアー》』が主流だと聞いたがな」

しょっぱなから嫌みをぶつけてやると、リデルの肩がびくりと震える。

頭を下げている状態なので顔は見えないのだが、なんとなく、ぎゅっと唇を引き結んだ受付嬢の顔が思い浮かんだ。

「ッ……そのことについては、これからお詫びするつもりでおりました」

「ふん。まあ、別にスレイヤーだろうがライアーだろうが俺はかまわないがな。詫びるというなら話は聞こう」

そういって座るようにうながすと、リデルは緊張した面持ちでソファに腰をおろした。

そのわずかな動作にも、こちらに対する強い警戒がうかがえる。いや、これは警戒というより畏《い》怖《ふ》、あるいは恐懼《きょうく》と呼ぶべき感情だろう。

この受付嬢、俺を人食い魔獣《マンイーター》か何かだと思っているらしい。

なんと失礼な話だ——と憤《いきどお》りたいところだが、そのものずばりだから困る。

さすがの慧眼《けいがん》と褒めるべきか、と皮肉っぽく笑うと、そんな俺の表情をどう受け取ったのか、リデルがただでさえ青い顔をさらに蒼白にした。頬はほとんど土気色になっており、このまま倒れてしまうんじゃないかと心配になる。

まあ、リデルにしてみれば、いっそ倒れてしまいたいくらいの気持ちなのだろう。

ギルドに対する報復をやめるように申し出れば、対価として俺が何を要求するかは明白である。敬愛するマスターのため、軽蔑する相手に身を捧げる——いかに気丈な受付嬢といえど平静ではいられまい。

俺はそんなリデルを見やって唇を曲げた。

これが他の相手であれば、気をまぎらわせるために軽口のひとつも叩くところだが、リデル相手に気をつかう気にはなれない。

こうして向かい合っていると、ギルドを除名された日のことが昨日のことのように思い出される。臭いものでも見るような目で俺を見ていた受付嬢が、顔を蒼白にし、身を震わせて許しを乞おうとしている。

――溜飲《りゅういん》が下がる、というのはきっとこういう気持ちのことをいうのだろう。俺は、くく、と小さく喉《のど》を震わせた。

その後、リデルが口にした内容は、昨日ミロスラフから聞いたものとほぼ同じだった。

ただ、『偽・竜殺し《ドラゴンスレイアー》』の名称についてはリデルが発端ではないらしい。

リデルはヒュドラが出現した日の出来事をきちんとエルガートに報告していたし、ヒュドラの討伐に関しても、今の俺ならば十分にありえること、と判断していたそうだ。

むしろ、リデルは俺を貶《おとし》める悪評の流布を懸命に止めようとしていたようである。ギルドや冒険者の間で俺への悪評が広がれば、それだけギルドに対する俺の敵意が増してしまう。

俺を敵にまわすことは何としても避けたかったリデルは、必死に悪評を打ち消そうとしたそうだが、果たせずに終わった。リデルの努力以上に、俺に対する疑念や嫉妬、やっかみがひどかったというわけだ。

ほんの少し前まで『寄生者《パラサイト》』と罵られていた最下級冒険者が、今では『竜殺し《ドラゴンスレイヤー》』と称えられているわけだから、そういった反応が生じるのは理解できる。

それに、リデルが奔走する陰で、悪評が広がるように暗躍した魔術師もいたに違いない。魔術師がその行動をとった理由だが、おそらく俺がギルドを責めることのできる口実をつくりたかったのだと思う。一時的に俺を貶《おとし》めることになるが、対価としてより大きな結果が得られると判断したのだろう。

その判断が正しかったことは、こうしてリデルが目の前にいることで証明されている。

悪評を流布させて他者を追い詰め、己が望む方向へ誘導する——実に見事な手口で、魔術師の手腕のほどが知れた。俺が『寄生者《パラサイト》』の名を広められたときの手口とよく似てるが、これはきっと気のせいに違いない。くくく。

……おっと、思わず黒いものが漏れてしまった。

俺は軽くかぶりを振って感情の澱《おり》を払うと、あらためてリデルを見やる。判決を待つ——いや、刑の執行を待つ囚人を思わせるその姿は、受付カウンターにいるときと比べてずいぶんと小さく見えた。

「結論からいえば、俺はギルドに対する報復を止めるつもりはない。どうしてもというなら考えないでもないが、その場合、何を要求するかはわかっているな？」

あごで寝台《ベッド》を指すと、リデルはぎゅっと目をつぶってからおもむろにうなずいた。

「……………覚悟は、できています」

「敬愛するマスターのためならば、か。立派なことだ」

その立派な決意に汚泥をなすりつけてやることにためらいはない。

そう思ってリデルの胸や腰に這うような視線を向ける。飾り気のないギルドの制服を、お手本のようにきちんと着こなしている受付嬢。同僚のパルフェなどは冒険者の目を惹くために胸元を緩めたり、手足の露出面を大きくしたりと工夫していたが、リデルはそういったことはしていない。

それでも、服を押し上げるように存在感を主張する胸の双丘は十分に魅力的だったし、腰は俺が一抱えできるほどに細い。すらりと伸びた手足は女性らしい柔らかさを感じさせる。特に細く長い手指は色々と重宝しそうだった。

この女が手に入るなら、かわりにギルドへの報復を断念してやってもいい。ごく自然にそう思った。

ただ、そこにいたるまでに通すべき筋がある。俺はそれについて言及することにした。

「目には目を、歯には歯を。帝国法の一節だが、知ってるか？」

そうたずねると、目を閉じて俺の好色な視線に耐えていたリデルが怪訝そうに顔をあげた。

「はい、知っていますが……」

「これは復讐を肯定する法であると同時に、必要以上の復讐を禁じる法でもある。目を潰された人間が相手の目を潰すのはいい。だが、相手の手足を切断したり、命を奪うことは許されない。俺は別に法家《ほうか》の人間じゃないが、この考えはもっともだと思っている」

俺を殺そうとした『隼の剣』と、『隼の剣』の罪を握りつぶしたギルドを同罪だとは思っていない。

同罪だと思っていたなら、さっさとエルガートを殺してリデルを攫《さら》っていた。そうは思わなかったからこそ「平和的にギルドに喧嘩を売る方法」を考案したのである。

ギルドへの報復は組織としての影響力を奪うことだ。ギルドマスターが誰であれ、二度と俺に手を出せない状態まで持っていく。

途中、いくつかの予期せぬ出来事はあったが、現状はほぼ俺の望むとおりになっていた。

ギルドのためと思って俺を切り捨てたエルガートとリデルは、結果的に自分たちの手でギルドの凋落《ちょうらく》を招いたわけだ。イシュカ大事、ギルド大事な二人への報復としては十分すぎるだろう。

俺はそんな内容の話をつらつらと続けた。

リデルはしばらく黙って聞いていたが、やがて耐えかねたように震える声をしぼりだす。

「つまり、何が言いたいのですか？　私をなぶるつもりなら……」

「わざわざお前が身体を張って止めるまでもなく、俺の復讐はもうじき終わると言ってるんだ。セルゲイといったか？　王都のギルドマスターに与《くみ》するつもりは俺にはない」

「それは……本当ですか？」

「ああ。お前が身体を張って止められるのは最後の一段階――『隼の剣』の謝罪だけだ」

それがエルガートにとって致命傷になるというなら、リデルが俺に身を捧げる価値もあるだろう。

だが、もしそうでないのなら、リデルの行為はひどく無駄が多いものになる。あと一度だけ俺の好きにさせれば、冒険者ギルドへの復讐は完了するのだ。その一度を止めるために身を捧げる必要は果たしてあるのか。

そんなことを考えていると、リデルが眉宇《びう》に困惑を漂わせながら問いかけてきた。

「どうしてそのことを私に話したのですか？　黙って私を抱くこともできたでしょうに」

「たしかにその方が利口だったろうが、なに、筋を通しておきたかっただけだ」

「目には目を、といいましたね。もしかして、ロナにしたこともそれと同じなのですか？」

リデルが『青い小鳥亭』の看板娘の名前を出す。

俺は肩をすくめた。

「あれは復讐でさえないぞ。宿を追い出されるとき、今度来るときはチップくらい払えるようになっていろと言われたから、言葉どおりチップを払ってやっただけだ。過去の迷惑料も込みでな」

度重なる多額のチップの意味を深読みし、あの父娘が怯えたり、不安がったりするのは俺の責任ではない。こちらの名声が高まっていくにつれて、いつどんな報復をされるのかと二人が戦々恐々としていたことも知っているが、俺にはその不安を解いてやる義務もなければ義理もなかった。それだけの話である。

話を聞き終えたリデルが、確かめるように言った。

「私が申し出を取り下げるといえば、帰らせてもらえるのですね？」

「そう言っている。もちろん、決心を変えずにこの場で服を脱いでくれても一向にかまわないけどな——で、どうする？」

俺は答えのわかりきっている問いを口にして、リデルの返答を待った。


しばし後。

リデルを外まで送り出したミロスラフが戻ってきて、おそるおそる口を開いた。

「……盟主《マスター》、よろしかったのですか？」

「いいさ。今、ギルドにゴタゴタされると都市機能が維持できなくなる。それはこちらも困るからな。それに、何もかもお膳立てされて、さあ抱けといわんばかりに用意された相手なんて願い下げだ」

じろりと睨《にら》むと、ミロスラフはびくりと身体を震わせ、先刻のリデルを思わせる動きで深々と頭を下げた。

「申し訳ございません！　出すぎたことをいたしました！」

「誠意は言葉じゃなく行動で示してもらおうか。幸いというのもなんだが、この後、リデル用に空けておいた時間が全部無駄になったからな」

具体的に何をしろとは言わなかったが、ミロスラフはすぐにこちらの意図を察したらしい。

今の今まで青ざめていた頬を朱に染めながら、赤毛の魔術師は服の帯に手をかけた。

第七章　胎動

1

「まったく、あきれ果てて言葉も出ぬわ、ゴズ・シーマ！」

そういって畳《たたみ》に拳を叩きつけたのは文の面で御剣家を支える四卿《よんけい》のひとり、司徒《しと》ギルモア・ベルヒ。

近年、鬼ケ島において隆盛いちじるしいベルヒ家の当主であり、司徒《しと》として御剣家の人事と財務をつかさどる。ゴズの後ろで平伏しているクリムトの養父でもあった。

もっとも、ギルモアの視線はゴズにのみ注がれており、後ろで平伏するクリムトには一瞥《いちべつ》すら与えていない。

ギルモアはそのまま言葉を続けた。

「ここは公《おおやけ》の場ゆえ、我が娘クライアのことはひとまず措《お》こう。だが、青林の旗士《きし》、それも司馬の職を拝する者が、島外の人間に敗れて逃げ帰るとは何事か！　しかも、その失態を糊塗《こと》するため、御館様に対して戯言《ぎげん》を弄《ろう》するなどもってのほかである！」

「これはしたり」

ギルモアの怒声に、ゴズは冷静に言葉を返した。

「敗れて逃げたは事実、言い訳はいたしませぬ。なれど、御館様に対し奉《たてまつ》り、戯言《ぎげん》を弄したおぼえはござらぬ」

「黙るがいい。五年前、試しの儀を超えられずに島を追われた無能者が、青林旗士《せいりんきし》三人を同時に相手どって勝利をおさめたというだけでも信じがたくあるに、そのうえ単身で幻想種を討ち果たしただと？　これが戯言でなくて何だというのだ!?」

「戯言ではなく、事実でござる」

応じるゴズは、言葉も態度も淡々としたものだった。が、実のところ、内心は外見ほどに穏やかではない。

カナリア王国で空に敗れた後、一刻も早く当主に報告せねばと治療の時間も惜しみ、夜を日に継いで駆け戻ってきた。そうして、この場にのぞんでいる。本音をいえば、今すぐ大の字になって眠りたいくらいのものだった。

だが、宰相気取りで御剣家を切り回そうとする者相手に無様な姿をさらすわけにはいかぬ、とひそかに歯をくいしばって平静を装っているのである。

そんなゴズの思いが伝わったわけでもあるまいが、ギルモアの目がぎらつくような光を帯びた。

「ゴズ・シーマ、察するにおぬしは偽功をもってあの無能者の勘当を解くつもりであろう。次いで帰参した彼《か》の者を嫡子の地位に戻し、おぬし自身はその二なき家臣として権勢を振るう心算とみた。そうと考えれば、今の妄言にも得心がいくというものよ！」

それを聞いたゴズは、さすがに眉根を寄せて反論する。

「待たれよ、司徒《しと》殿。それは誹謗《ひぼう》というものだ。そも、それがしが小細工を弄して未熟な空殿を帰参させたところで、試しの儀をおこなえばすべては水の泡。そのような見えすいた詐謀《さぼう》を弄するわけがござらぬ」

「さよう、正気の者ならこのような見えすいた真似はせぬだろう。だが、今のおぬしは果たして正気であろうか？　竜牙兵相手に一合と打ち合えなかった者が、わずか五年で第一旗三位のおぬしと青林旗士《せいりんきし》二名を打ち破るほどの強さを得た。しかも空装を出した上でのこと、とおぬしは言う。のみならず幻想の王たる竜を討ち果たしたなどと、子供の作り話にしても出来が悪いわ。とうてい正気の言とは思われぬ」

なんならこの場で衆議にかけようか、とギルモアはうそぶく。

今、この場には当主である御剣式部《みつるぎしきぶ》をはじめ、司徒《しと》、司空《しくう》、司寇《しこう》、司馬《しば》の四卿と、青林八旗をたばねる八人の旗将《きしょう》、八人の副将がそろっている。

御剣家の文武の精髄ともいえる面々に対し、ゴズ・シーマが正気であるか否かを問おうではないか、とギルモアは言っているのである。自信満々にそんな提案ができるほど、ゴズの報告は信じがたく、また受け入れがたい内容だった。

ギルモアにしてみれば、ゴズから司馬の地位を奪い、空いた席に自分の一族を押し込む好機である。ベルヒ家はすでに四卿のうち司徒《しと》と司寇《しこう》の二つを占めている。ここで司馬の地位までも占有できれば、鬼ヶ島におけるベルヒ家の権勢は不動のものになる。自然、ゴズを貶《おとし》める舌の回転も速まろうというものだった。

ゴズとギルモアが言葉の応酬を繰り広げている間、周囲の者たちはどちらにも与《くみ》せずに傍観している。

権勢欲が強く、当主の威を借りて家政を牛耳るギルモアに反感を抱く者は少なくないが、かといって荒唐無稽《こうとうむけい》な報告をするゴズの肩を持つのもためらわれる。集まった者たちの顔にはそう書いてあった。

自然、一同の視線は上座に座る当主　式部《しきぶ》に注がれる。

司徒と司馬の争いを制することができるのは、同格の四卿でなければ主君だけだ。

そういった家臣たちの視線を感じ取ったのか、あるいはもともと二人に言いたいだけ言わせてから話を引き取るつもりだったのか、当代の剣聖は静かに口をひらいた。

「――ゴズよ、一つ問う」

式部が口をひらくや、ゴズとギルモアはそろって姿勢を正し、その場で頭を垂れた。

「は、なんなりと」

「カナリアでの戦い、そなたは本気であったのか？」

むろん本気で戦いもうした――ゴズはそう答えようとして、ためらった。

一呼吸おいた後、ゴズはあのときの一戦を脳裏に思い描きながら言葉を紡《つむ》ぐ。

「それがしは空殿を御館様の御前にお連れするべく戦いもうした。ゆえに、鬼門の魔物と戦うごとく空殿と戦った、とは申しあげられませぬ」

命まで取ろうとは思わなかった。心構えの上で敵として見ることもできなかった。

傅役《もりやく》として、それこそ赤子の時から面倒をみてきた相手である。本気の敵意、本気の殺意を向けられるはずがない。

――ただ、それでも、決して手を抜いてはいなかった。

「その上で申しあげまする。それがしは空殿と本気で戦い、敗れましてございます、御館様」

「……そうか」

ゴズの返答に式部はひとつうなずくと、すっと目を閉ざした。

空は御剣家に対して要求を――御剣家は今後一切鬼人《スズメ》に手を出すな、という要求を突きつけてきた。その対応について思慮をめぐらせているのだろう。

ゴズはかしこまって主君の答えが出るのを待つ。

式部がどのような答えを出すかはわからない。事は鬼人に関わるので、唯々《いい》として空の要求を呑むことはないだろう。だが、スズメを排除しようと思えば空と戦わざるをえない。

今の空を倒そうと思えば、かなりの戦力を島から割かざるをえない。鬼門の脅威と対峙し続けている御剣家にとって、それはできるかぎり避けたい事態である。空を倒したところで、得られる戦果はスズメひとりとあっては尚《なお》のことだ。

鬼ヶ島の防備を危うくしてまでスズメを狩る必要はない。そう式部が判断してくれることをゴズは願った。

カナリア王国での空との再会は禍根《かこん》ばかりを残すものとなってしまったが、時間をおけばまた違った話ができるかもしれない。

仮にスズメが鬼神に憑《つ》かれたとしても、今の空であれば問題なく対処できるだろうという確信もあった。

ただ、ゴズには一つだけ危惧がある。空を討つための戦力抽出《ちゅうしゅつ》を最小限にとどめる方法が存在するからである。

すなわち、単身での討伐。

今の御剣家にはそれを可能とする使い手が、少なくとも三人いる。

ゴズはちらと正面を見やった。視界に映るのは当主である御剣式部と、その式部を護るように左右に座する二人の剣士。

右に座る者は、抜けるように白い肌と、女性と見まがう長い黒髪の持ち主――第一旗の旗将《きしょう》たるディアルト・ベルヒ。

左に座る者は、浅黒い褐色の肌と、鉄を思わせる鈍色《にびいろ》の髪の持ち主――第一旗の副将たる九門《くもん》淑夜《しゅくや》。

対照的な外見を持つ二人はいずれも類《たぐい》を絶した剣士だった。青林八旗の精鋭が一堂に集ったこの場においてさえ、この形容はいささかも揺らがない。

御剣式部という稀代の神才と同じ時代に生まれなければ、どちらも確実に剣聖の座に手が届いたといわれている。

当主である式部と、その麾下《きか》にあって双璧と謳われる二人。この三人であれば、単身で空を討ち果たすことができる。それがゴズの不安の源だった。

ゴズも、ギルモアも、その他の家臣たちも息を詰めて式部の指示を待つ。

と、このとき、ただひとり、当主の指示を待たずに動いた者がいた。ゴズの後ろに控えていたクリムトである。

この場で発言権があるのは当主を除けば、四卿と青林八旗の旗将《きしょう》、副将まで。それ以外の者たちは傍聴こそ許されるものの、己が意見を口にすることは許されない。

これは宗家の嫡子でさえ例外ではなく、御剣ラグナは先刻からぎりぎりと歯をかみ締めつつ、袴をきつく握り締めて発言をこらえている。

そんな会議の場において、クリムトは必死の形相で当主に向かって声を張り上げた。

2

「恐れながら御館様に申し上げます！」

膝を進めて声をあげたクリムトに対し、周囲から鋭い視線が突き刺さる。

青林八旗におけるクリムトの席次は第七旗の七位。いまだ二十歳に届かぬ弱冠の旗士《きし》としては優秀すぎるほど優秀だったが、この場にいる四卿八将から見れば青二才の域を出ない。

そのクリムトが当主である式部に対して直接に物を言うのは、僭越《せんえつ》のそしりをまぬがれない行為だった。

むろん、クリムトもそのことは承知している。だが、この状況で黙っていることはできなかった。

『クライアを助けたければ命がけで俺の要求を通せよ。さもないと、お前の姉は死んだ方がマシだと泣き叫ぶ目に遭うぞ。どうして男のおまえじゃなく、女のクライアを人質に残すのか、わざわざ説明する必要はないよな？』

ティティスの森で剣を交えたときの空の言葉が脳裏をよぎる。知らず、クリムトはきつく奥歯を嚙んだ。

むろん、クリムトはバカ正直に空のいうことに従う気はない。

だいたい、ゴズやクリムトがなんと主張しようとも、空の要求が受け入れられるわけがないのである。式部は必ずや空の追討《ついとう》を命じるだろう。

空がいかに強く、空の同源存在《アニマ》がいかに強大であろうとも、八旗の精鋭をことごとく退けることは不可能だ。である以上、経過はどうあれ、最終的に空が敗北することは確定している。

クリムトとしては、追討部隊が空と接触する前に姉クライアを助け出す必要があった。鬼ヶ島が要求をはねつけ、追討部隊を差し向けたと知れば、空はためらうことなくクライアに襲いかかるに違いないからである。

――問題は、この考えをクリムト以外の旗士《きし》たちが共有してくれるかどうかだった。

空追討に派遣された旗士《きし》が、襲撃に先んじてクライアを助けてくれるなら問題はない。だが、敵に襲撃を悟られる危険を冒してまで人質を助ける――そんなぬるい戦い方は青林八旗の軍法に存在しない。

何の罪もない女子供が人質にとられたならともかく、クライアはれっきとした青林旗士《せいりんきし》であり、敗北の結果として虜囚の身になった。であれば、その身に何が起きようとも敗れた当人の責任だ。たとえばの話、もしクリムトがベルヒ家とは何の関係もない第三者で、主君から空の追討を命じられたとして、人質になったクライアになんらかの配慮を示すだろうか。

答えは決まっている。人質の無事など一切考慮せず、標的を始末することに全力をあげるだろう。

結果として人質が助かればそれでよし。助からなかったとしても、それは人質にされた者の未熟が原因であり、クリムトが気に病む必要は何ひとつない。

それがわかるゆえに、クリムトは僭越を承知の上で式部に訴えようとした。今回の任務、空の追討だけでなくクライアの保護も要件に加えてくれるように、と。それがかなわないのであれば、追討の人員に自分も加えてくれるように、と。

本来であれば、こういった行動はクリムト、クライアの養父であるギルモアによって行われるべきであったろう。

だが、ギルモアはベルヒ家の勢力拡大にしか興味がない男で、口では何といおうとも、クリムトたちのことを栄達のための道具としか見ていない。クリムトはそのことを知っている。養子としてベルヒ家に集められた子供たちの多くは、道半ばで弊履《へいり》のように捨てられていった。

黄金世代のひとりでさえ、養父にとっては使い捨ての道具に過ぎない。ましてや敗北して虜囚となった者など、ギルモアは一顧《いっこ》だにすまい。クライアを助けられるのは弟であるクリムトだけなのだ。非礼を承知で当主に直訴しようとしたのも、クリムトなりに必死に考えた結果であった。

——だが、結論からいえば、クリムトはただの一言も主君に直訴することが出来なかった。

膝を進めたクリムトが、式部に向かって姉の保護を願おうとした寸前、クリムトの頭部を強い衝撃が襲った。

反応する間もない。何が起きたのかさえわからなかった。気がついたときには、クリムトの頭は畳《たたみ》に叩きつけられていた。頭蓋《ずがい》が砕けたかと錯覚するほどの激痛に声もなく悶えていると、水晶のように透徹《とうてつ》した声が耳にすべりこんできた。

「たわけ。一介の旗士《きし》が何のゆえをもって御館様に無礼を為す《な》」

クリムトの頭を左足で踏みにじっているのは、一瞬前まで式部の右に座していた白肌黒髪の剣士だった。

第一旗一位。有事においては当主になりかわり、青林八旗の指揮をとる役割を帯びるディアルト・ベルヒである。

司徒《しと》ギルモアの実子であり、クリムトにとっては兄にあたる。もっとも、クリムトにせよ、クライアにせよ、ディアルトのことを兄と呼んだことは一度もなかったが。

ベルヒ家において、実子と養子とでは教育から食事から何もかもが異なる。ましてやディアルトは次期当主にして第一旗将。クリムトたちとの扱いの差は雲泥《うんでい》といってよかった。

「……も、申しわけ――ぐぶッ!?」

謝罪しようと口を開いたクリムトだったが、その言葉は再度ディアルトによって制止される。力ずくで畳と接吻させられる、という形で。

「黙れ。きさまにはこの場で声を発する資格さえない」

わきまえよ。そういってディアルトは足にかける力を増していく。その圧力に耐えかねたのか、畳ごしに床がみしみしと鳴っているのがわかる。あるいは、それはクリムトの頭蓋がきしむ音であったかもしれない。

間近で兄弟のやりとりを聞いていたゴズが、さすがにこれは止めなくては、と動きかけたときだった。

不意にゴズの視界の中でクリムトの姿が消えた。すぅっと畳に――いや、畳に映った影に潜り込むように、クリムトの身体が消失したのである。

クリムトの姿が消えた後、ディアルトの左足が畳に接するが、足袋《たび》に包まれた足はしっかりと畳を踏みしめている。当然だが、沈みこむ様子は一切ない。

では、直前のクリムトはいったいどこに消えたのか。

「懲罰にしては度が過ぎていませんか、旗将《きしょう》」

そう言ったのは当主 式部の左に座している褐色の肌と鈍色《にびいろ》の髪の持ち主だった。

第一旗二位。鬼ヶ島でも有数の名家である九門家の若き当主であり、同時に第一旗の副将を務める九門《くもん》淑夜《しゆくや》。

淑夜の前にはうめき声をあげるクリムトが横たわっている。いかなる手段によるものか、淑夜はディアルトに踏みつけられていたクリムトを一瞬で自分の前に運んだのである。

ディアルトは眉一本動かさず淑夜に応じた。

「その無礼者は我が家の者。身内の恥を裁くのに遠慮はいるまい」

「ベルヒの家法に口を出すつもりはありませんが、今は衆議の時。御館様の思慮を妨げてはなりますまい」

能面のように表情を動かさないディアルトとは対照的に、淑夜は人好きのする笑みを浮かべて上官を諫める。

のみならず、淑夜は次のように続けた。

「それに、実の姉が敵の手に捕らわれているのです。多少の無礼は大目に見てあげるべきでしょう。僕が彼の立場でも、平静でいられるとは思えません。まして、その敵が御曹司とあっては――」

そこまで述べたとき、淑夜は何かに気づいたように口をつぐんだ。そして、ばつが悪そうに場の一角に座る御剣ラグナを見る。

「失礼。御曹司ではなく、先の御曹司でしたね。先の御曹司がゴズのいうがごとく、竜種を討つほどの力を身につけたのだとしたら、これはなかなかもって一筋縄ではいかぬ事態です。拙速は慎まねばなりますまい」

「無用の斟酌《しんしゃく》だ。クライアが敵の手に落ちたは未熟ゆえ。未熟者の命を惜しんで滅鬼《めっき》封神《ほうしん》の掟を守れようか」

ディアルトが応じると、淑夜は微笑を浮かべつつかぶりを振る。

「クライアはたしかにベルヒ家の人間ですが、同時に御剣家の旗士《きし》でもあります。大いなる才を秘めた黄金世代の一角を、こんなところで失うのはあまりに惜しいと僕は思います」

そう言うと、淑夜はかたわらの式部に身体ごと向き直り、深々と頭を垂れた。

「御館様、よろしければ今回の任、僕にお任せ願えませんか。先の御曹司とかけあい、クライアを解き放った上で、両名を御前に連れてまいりたく存じます」

仮に空が拒絶したとしたら、そのときは力ずくで事を成せばよい――淑夜はそこまで口にしなかったが、言わんとすることはこの場にいる全員に伝わった。そして、淑夜ならば間違いなくそれができる、と全員が判断した。

もともと、式部は島外の出来事に関心を示さない。双璧のひとりが進んで名乗りをあげた以上、事は決したも同然――そんな風に考えていた者たちにとって、次の式部の台詞は予想の外《ほか》だった。

「ならぬ。このところ、鬼門が騒がしい。乱が起きる兆《きざ》しであろう。このようなときに淑夜、おぬしを島から出すわけにはいかぬ」

この答えは淑夜も意外だったようで、目を大きく見開いて応じた。

「鬼門が……申し訳ございません、気づきませんでした。無用の献策をしたことをお詫びいたします」

「よい。兆しはまだかすかなもの。今日明日に事が起こることはあるまい。だが、半年、一年と先のことでもない。いかなる事態にも対応できるよう、青林八旗は備えを怠らぬようにせよ」

『ははッ！』

淑夜だけでなく、ディアルトや他の旗将《きしょう》、副将が声をそろえる。

ここでギルモアが口を開いた。

「御館様、それではこたびの件はいかがなさいますか？」

鬼門に動きがあるのなら、双璧はもちろんのこと、他の旗将《きしょう》、副将も動かせない。かといって、平の旗士《きし》を送り込んでもゴズたちの二の舞であろう。

誰もが頭をひねる中、式部は淡々と配下の問いに応じた。

「空には島に来るように伝えよ。竜種を討った実力が真ならば、鬼人のひとりやふたり、任せても問題はない」

それを聞き、えたりと顔をあげたのはゴズだった。

理由はどうあれ、式部が空との戦いを選ばなかったことが嬉しかったのである。

「御館様、それではそれがしがカナリア王国まで出向き、空殿を説得いたしま――」

「不要」

「……は？」

勢い込んで口にした言葉をばっさりと断ち切られたゴズが、困惑もあらわに目を瞬《またた》かせる。

そんなゴズに向けて、式部は何でもないことのように続けた。

「司馬たるおぬしが出向くまでもない。書状で済ませればよかろう」

「それは……御館様、おそらくそれでは空殿は島に来ないものと存じまする」

カナリア王国で対峙したときの、敵意に満ちた空の眼差しを思い起こす。鬼ヶ島に出向いて実力を示せば、鬼人《スズメ》のことを任せてもよい――そんな書状を出したところで、空は決して鬼ヶ島にやってこようとしないだろう。

それどころか、その書状を読むや、自分の要求が退けられたと判断して人質のクライアを傷つけかねない。

そんなゴズの不安に対し、式部は思いもよらぬ答えを用意していた。

「かまわぬ。書状を出せ。その際に島に来る日付を指定してやるがよい」

「日付、でございますか？」

「そうだ」

そういって式部が口にした日付を聞いた瞬間、ゴズは主君の意を悟って目をみはった。

その反応を示したのはゴズだけではなく、他にも数名が式部の狙いに気づいて驚きをあらわにしている。

その日付は今日から数えて一月後。夏が終わり、秋を迎える季節。

空《そら》の母、御剣静耶《しずや》の命日であった。

3

「や！　や！　とおー！」

鬼ヶ島唯一の都市である柊都《しゅうと》の中央、剣聖とその家族が暮らす屋敷の中庭に幼い子供のかけ声が響く。

ゴズお手製の木刀を振るっているのは四歳になる御剣イブキである。むろん、木刀といっても青《せい》林旗士《りんきし》が振るうような本物ではなく、刀の形を模した玩具《おもちゃ》である。

ゴズが甥っこの四歳の誕生日に贈った木刀は、御剣家の司馬《しば》が精魂こめてつくりあげた逸品であり、柄飾りから鞘の紋様にいたるまで実にきめ細かい細工がほどこされている。

イブキにとっては二つとない宝物であり、夜は布団の中にまで持ち込んで一緒に寝ている。母であるセシル・シーマは、危ないから寝るときは枕元に置いておくようにと言い聞かせているのだが、イブキは頑としてうなずこうとせず、母を困らせていた。

そのセシルであるが、汗だくになっているイブキの着替えを取りに行っているため、この場にはいない。この場にいるのはゴズとイブキ、イブキの相手をしている女旗士《きし》。そして、もうひとり――

「ふふ、ずいぶんと張り切っていますね、イブキは」

そういってゴズに微笑みかける女性の名を御剣エマという。

両の瞳は青玉《サファイア》のごとく、腰まで届く髪は金糸のごとく。容姿の麗《うるわ》しさ、肢体の美しさは人間というより精霊や女神を思わせる。

エマは剣聖　御剣式部の正妻であり、次代の御剣家当主である御剣ラグナの実の母。実家はアドアステラ帝国屈指の大貴族パラディース家。つけくわえれば、ゴズの妹セシルは式部の側妾《そくしょう》であり、奥向きの序列では第一夫人であるエマの下におかれている。

ゴズにとっては二重三重の意味で頭があがらない人物だった。

「は。なんとも腕白《わんぱく》で困ったことでござる」

「子供は風の子。腕白なのはよいことです。ラグナも、空《そら》も、イブキくらいの年の頃はいつまでも外を駆けまわって帰ってこず、私と静耶を困らせたものです」

「確かに、お二人をさがして何度屋敷の外を走りまわったことか、数えあげればきりがありませぬなあ」

エマとゴズはなごやかな表情で思い出話に花を咲かせる。

もし、第三者がこの場をみれば意外の念を禁じえなかっただろう。

エマからみれば、セシルは式部の寵愛を競う恋敵であるし、セシルの子のイブキは、まだ幼いとはいえ、長じればラグナの地位を脅かすかもしれない相手。ゴズにいたっては、妹を主君のもとに送り込んで権力を握らんとする野心家である。

実際、エマの周囲の人間はゴズやセシルを警戒している。ゴズにしても、セシルにしても、御剣家内部の権力争いに興味はないのだが、周囲の人間は「資格がある」というだけで疑いの目を向けてくる。

その端的な例が昨夜のギルモア・ベルヒである。ベルヒ家は今代で築き上げた権勢を次代でも維持すべく、積極的にラグナに近づいている。ゴズを蹴落とすことはイブキを蹴落とすことに等しく、一に司馬の地位を奪うことができ、二に将来の権力争いの芽を摘《つ》むことができる。昨夜の一幕にはそういう思惑も介在していた。

しかし、である。

周囲の熱意とは裏腹に、肝心のエマ当人はゴズにもセシルにも好意的だった。イブキにいたっては、今日のように自ら足を運んでくるほどの可愛がりようである。

もともと、エマ・パラディースはそういう女性だった。子供の頃から蝶よ花よと育てられたせいだろう、時に他者の目に世間知らずと映るくらい悪意というものに疎《うと》い。多少の悪意など意に介さないくらい懐《ふところ》が深いともいえる。

エマが御剣家に嫁いできた当初、式部の第一夫人には御剣静耶《しずや》がいたため、大貴族の姫たる身が第二夫人であることを余儀なくされた。生まれた子も嫡子から外された。

一般的な貴族の娘であれば、静耶に強い敵愾心《てきがいしん》を抱き、ことによっては第一夫人の座から引きずりおろそうと画策《かくさく》したであろう。

だが、エマは静耶を引きずりおろすどころか、積極的に言葉を交わし、いつの間にか友人と呼べる間柄になっていた。

そんなエマだから、セシルに対しても、セシルの子のイブキに対しても、もちろんゴズに対しても敵愾心《てきがいしん》など抱くはずがない。

ゴズもそれを承知しているので、エマに対しては構えることなく話をすることができるのだ。

と、そのとき、二人の耳に快活な女旗士《きし》の声が響いた。

「はい、今日のところはここまでです、イブキ」

「えー!?　ぼく、もっと戦えるよ、アヤカお姉ちゃん！」

「そうやって疲れちゃった後で魔物がおそってきたら、誰がお母様を守るの？」

「う……」

「旗士《きし》たる者、いついかなる時も戦えるよう、体調をととのえておくのもお仕事です」

「はい、わかりました！」

「よろしい。ほら、お母様のところにいって汗を拭いてらっしゃい。このままだと風邪をひいてしまいます」

そういって女旗士《きし》――アヤカ・アズライトが指差した先には、イブキの着替えを手に戻ってきたセシルの姿があった。

イブキが駆け足で母親のもとに走っていくのを見送ってから、アヤカはエマとゴズのところにやってくる。

そのアヤカに向かって、ゴズは軽く頭をさげた。

「すまぬな、アズライト。手数をかけた」

「なんの。イブキは私にとっても可愛い弟です。この程度のこと、手数でも何でもありません」

アヤカはそういってにこりと微笑む。

イブキはラグナにとって異母兄弟にあたる。そのラグナの婚約者であるアヤカにしてみれば、なるほど、イブキは弟のようなものだろう。

「ところで、司馬。話はかわりますが――」

「む？」

「空《そら》、元気でしたか？」

アヤカの声音は、あたかも昨日の献立をたずねているかのように自然なもので、ゴズに向けた眼差しにも動揺や緊張の色は見てとれない。

アヤカは青林旗士《せいりんきし》として昨日の衆議にも参加していた。当然、ゴズの報告をきいている。

見れば、エマもまたゴズに問うような視線を向けていた。

前述したように、空の母静耶《しずや》とエマは友人といえる間柄だった。静耶が息を引き取るとき、空のことをお願いしますと頼まれてもいる。

だから、エマは亡き友の忘れ形見に常に気を配り、優しく声をかけ続けた。

そんなエマの気づかいを拒絶したのは、むしろ空の方である。

母の死後に第一夫人となったエマは、幼い空からみれば母の居場所を奪った人。エマの子であるラグナとの確執もあいまって、幼い空はエマに隔意《かくい》を示した。

そんな空の態度に理解を示したエマは、離れたところから空の成長を見守るようになった。これは空ばかりを気づかう自分の態度が、息子《ラグナ》の言動に影響を及ぼしていることに気づいたからでもある。

空が御剣家から追放されたとき、病に倒れていたエマはその事実を知らず、数日後、事情を知って血相を変えたことをゴズは知っている。

めったに式部に意見しないエマが、あのときばかりは懸命に空の処分の撤回を訴えた。

ただ、むろんというべきか、式部の判断はくつがえらず、また、島を出た後の空の行方も杳《よう》としてつかめず、エマは静耶の墓前でうなだれることになる。

その空の行方が五年ぶりに明らかになったのだ。元婚約者であるアヤカと同じか、あるいはそれ以上に、エマは空のことを知りたがっていた。

アヤカとエマ、二人が朝からイブキのもとにやってきたのは、空のことを訊《き》くためでもあったのだろう。

穏やかなはずの二人の視線になぜか気圧《けお》されるものを感じながら、ゴズはアヤカの問いにこっくりとうなずいた。

「うむ。元気であったことは間違いない」

なにしろ、空装を出した自分がこてんぱんに叩きのめされたのだから。

冗談半分、本気半分のゴズの言葉を聞いたアヤカは、かすかに目を細めて、そうですか、とうなずいた。

「島を追放されたのに自力で心装までたどりついた。諦めの悪いところは変わっていないみたいですね」

「まことにな。かえすがえすも悔やまれる。若が――空殿が島にいるとき、わしが心装まで導くことができていれば、何も問題は起こらなかったというに」

ゴズの嘆きにアヤカは小さく首をかしげたが、声に出して自分の考えを口にすることはなかった。

かわりに口をひらいたのはエマである。

「御館様は静耶の命日に合わせて空を呼ぶよう仰せになったそうですが、空は招きに応じると思いますか？」

「正直なところ、わかりませぬ。以前の空殿ならば間違いなく応じたでありましょうが、今の空殿がどのように判断されるかは――」

「空は来ますよ、奥方様」

ためらいがちに応じるゴズとは対照的に、アヤカは鮮やかに空の行動を断定する。その力強さにエマは驚いたように目をみはった。

ゴズが怪訝そうに問いかける。

「アズライト、なにゆえそう断言できる？」

「空は他の何を捨てても、静耶様との誓いだけは捨てません。もし、空が五年の間に静耶様との誓いを捨てていたら、心装に――同源存在《アニマ》にたどりつくことはできなかったでしょう」

「ふむ。その静耶様の命日とあらば、何を措《お》いても駆けつけるに違いない、ということか」

ゴズは腕を組んでうなずいた。イシュカで対峙したときの空の言葉を思い出したのだ。

『島を追放されてから五年。地べたをはいずりながらここまで来た。確かに、かつて望んだ姿じゃない。母さんは失望しているかもしれないな』

母を失望させたかもしれぬという言葉は、母の望みをおぼえていない人間には口に出せない。御剣家を勘当され、鬼ヶ島を追放された空は、これまで母の墓に詣《もう》でることができなかった。今回の式部の言葉は、その禁を一時的に解くということに他ならない。何を措いても駆けつけるだろう、というアヤカの推測は正しいように思われた。

その後、着替えを終えたイブキとセシルがやってきたことで空に関する話題は途切れた。

三人はイブキとセシルを交えて雑談に花を咲かせる。

イブキは初めこそ大人たちにあわせて静かに座っていたものの、やはり遊び盛りの子供にとっては退屈だったようで、すぐにもぞもぞと身体を動かし始めた。

目ざとくそれに気づいたアヤカが「仕方ないな」といいたげにくすりと笑う。

「イブキ、お休みもとれたでしょうし、さっきの続きをしますか？」

「あ、はい！　します、したいです、アヤカお姉ちゃん！」

ぴょんと立ち上がって手をあげるイブキを見て、周囲の大人たちが自然と笑顔になる。

だが、次のイブキの言葉を聞いた瞬間、笑顔は別の表情にとってかわられた。

「ぼく、はやく強くなって、ゴズおじちゃんをいじめたやつをやっつけてやるんです！」

ゴズが酢でも飲んだような顔で甥を見る。母であるセシルも似たような顔でわが子を見た。

エマはかすかな困惑をにじませて頬に手をあて、アヤカは虚をつかれたように目を瞬かせた。

イブキは「ゴズおじちゃんをいじめたやつ」――御剣空について詳しいことは何も知らない。ゴズにしても、セシルにしても、御剣家を勘当され、鬼ヶ島から追放された空《そら》について、イブキにどのように説明したらいいのか分からなかったのである。

イブキにしてみれば、傷だらけになって帰ってきたゴズの仇をうつんだ、という義憤からの発言だった。その発言が周囲の大人たちを動揺させるとは思ってもみなかった。

「……アヤカお姉ちゃん？　どうしたの？」

「っと、ごめんなさい、なんでもありません。よし、それじゃあ今日はイブキに必殺技を教えてあげましょう。私と、私のお友達が編み出した究極の秘剣です」

「きゅーきょく？　それってつよいの？」

「強いですよー？　なにしろ究極ですからね！　その名も覇蛇天翔剣《はじゃてんしょうけん》！　禁じられた竜の力をもって妖魔鬼神を滅ぼす無双の剣技です！」

「わぁ、かっこいい！　教えて、お姉ちゃん、それ教えて！」

「わかりました。それじゃあイブキ、私についていらっしゃい。修行は厳しいですが、覚悟はできてますね？」

「はい！　ぼく、がんばります！」

目をきらきらさせて返事をするイブキ。寸前までの奇妙な空気は、すでに四歳児の脳裏から消えうせている。

知らず、大人たちの口から安堵の息がこぼれた。

4

アヤカ・アズライト。

御剣ラグナ。

ウルスラ・ウトガルザ。

九門祭《くもんさい》。

シドニー・スカイシープ。

クライア・ベルヒ。

そして、クリムト・ベルヒ。

これは鬼ヶ島において黄金世代と称えられる七人の名前であり、同時に、黄金世代の序列を示す表でもある。

クリムトにとっては忌々《いまいま》しく、また悔しいことであるが、クリムトは七人の中の七番目だ。

なにもクリムトひとりが格別に劣っていたわけではない。客観的に見てもクリムトは優秀であり、心装は強力。青林八旗に配属されてからの功績も抜きん出ており、それは第七旗の七位という席次が証明している。

そのクリムトがどうして最下位に甘んじていたのかといえば、他の六人がクリムト以上に優秀だったからである。

数年のうちに副将に昇格することが確実視されているアヤカとラグナは別格としても、祭《さい》、シドニー、そして姉クライアも席次はクリムトより上だ。

唯一、ウルスラの席次はまだ第十位であるが、彼女の所属する第一旗は当主直属の最精鋭部隊であり、他隊の上席クラスが平旗士をやっているような人外魔境である。そこで十位を拝命することの意味をクリムトは理解していた。

クリムトは同期生たちに対して仲間意識を持ってはいたが、それ以上に対抗意識を強く持っている。たとえ難事が起きたとしても、よほどのことがないかぎり彼らを頼るつもりはなかった。

しかし、姉クライアが虜囚となった今回の一件は、クリムトにとって「よほどのこと」である。公衆の面前で兄ディアルトに足蹴《あしげ》にされたとはいえ、このまま指をくわえて事態をながめているわけにはいかない。

だから、クリムトは恥をしのんで同期生に頭を下げることにした。

御剣宗家のラグナはいわずもがな、祭《さい》の九門家は三百年の歴史を持つ鬼ヶ島の名家であるし、シドニーのスカイシープ家も同様。アズライト家は帝国の名門として名高い。これらの家々の力を借りることができれば、姉を救う目処《めど》が立つ。

クリムトが最初に足を運んだ相手はシドニー・スカイシープ。理由は簡単で、シドニーは黄金世代の中で最も性格が温和で、人当たりも良かったからである。

スカイシープ家はギルモアによって司徒《しと》の職を奪われた関係で、ベルヒ家と犬猿の仲だったりするのだが、クリムトとしては手段を選んでいられなかった。今さら実家《ベルヒ》の目を気にしても仕方ない。

姉を助けるため、クリムトは土下座でも何でもする覚悟だった。

——だが、その覚悟を伝えられた小柄な同期生は、あははと笑ってから、柔らかい金色の髪を左右に振った。

「そんなことをする必要はないさ。君にとっては姉、私にとっては友人。力を貸さない理由がない。まあ、おじいさまを説得するのはちょっと骨だろうけどね」

「……すまない、シドニー」

「クリムト。そこは『すまない』ではなく『ありがとう』といってほしいかな」

肩まで伸びた金色の髪と青い瞳。帝国貴族を母に持つシドニーは、ラグナと同様に金髪碧眼という貴族の容貌を受け継いでいたが、そこから受ける印象は正反対だった。

若くして貴族の威厳を備え、実年齢以上に見られることが多いラグナと異なり、シドニーは実年齢より若く見られることがしばしばだった。

同期のクリムトたちより二歳、三歳下に見られることは当たり前、時にはそれ以上に幼く見られることもある。また、声が中性的なこともあって性別を間違われることも多かった。

当人もそれを面白がって、時に女性として振る舞ったりするものだから、青林旗士《せいりんきし》の間ではシドニー女性説がけっこうな割合で信じられていたりする。

ともあれ、クリムトに協力を約束したシドニーは、言葉どおり他の同期生にも呼びかけてクライア救出のための協力を願った。

これに対し、公然と否をつきつけたのが九門祭《くもんさい》である。

「やめとけ、やめとけ。今、へたに動いたら余計にこじれるぞ」

第一旗二位の九門淑夜《しゅくや》の弟である祭《さい》は、兄と同じ浅黒の顔に、兄と正反対の皮肉げな表情を浮かべて、クリムトの請いをはねつけた。

「御館様の決めたことに口を出すとか、今度は頭を踏まれるだけじゃすまないぜ、クリムト。どうせ実家《ベルヒ》には無断なんだろ？　それでクライアを助けたところで、今度はお前が勘当《かんどう》されるだけだ」

だから、余計なことをせずにおとなしくしていろ、と祭《さい》は面倒くさそうに告げる。いかにも関わり合いになりたくないといった態度だったが、その実、祭《さい》の言葉は真実の一端をついていた。感情のままに行動した結果、事態がよりいっそう悪化した、なんて話はいくらでも転がっているのである。

祭《さい》はさらに続ける。

「だいたい、クライアを捕まえているのは空《から》――おっと間違えた、空《そら》のやつなんだろう？　あの腰抜けが御館様に逆らえるわけねえよ」

それをきいたシドニーが困ったように眉根を寄せた。

「腰抜けというのはともかく、私も空《そら》が御館様に逆らうとは思えないよ。でも、祭《さい》。空はクリムトと司馬《ゴズ》を斬ったんだ。実力的にも、性格的にも、昔の空とは別人だと考えるべきじゃないかな」

「俺としちゃあ、そもそも本当に二人が空に斬られたのかってところから疑問なんだがね」

そういって、祭《さい》は押し黙るクリムトを一瞥《いちべつ》する。

クリムトはぎりっと歯をかみ締めて祭《さい》をにらみつけた。

「俺が嘘をついているとでもいうのか？」

「クリムト、逆の立場で考えてみろ。俺が島の外に出て、五年ぶりに空に会って、こてんぱんにやられて帰ってきました――そう御館様に報告したとき、お前はそれを信じるか？　信じられるか？」

「……それは」

「信じられねえだろ。何か企んでるんじゃないかって考えるのが普通だ。ただでさえ、お前ら姉弟はベルヒっていう厄介な家で、厄介な立場にいるからな。ここらで一発逆転をねらって司馬と一芝居打って空を担《かつ》ぎ出そうとしている――そう考えても不思議じゃない。実際、司徒《ギルモア》も司馬《ゴズ》に似たようなことをいっていただろ？」

祭《さい》はそういって軽く両手をあげた。

むろん、祭《さい》は本気でクリムトが空に与《くみ》したと疑っているわけではない。

ただ、そういう見方もできる、という話をしているのである。となれば、ギルモアのように今回のことを他者を追い落とす手段として利用する者も出てくるだろう。

いかに同期の頼みとはいえ、九門家の人間として軽々《けいけい》にうなずくことはできないのである。

「それにだ。仮にクリムトの話が事実だったとして、空のやつは結局クリムトも司馬も殺してない。クライアにいたっては斬りもしなかったたって話じゃねえか。きっと根っこの方はかわってねえよ」

もし、祭《さい》が本気で御剣家と交渉するつもりなら、ゴズかクリムトのどちらか一人は首にして持ち帰らせるし、クライアの指の何本かは叩き斬って交渉の材料にする。その程度のこともできない人間が人質に危害を加えるとは思えない。はじめに口にした「余計なことをせずにおとなしくしているだろ」というのは、まぎれもなく祭《さい》の本心だった。

祭《さい》の直截《ちょくせつ》な意見をきいたシドニーは難しい顔で考え込む。祭《さい》の意見は乱暴だが、決して間違ってはいないと思えた。

もし、当主の式部が祭《さい》と似た考えで動いているとしたら、クリムトやシドニーがやろうとしていることは逆効果もいいところだ。

とはいえ、動かずにはいられないクリムトの心情も理解できる。どうしたものか、とシドニーが首をひねったときだった。

「ずいぶんと物騒な話をしているな」

そんな声と共に姿を現したのは御剣ラグナだった。後ろにはアヤカ・アズライトの姿もある。

あまりのタイミングの良さにシドニーが驚いていると、ラグナは肩をすくめていった。

「偶然というわけではない。クリムトを探してここまで来た」

「俺を？　どういうことだ？」

あるいは当主の命令で昨日の無礼をとがめにきたのか、とクリムトが緊張すると、ラグナは何でもないことのようにいった。

「父上からクライア救出のために四旗を動かす許可を得た。さすがに俺たちが島を離れることはできないが――これで気を静めろ、クリムト」

「な!?」

クリムトが驚いて絶句する。ラグナの言葉はクリムトにとってまったくの予想外だった。

慈仁坊《じじんぼう》がそうであったように、島外で活動する青林旗士《せいりんきし》のほとんどは第四旗に所属している。その部隊を動かしてクライアを助け出す、とラグナはいっているのである。

島外で働く旗士が多い第四旗は他の八旗から軽んじられているが、それでも八旗の一角である。いかにラグナが宗家の嫡子であるとはいえ、簡単に動かせるはずはないのだ。まして、クリムトはまだラグナに対して何も言っていないのである。

これが示すことは、ラグナはクリムトの意向にかかわらず、クライアを救出するための行動を開始していたということ。おそらくは、昨日のうちから動いていたのだろう。

クリムトは言葉に詰まりながらも、ラグナに礼を述べた。

「……ラグナ、その、すまな——いや、ありがとう」

クリムトに続いて、シドニーも軽やかに頭を下げた。

「ラグナ、私からも感謝を。ありがとう」

「同期を助けるだけだ、礼を言われることではない」

涼やかに応じたラグナは、たしかに人の上に立つ者の度量を感じさせた。

と、そんなラグナの泰然とした姿に爪を立てようと試みた者がいる。祭《さい》である。

「同期を助けるため、ねえ？　昨日はその同期の健在を聞いて、ずいぶん取り乱していたのになあ、ラグナ？」

「……とうにのたれ死んだと思っていた者が生きていたのだ。驚きもする」

「驚いている、ねえ？　俺の目には焦っているように見えたがね。以前の婚約者が現れて、愛しのアズライトが奪われるんじゃないかって不安——ふが!?」

黄金世代の面々は、常に冷静沈着なラグナが、こと兄《ソラ》に関しては感情をむき出しにすることを知っている。

そこをつついて、ラグナの取り澄ました顔を崩してやろうとほくそ笑んでいた祭《さい》の言葉が唐突にとぎれた。

見れば、祭《さい》の頰を白い纖手《せんしゅ》が思いきりつねっている。

いつの間にか祭《さい》の背後に移動したアヤカの仕業だった。

「祭《さい》ぃ？　仲間のために頑張ったラグナに失礼なことを言うのはこの口かな？」

「ちょ、痛《いて》え、痛《いて》えって！」

「つねってるんだから痛くて当然。ほら、ラグナに何か言うことは？」

「悪かった、悪かったって！　ちょっとしたお茶目な冗談でした、ごめんなさい！」

わめく祭《さい》を見て、ラグナは表情をかえることなくアヤカを制止した。

「アヤカ、やめてやれ。このままだと祭《さい》の頰肉が垂れてしまう。これから先、祭《さい》を見るたびに笑いをこらえるのは面倒だ」

ラグナの制止もあり、アヤカは祭《さい》の頰から手を放す。

真っ赤になった頰に手をあてた祭《さい》がぶちぶちと文句を言った。

「おお、痛《いて》え。たく、あいかわらずの馬鹿力だな。というか、いつの間に後ろに回りやがった？　まったく見えなかったぞ」

「隣にいた私も見えなかったよ。舞姫はますます速さに磨きをかけたみたいだね」

シドニーが感心したようにうなずくと、それをきいたアヤカが楽しげに応じた。

「それを言うならシドニーは可愛さに磨きがかかったんじゃない？　六旗の旗士を次々に虜にしている歌姫《セイレーン》の噂はこっちまで鳴り響いているわよ？　この前あったとき、ウルスラも久しぶりにあなたの歌を聞きたいって言ってたわ」

アヤカはそう言うと、残念そうにかぶりを振る。

「今は鬼門に潜っているから願いはかなわないけどね。そうだ、ウルスラとクライアが帰ってきたら、皆で集まってお茶会を開きましょう」

「それは楽しみだね。ぜひお招きにあずかろう。ところで、今の話からすると、君はクライアが無事に帰ってくると確信しているみたいだね」

「空はクライアを無事に帰してほしければ鬼人に手を出すなといった。御館様は、空の力が本当なら鬼人をまかせてもいいとおっしゃった。要求が満たされるのだから、空がクライアを傷つける理由はないわ」

それを聞いたシドニーは内心で首をかしげる。あたかも、わかりきった事実を語っているかのようなアヤカの口調に違和感をおぼえたのだ。

式部の言葉は「空が単身で幻想種を討ったという話が事実なら、鬼人の処遇をまかせてもよい」という意味である。

もちろん、シドニーとてゴズやクリムトを疑っているわけではない。疑っているわけではないが、それでは百パーセント信じているのかと問われれば答えに詰まる。

五年前の御剣空を、それ以前の御剣空を知っているから、なおさらに。

だが、同じものを知っているアヤカは、ゴズたちの報告を信じて疑っていないようだ。いや、これは「信じる」というより「知っている」かのような物言いだ、とシドニーには思えた。

――と、そのとき、西の方角から鐘の音が鳴り響いた。

はじめに一つ、強く。続いて小刻みに三つ。

住民に不安を与えないように暗号化されたそれは、西の方角から魔物が迫っていることを知らせる合図だった。なお、通常の襲撃は鐘を鳴らすまでもなく、それぞれの部隊が処理をする。この鐘が用いられるのは、なんらかの理由で防衛戦力に不足をきたした部隊が、他隊の旗士に援軍を要請するときだった。

「西、ということは第八旗か。あそこは新兵が多いからな。大型をふくむ三つの群れとなれば、処理に手間取るのも無理はない。皆、急いで向かうぞ」

「了解」

「ち、めんどくせえ」

「わかった」

ラグナの言葉に、シドニー、祭《さい》、クリムトの順で応じる。

アヤカはといえば、すでに心装を抜く準備に入っていた。

「――心装励起《しんそうれいき》」

応じてあらわれたのは鮮やかな緋色の刀。鍔《つば》は翼を広げた鳥の形をしている。両手でその柄を握ったアヤカはそのまま抜刀に移る。

「羽ばたけ、カルラ！」

アヤカが叫ぶや、その場にいた者たちは鳳《おおとり》の羽ばたきを耳にする。

次の瞬間、アヤカの手には二本の刀が握られていた。片翼を鍔《つば》とした二刀一対の心装。

アヤカの身体がふわりと宙に浮き上がり、そのまま空中で静止する。

勁《けい》を用いた跳躍ではない。空中に浮かぶ浮遊でもない。望めば空を飛ぶことも、宙を駆けることもできる天賦《てんぷ》の才。稀少な心装使いの中でもさらに稀少な飛行型――それがアヤカ・アズライトの心装カルラの能力だった。

「先に行くわ」

同期生たちに声をかけるや、アヤカは征矢《そや》のごとく宙を駆け、一路西の城壁へと向かう。

ほとんど一瞬で視界から消えたアヤカを見て、祭《さい》がお手上げだというように両手をあげた。

「あいかわらずふざけた能力だよな。剣の腕だけでも厄介なのに、空から好きなように攻撃できるとか、あんなのに勝てるわきゃねえっての」

「ぼやくな。強力だからこそ制御も難しいことは知っているだろう。あれはアヤカでなければ扱えない。俺たちは親からもらった足を使うぞ」

「へいへい。てかクリムト、無理すんなよ？　空のやつに骨を折られたんだろ」

「とっくに治ってる。気づかいは無用だ」

「ほら、二人とも、おしゃべりしてると置いていくよ」

それぞれに好き勝手なことをしゃべりつつ、黄金世代の四人はまったく同時に勁《けい》を発動させ、地面を蹴る。

四人分の勁圧《けいあつ》に耐えかねたように、地面が軋《きし》んだ。


この日、柊都《しゅうと》に迫った魔物はコーラルワーム。

その名のとおり、外見は珊瑚色《コーラル》をした長虫《ワーム》、つまりは蛇である。ただ、鱗はなく、顔の部分も長い地中生活に特化して口の形になっているため、実態は蛇というよりミミズに近い。

島外におけるコーラルワームは最大でも二メートル前後までしか成長せず、さらに地中深くに棲息しているためにめったなことでは人前に出てこない。

しかし、鬼門の魔力にあてられた鬼ヶ島種は最大で五メートル以上に成長するため、エサを求めて精力的に地上に姿をあらわす。

ワームは翼獣《ワイバーン》と同じく竜の眷属とされており、強力な再生能力を有している。このため、小型の幼生はともかく、大型のワームを倒すのは青林旗士《せいりんきし》といえど簡単なことではなかった。なにしろ、身体を燃やそうと、凍らせようと、真っ二つに両断しようと動きを止めないのだ。

このため、大型のコーラルワームを倒すには心装使いが数人がかりで挑む必要があるのだが――

この日にかぎっていえば、その必要はなかった。すべての大型をアヤカ・アズライトがひとりで葬り去ったからである。

アヤカの心装によって斬られたワームは再生能力が発動せず、常のしぶとさに比べればあっけないほど簡単に死んでいった。

むろん、これはアヤカの心装の能力による。

カルラとは神代の空を飛んだ霊鳥にして、すべての竜の天敵たるもの。

人に悪逆をなす竜を喰らった竜喰い《ドラゴンイーター》の名前である。

5

「なるほどね。こうきたか」

御剣家から届いた書状を一読した俺は小さく肩をすくめた。

スズメのことを任せてほしければ鬼ヶ島まで出向いて実力を証明せよ——簡単にいえば、話くらいは聞いてやるからこちらまで出向け、ということである。

相手は俺を見限った父親だ。こちらの提案を頭からはねつけ、人質ごと問答無用で殺そうとしてくる可能性もあった。それを思えば、島への呼び出しというのは比較的穏当な結果といえる。

実力を証明する方法も条件も記していないあたり、向こうに都合が良い条件なのは確かだが、俺の頭の中に断るという選択肢はなかった。

父が指示してきた日付が母の命日だったからである。

島を追放された俺は、今日まで母の墓に詣《もう》でることができなかった。その機会がやってきたのだ、断れるはずがない。

当然のように罠の可能性も考えた。たとえば、俺を鬼ヶ島に呼び出している間にイシュカに残ったスズメを狙うとか。

だが、罠というのは警戒する相手に仕掛けるものだ。あの父が俺のことを警戒するなど、それこそ天地がひっくり返ってもありえない。

なにより、父がどうしてもスズメを討たずにはおかぬと決めたのなら、即座に青林旗士《せいりんきし》を差し向けてくるはずだ。わざわざ母の命日にあわせ、一ヶ月も間を空けるような悠長なことをする父ではない。ゆえにこの推測は外れている。

他の可能性としては、そう、俺を島におびき出して斬る、というものがある。

イシュカにいる俺を殺そうと思えば、どうしても鬼門の守りから人員を割かねばならなくなる。しかし、俺を鬼ヶ島に招きよせれば鬼門の守備を減らさずに俺を討つことができる。ただ呼びつけただけでは俺が警戒して出て来ないと判断し、母の命日に事寄せておびき出そうとしている——うん、いかにもありそうである。

さて、これについての対策だが、正直なところ「それならそれで一向にかまわない」というのが本音だった。

この推測が当たっていた場合、父の狙いは鬼人《スズメ》から俺に移っている。それは俺にとって歓迎すべきことだった。俺が早急に確保したいのはスズメの安全であって、俺の安全ではない。

向こうの狙いが俺ならば対処は簡単だ。ヒュドラを喰った今、どの旗士《きし》が相手でも一対一ならそうそう後れを取ることはないし、仮に父たちが多対一でかかってくるならそれもけっこう。

なぜなら、それは連中が俺の強さを認めたということに他ならないからだ。

弱者は不要と吐き捨てて俺を見限った連中が、一対一ではとうていかなわないと判断して集団で襲ってくる——やばい、想像するだけでにやけてしまう。そうなったらあまりの愉しさに笑いが止まらなくなるかもしれない。

死因、まさかの笑い死に。洒落にならないとはこのことである。

俺はくつくつと喉《のど》を震わせ、しばらくの間、愉悦の余韻を楽しんだ。

「さて、いつまでも笑っていても仕方ない。ま、あと一ヶ月あるわけだし、鬼ヶ島に関しては少し様子を見るか。書状で深読みさせておいて、裏でクライア救出に動いているかもしれないしな」

こちらも慌てる必要はなかった。クライアはティティスの深域に置いているので、居場所を突き止めることは難しい。

それに、今のイシュカに用もなく訪れる者などそうそういない。怪しい者を探し出すのはたいして難しいことではないだろう。

——いや、いっそクライアをイシュカに移して、そういった連中と接触させるのもいいかもしれない。

クライアが許可なくイシュカを離れれば、それは俺との約定を破ったということ。遠慮なく喰うことができるというものだ。鬼ヶ島に出向く以上、レベルを上げておくに越したことはないからな！

まったく、やることが山積みで困る。それに、厄介な話はまだあって——

「ドラグノート公の話も急いで手を打っておかないとな」

カナリア王国筆頭貴族の名前を出して、表情を引き締める。

ドラグノート公が伝えてきた用件は二つあり、その一つは公爵の次女クラウディアのことだった。

クラウディアを俺の家であずかる、という話が出たのは王都で慈仁坊《じじんぼう》を斬ったときのこと。

この話はスタンピードの発生と共に延期になり、ヒュドラの出現によって正式に立ち消えとなるものと思われていたが、あにはからんや、当のクラウディアはすでに俺の家に住む気満々で動いている。

姉のアストリッドから渡されたドラグノート公爵の手紙にも、丁重な言葉で「娘のことをよろしく頼む」と綴《つづ》られていた。

この状況でよく娘を手放す気になったものだと驚いたが、アストリッドによれば王都も王都で色々キナ臭いことになっているそうで、避難の意味もあるらしい。

まあ、こちらについては元々そのつもりで準備を進めていたこともあり、大した問題ではない。

厄介なのは、公爵の手紙に記されていたもう一つの用件だった。

その用件というのが、ティティスの森とケール河を汚染しつつあるヒュドラの毒の対処である。

ヒュドラ本体が倒れたことで毒の拡大は防がれたが、残った毒はいまだティティスの森を覆っており、森を水源とするケール河にも影響を与えている。この状況を放置すれば、ケール河流域のすべての街や村が壊滅することになりかねない。それはカナリア王国滅亡と同義だった。

この事態に対し、ドラグノート公は国外に解決手段を求めた。

カナリア王国の南方に位置するカリタス聖王国に協力を要請したのである。というのも、聖王国の南には神代のヒュドラの死体が原因とされる広大な腐海が広がっており、にもかかわらず今日まで聖王国は毅然と存立している。このことから、ドラグノート公は聖王国が腐海の拡大をふせぐ方法を知っていると判断したようだ。

このカナリア王国の使者に対し、聖王国の教皇はこころよく情報を提供してくれたという。

いわく、聖王国が有する腐海拡大を防ぐ手段は大規模な結界魔術であるとのこと。

むろん、ただの人間がつくった結界では不治、不浄の顕現たるヒュドラの毒はおさえきれない。

必要なのは触媒である。

解毒の道具として古くから珍重されるのは犀角《さいかく》――動物の犀《さい》の角《つの》――であるが、普通の犀《さい》の角では触媒として不足をきたす。求められるのは犀角の効能を数十倍、数百倍にも高めた伝説級の獣の角。

すなわち、獣の王《ベヒモス》の角である。

獣の王《ベヒモス》といえば、一都市に匹敵する体軀を持つ超巨大モンスター。その大きさゆえに棲息できる場所はごくごく限られる。カナリア領内に限定すれば、ティティスの森やスキム山と並ぶ魔獣生息地――カタラン砂漠だけに可能性がある。

あくまで可能性があるだけだ。絶対に棲息しているとは断言できないし、仮に棲息していたとしても討伐するのは困難をきわめるだろう。

カタラン砂漠はいまだ総面積が測定できていない巨大砂漠であり、大軍を送り込むのは至難の業だからである。最悪、すべての兵、すべての物資を一朝にして失うかもしれない。

「……ただでさえヒュドラだ何だで混乱している状況で、そんな大遠征はできないわな」

俺は小さく肩をすくめた。

そうなると獣の王《ベヒモス》の角のかわりとなる品が求められるのだが、もちろんそんなものが簡単に見つかるはずがない――と言いたいのだが、実のところ、俺にはひとつ心当たりがあった。

今、俺の家には額に強力な魔力の塊を生やした女の子が生活しているのである。それも二本。

鬼人の角が獣の王《ベヒモス》の角の代わりになるかはわからないが、駄目で元々、試してみようと考える者が現れないともかぎらない。

スズメの人権はカナリア国王じきじきに認められたもので、理不尽な要求に応じる義務などないが、事態が事態だけに暴走する者が出てくるかもしれない。

自分たちも手を尽くすが、そちらも身の回りに気をつけてほしい、というのがドラグノート公の伝言だった。

「暴走する奴は俺が叩っ斬ってやればすむことだが、本人にどう伝えるか……」

伝えれば、あの優しい少女が妙な自責の念をおぼえてしまうかもしれない。自分さえ我慢すれば、他の人たちが助かる――そんな風に考えて自分の角を折らないともかぎらない。

それはなんとしても避けたい。いっそ俺がクラウ・ソラスに乗って獣の王《ベヒモス》を討ちにいってもいいのだが、今の状況でイシュカを長期間留守にするのははなはだまずい。それは子供でもわかることだった。

「俺が三人いればなあ。ひとりはクライアについて、ひとりはスズメについて、ひとりは獣の王《ベヒモス》を討ちにいく。これで全部解決するんだが」

らちもないことを口にしつつ、俺はぼりぼりと頭をかいた。

まあ、繰《く》り言《ごと》をいっていても仕方ない。今はできることから一つずつやっていこう。

まずは家にいる者たちの意識調査だな。とくにクライアに殺されかけた面々に、彼女と同じ屋根の下で暮らせるかどうか確かめておかないと。

俺は大きく伸びをしてから、勢いをつけて椅子から立ち上がった。

そして、両の頬をぱちりと叩く。ふと心づいて窓の外を見ると、雲ひとつない晴れ間が広がっている。その事実に、何故だか少しほっとした。

エピローグ

戦《いくさ》は佳境《かきょう》を迎えていた。

赤錆《あかさび》色の空の下、黒い甲冑を身につけた軍勢が、赤い甲冑をまとった敵軍を次々に打ち破っていく。その勢いはすさまじく、赤の軍勢が劣勢を挽回することはもう不可能だろう。

ただ、敗れた赤の軍勢も無様に逃げまわることはせず、敗勢の中でも懸命に踏みとどまって敵に出血を強いていた。

ここで敗走すれば故郷が敵に蹂躙《じゅうりん》されてしまう。その恐れが赤の兵士たちに抗戦の気力を与えているのだろう。

黒の軍勢にも無視できない被害が発生しつつある。それと悟って、黒の軍を率いる年若い指揮官が鋭く舌打ちした。

「ち、さすがは崋山《かざん》の精鋭。しぶといな」

灰色のざんばら髪に赤銅《しゃくどう》色の肌。額から鋭く突き出た一本の角。

顔に若さと英気をみなぎらせた鬼人の少年は、着ていた戦袍《せんぽう》を捨てて諸肌《もろはだ》脱ぎになった。鋼のように鍛え抜かれた上半身があらわになり、同時に、その胸に刻まれた無数の向こう傷もあらわになる。反面、背には毛一筋ほどの傷もない。

歴戦の戦士の体軀をさらした少年は、敵の指揮官を探した。赤の兵士たちは指揮官の命令がないかぎり抗戦をやめず、ついには全滅するだろう。一刻も早く、敵の指揮官に敗北を認めさせる必要があった。

――実のところ、少年自身に「早く戦を終わらせねば！」という焦燥があるわけではない。赤の兵士を皆殺しにすることに痛みを感じているわけでもない。

負けたら死ぬ。故郷は焼かれ、家族は殺される――戦とはそういうものだ。実際、少年の父は赤の軍に敗れて命も領土も失い、幼かった少年もそのときに生死の境をさまよっている。

この戦いは少年にとって復讐の総仕上げ。いよいよ復讐が成ると思えば、自然と唇の端が吊りあがる。

だが――

「それでは駄目だってのが兄者《あにじゃ》の口癖だからな」

侵し侵され、奪い奪われ、殺し殺される。鬼人同士がそうやって争えば争うほど、人間たちを喜ばせる。

少年は戦場となっている砂礫《されき》の大地を見渡した。

草の一本も生えていない、小川のひとつも流れていない、石と土だけの枯れ果てた大地。

赤錆色の空から降る雨は常に鉄臭く、大地に恵みではなく淀《よど》みをもたらす。

この土では麦《むぎ》はおろか蕎麦《そば》さえまったく実らない。そして、この不毛さはいま少年が戦っている地域にかぎった話ではなかった。

この世界において耕作可能な土地はごくわずかであり、そこから収穫される作物は鬼人の総数を養うにはとうてい足りない。自然、鬼人たちは徒党をつくり、数少ない農地をめぐって争うようになった。自分と家族、仲間が生きていくためにはそうするしかなかった。

時に、英雄と呼ばれる存在があらわれ、鬼人族をまとめあげて『外』へ打って出ようとすることもある。

だが、そういった企みは例外なく『門』の番人たちによって叩き潰された。かつて鬼人族を罠にはめ、この不毛の世界に縛りつけた卑劣な裏切り者たちは、しかし、その強さだけは疑いようがなく、解放を願う鬼人族の悲願を蹂躪し続けている。

それを思うと、少年の拳は自然と震えた。

悔しさに？　むろん、それもある。

だが、少年の拳に込められた力の多くは、過去ではなく未来に向けられていた。

——三百年の煉獄《れんごく》を、自分たちの手で打ち破ってみせる。

その決意こそが少年の拳を震わせているのだ。

力強く地面を蹴って駆け出した少年が向かう先は、敗勢の中、いまだ一定の秩序を保っている赤の兵士の一団だった。

敵軍の真っ只中に躍りかかった少年は、得意の勁打《けいだ》――勁《けい》を用いた素手の戦闘術で赤の兵士を蹴散らしつつ、高らかに名乗りをあげる。

「中山王《ちゆうざんおう》アズマが弟カガリとは俺のことだ！　雑兵に用はない！　我が名に臆さぬ猛者《もさ》だけを所望《しよもう》する！」

「中山四兄弟の末弟か！　若年ゆえに逸《はや》ったな！　我は崋山十六槍のひとり、イサギである。いざ尋常に勝負せよ！」

少年――カガリの前に、豪奢な甲冑を身につけた戦士が槍をしごきながらあらわれる。

熊のごとき敵の巨体に対し、カガリはどちらかといえば小柄である。まして、槍に対して素手。

カガリの不利はまぬがれないものと思われた。

だが。

「がぁ!?」

開始早々、素早く相手の懐《ふところ》にもぐりこんだカガリの拳が、敵将の顔面に炸裂する。勁《けい》で強化したカガリの脚力に、敵はまったくついていけなかった。

鼻血を撒き散らしながら、もんどりうって倒れる敵将。望めば手刀で首を切ることもできたが、カガリはあえてそれをしなかった。わざわざ命を取らずとも、激しく頭蓋を揺さぶられた敵は当分のあいだ目を覚ますことはないだろう。

勝敗はあっけなくついた。

イサギと名乗った敵将は武名のある人物だったらしく、崋山兵の間に驚愕が駆け抜ける。

「イサギ様が一撃で、だと!?」

「『黒狼』カガリ……おのれ！」

味方を助けんとして、またカガリを討たんとして、崋山兵が一斉に動き出そうとする。

応じてカガリも拳を握り締めたが、そのとき、両者を制するように重々しい声がその場に響き渡った。

「──やめよ」

そういって崋山兵を割って姿をあらわしたのは、先のイサギが小柄に見えるほどの巨軀の人物だった。

傷だらけの甲冑をまとったその巨漢の名をカガリは知っている。崋山王《かざんおう》ギエン。カガリたち兄弟の父を殺した宿敵である。

「中山《ちゆうざん》の小せがれか。あの幼子《おさなご》が大きくなったものよな」

「そういうあんたはずいぶん老けたな、崋山王」

「ふ、子供が成長すれば、大人は老いる。自然の理《ことわり》であろう」

崋山王が右手を伸ばすと、心得た配下がその手に巨大な戦斧を握らせる。

「貴様と、貴様の兄どもを父親と共に殺しておかなかったのは、我が生涯の悔いとなっておる。ここで貴様を討つことで、悔いの一片なりと晴らすとしよう」

「……それはこっちも望むところだが、あんた、その身体で戦えるのか？」

カガリの視界に映る崋山王の姿は、傷ついていないところがないくらいに傷だらけだった。何度も切りつけられたのだろう、甲冑も戦袍もぼろぼろであり、肩には三本の矢が突き立ったままだ。手足には包帯が幾重にも巻かれており、そのいずれもがどす黒く変色している。正直、よく立っているると感心するくらいである。

これでは心装も扱えまい、とカガリは思ったのだが、崋山王は意に介さず、腹を震わせるようにして笑った。

「貴様のような青二才を相手にするにはちょうどよい――いくぞ！」

崋山王が地面を蹴った。戦斧が吼えるような音をたててカガリに襲いかかる。

この剛撃をとんぼ返りの要領でかわしたカガリは、地面に降り立つや、即座に反撃に移った。

小兵《こひょう》のカガリであるが、その信条は正面突破と真っ向勝負である。大兵《だいひょう》の崋山王相手に一歩も引かず、息もつかせぬ激闘が繰り広げられた。

だが、やはりというべきか、深手を負っている崋山王の動きは鈍く、次第にカガリに押されはじめる。

そして――

「グッ！」

ついにカガリの拳が崋山王の肩をとらえた。カガリの勁打《けいだ》は攻撃の威力を相手の体内に浸透《しんとう》させる。鎧越しの一撃でも威力が衰えることはなく、崋山王の肩は一瞬で砕かれた。

たまらず顔を歪める崋山王の胸に、追撃の回し蹴りが叩き込まれる。声もなく吹き飛んだ崋山王は、激しく土煙を巻き上げながら地面の上を転がった。

周囲の将兵の口から動揺と怒りの声が湧き起こる。何人かの兵士がカガリに向かってこようとしたが、身を起こした崋山王の大笑がそれら配下の動きをおしとどめた。

「くははは！　見事だ。その齢《よわい》で、よくぞここまでの武を修めたもの。すでに戦才は父を超えたな」

苦しげな声で、それでも笑いながら崋山王がカガリを称賛する。

カガリが無言でいると、崋山王の顔に純粋な疑問が浮かんだ。

「解せぬな。それだけの腕を持っていながら、貴様、何故に唯々諾々とアズマに従う？　貴様だけではない。貴様の兄たちもだ。貴様らが望めば一山《いちざん》の支配などたやすかろうに」

「ふん。たしかに俺とアズマ兄《にい》が戦えば、百回のうち九十五回は俺が勝つだろうさ。ドーガ兄《にい》なら百回中百回かな。だけど、それだけだ。俺やドーガ兄《にい》では、五山《ござん》最弱だった中山を立て直すことはできなかった。他の三山を取り込んで、こうしてあんたを倒すこともできなかっただろう」

「わからんなあ……強き者が上に立つ。それがこの地のすべてではないか」

「そのとおり。だからこそ、中山の王はアズマ兄《にい》なんだ。俺やあんたの強さと、アズマ兄《にい》の強さは違うんだよ」

「ふん、やはりわからん。が、負けは負けだ。さあ、我ら崋山を屠《ほふ》って五山統一を果たすがいい、中山の王弟よ。そして、あの忌々《いまいま》しき門を打ち壊し、裏切り者どもから我らの故郷を取り戻せ」

それが勝ち残った者の義務だ、と崋山王は苦しげに笑う。

カガリは唇を引き結んでうなずいた

「言われるまでもない。俺たちは必ず故郷を取り戻す」

「良き顔だ。あるいは、貴様がもっとも父親に似ているのかもしれぬな」

言うや、崋山王はおもむろに自分の角を握り締めた。それに気づいた周囲の崋山兵が悲鳴にも似た声をあげるが、崋山王が一瞥《いちべつ》すると、皆がその意を悟って一斉にうなだれる。

そして、次の瞬間――

「ぬんッ!!」

崋山王は気合と共にみずからの角をへしおった。角の破片が水晶のように輝きながら宙を舞う。

さらに一瞬の間をおいて、傷口からあふれるように血がほとばしった。

鬼人にとって角は魔力の源であると同時に命の源。それをみずからの手で折る行為は、鬼ヶ島でいう切腹と同義であった。

潮が引くように崋山王の目から光が失われていく。その光が消えぬうちに、と思ったのか、崋山王がかすれる声でいった。

「……願わくば、我が兵……我が民には、慈悲を…………」

「降伏した者に手は出さない。それが中山の軍規だ」

「ふ……そうか……」

崋山王はカガリに向けてゆっくりと己の角を差し出す。

カガリがそれを受け取った瞬間、崋山王の目から光が完全に失われ、手が地面に落ちた。

それを見ていた周囲の崋山兵の口から悲痛な声がわきあがる。

主君の死を嘆き、崋山の滅亡を嘆くその悲鳴は、同時に、五十年ぶりに誕生した統一鬼人王朝の産声《うぶごえ》でもあった。

この戦いの勝利によって崋山を併呑《へいどん》した中山軍は、統一の余勢を駆って悲願たる『門』の攻略にとりかかる。

待ち構えているのは、三百年にわたる難攻不落の歴史。

次なる戦いは、もうすぐそこまで迫っていた。

余話　クライア・ベルヒ

1

かぽーん……と。

どこからか、そんな音が聞こえてきそうな浴室で、クライア・ベルヒはきゅっと目をつむりながら湯船につかっていた。

檜《ひのき》でつくられた浴槽は驚くほど大きく、思う存分手足を伸ばすことができる。

ティティスという森の一隅《いちぐう》で洞穴暮らしを強いられていた身にとって、あふれるほどの湯に身をひたす快感は何物にもかえがたいものだった。

「ふふ、あれはあれで趣《おもむき》深《ぶか》い経験ではありましたけれど、ね」

湯船の水をすくい、肩から腕にかけてゆっくりとかけながら、クライアはくすりと笑う。

別段、皮肉ではない。あの洞穴、なぜだか生活に必要な物資はそろっていたし、個人で使える小型の天幕まで設《しつら》えられていた。それらは「野宿よりマシ」程度のものだったが、クライア自身が質素な生活を好むこともあり、不自由はほとんど感じなかった。

事実上の虜囚とはいえ、行動の自由は与えられていたので、むしろベルヒの屋敷より住み心地がいいと感じたくらいである。

どういうことかというと。

クライアの養家《ようけ》であるベルヒ家は、多くの才能ある子供を養子として自家に迎え入れ、子供同士を競争させて人材を育てあげる。そして、ベルヒ家の役に立たぬと思われた者は犬猫のように捨てられる。

そうなりたくなければ他の子供たちに勝つしかない。結果として、同じ境遇の仲間を蹴落とすことになるのだとしても、そうする以外に道はなかった。

クライアと、弟のクリムトはそうやって成長してきたのである。

ベルヒの屋敷で生活する子供たちには教師という名の監視役が張り付き「この子供はベルヒ家のためになるや否や」と目を光らせる。そんな状況で心身が休まるはずもなく、子供の中には追い詰められて精神に異常をきたしてしまった者もいる。

クライアは弟のおかげでそこまで追い詰められることはなかったが、それでも常に家人の目を意識しなければならない環境は苦痛だった。

――その苦痛が、洞穴の暮らしにはない。それがどれだけクライアの心を安らがせたことか、おそらく空は想像もしていないだろう。

正直なところ、クライア自身も驚いているくらいなのである。自分は、これほどまでに屋敷での生活を厭《いと》うていたのか、と。

「いっそのこと……と考えてしまうのは、さすがに都合がよすぎますね。それに、洞穴は洞穴で問題がないわけではありませんでしたし」

そういうクライアの頬は、湯の熱さとは異なる理由で赤くなっていた。

洞穴で暮らしていた面子はクライアと空、そしてエルフの女性の三人。

ルナマリアという名のエルフに問題があったわけではない。クライアは幾度かルナマリアと言葉をかわしたが、言葉の端々から聡明な人となりが伝わってきた。クライアに対する警戒はあったが、女性の暮らしにまつわる細かな部分――空が思いつかず、クライアからも求めにくいところ――を察して色々と取り計らってもくれた。

出会う形が違えば友人になりたいと思ったことだろう。彼女や、彼女の仲間を殺そうとした身には言うをはばかられることだが。

ともあれ、ルナマリアの人柄に問題はなかった。問題は、彼女と空が洞穴で夜を明かすときに、あちらの天幕から睦《むつ》み声が聞こえてくることである。

あれにはまいった、とクライアは両手で顔を覆う。

当初はこちらに対する変則的な脅迫――お前もじきにこうなる的な――だと勘違いしたくらいで

ある。

しばらくすると、単にクライアのことなど眼中にないだけだ、とわかったのだが。いや、ひょっとすると、その手のことに慣れていないクライアをからかう意図もあったのかもしれない。

「いけない。また思い出しちゃった……」

湯船の中でふるふると頭《かぶり》を振るクライア。湯に触れないように結い上げた髪が、水気を吸って重たげに揺れる。

今日、クライアは空の命令で洞穴から屋敷に居を移したのだが、残念なような、そうでもないような、なんとも不思議な気分だった。

「少なくとも、こうしてお風呂に入れることは喜ばしいことですが……」

そんなことをつぶやきつつ、どうして空は急に自分を家に連れて来たのか、と首をひねる。

つい昨日まで、空はクライアに対してイシュカのイの字も口にしなかった。それが今日になって、急に洞穴を引き払う旨《むね》を伝えてきたのである。

クライアを気づかってのことではあるまい。空はクライアに対して乱暴な真似は（稽古のときをのぞいて）しないが、だからといってクライアたちがイシュカでやったことを許したわけではない。

それは言動を見ていればわかる。

クライアが空の意に背けば、即座に斬りかかってくるだろう。

あえてクライアをスズメという鬼人の子に近づけることで、クライアの真意を見定めようとしているのかとも思ったが、それではスズメを無為に危険にさらすことになる。

スズメに対する空の振る舞いを見れば、それはないだろうと確信できた。となると、空には他の目的があることになる。

実のところ、クライアはこうしている間にも空が浴室に入ってくる可能性を考えていたのだが――ちらと浴室の入り口を見ても、扉はぴくりとも動かない。どうやらこの推測も外れのようだった。

「これも無駄になりましたか。とんだ独り相撲です」

苦笑しつつ、結った髪の毛の中から細い剃刀《かみそり》を取り出す。

浴室に入ってからはじめて、クライアは本当の意味で肩の力を抜いた。

そのまま天井を見上げ、静かに紅い目をつむる。

「……クリムトに怒られちゃいますね。何で敵の家でくつろいでいるんだ、って」

口元を緩めたクライアは、ほぅ、と小さく息を吐き出した。

2

「ベルヒ様、こちらに」

イシュカの通りを歩いている最中、その声は低く、鋭くクライアの耳朶を打った。

クライアは先のスタンピードにおける活躍により、特に兵士や冒険者の間で人気が高い。ただでさえ白い髪に紅い瞳という特徴的な外見をしている上、イシュカではめったに見かけない袴《はかま》姿をしていることもあいまって、声をかけられることはめずらしくない。

兵士や冒険者だけでなく、その家族や、噂を聞いた市民から感謝の言葉を告げられることもあった。

だが、そういった者たちはクライアのことを「ベルヒ様」とは呼ばない。何故といって、クライアはイシュカの住民に自分の家名を明かしていないからである。

クライアの家名を知っているのは空《そら》だけだが、空は空でクライアのことをわざわざ家名で呼ぶことはない。いわんや、様などと敬称をつけたりはしない。

――クライアは眉宇《びう》に緊張を漂わせて声の主を見た。

くたびれた工人《こうじん》風の格好をした男性が物陰からクライアをうかがっている。年の頃は四十歳くらいだろう。昼間から酒を飲んでいるのか、無精ひげがはえた頬はひときわ赤い。

イシュカでは打ち続く混乱によって仕事や職を失った者が少なくない。そういった者たちが酒で現実を忘れようとするのもめずらしくない。実際、通りを歩けば、この男に似た姿をした者はいくらでも見つけることができた。

ただ、そういった者たちと眼前の男では目が違う。クライアを見る眼差しには酒精《アルコール》とは無縁の強い光が宿っていた。

「――何者です？」

「どうかこちらに」

有無をいわさぬ口調で告げた後、男はいかにも酒に酔ったような千鳥足でその場を離れ、人通りの少ない路地に入っていった。

クライアはわずかにためらったが、ここで無視をするのは様々な意味で不可能である。男にわずかに遅れてクライアも路地に入った。

男はクライアの姿を認めるや、即座にその場に膝をついた。大げさな仕草だが、男はクライアというよりベルヒ家に膝をついているのだろう。

クライアが問う前に男は自分の正体を明かした。

「それがし、第四旗に属するヘイジンと申します。御館様の命により、クライア・ベルヒ様をお迎えにあがりました」

「御館様の……？」

クライアの声に疑問が宿る。

というのも、クライアは救出部隊が来る可能性は絶無であると判断していたからである。

空がクライアを人質にしたのはスズメを保護するためだが、その要求を剣聖　御剣式部が受け入れることはありえない。クライアひとりを助けるために滅《めっ》鬼《き》封神《ほうしん》の掟を揺るがせにする剣聖ではない。

おそらく、人質になったクライアは、空もろとも処断されることになる。

ベルヒ家の助けは期待できない。むしろ、身内の恥を抹消するためにベルヒ家が率先して襲いかかってきても驚かない。

このところクライアを悩ませていたのは、御剣家の襲撃があったときに自分はどのように行動すべきかという点であり、助けが来たときにどうすべきかなどてんから考えていなかった。

ところが第四旗を名乗る男はクライアを助けに来たという。何かの罠かと疑ったが、御剣家がクライアを罠にはめる理由も、必要性もない。

クライアに罠をしかけるとしたら空だろう。これでクライアがのこのことヘイジンについていったら、空が待ち構えていて逃亡未遂として処罰される——いかにもありそうである。

ただ、ヘイジンの所作は間違いなく幻想一刀流を扱う者のそれだ。懐から取り出した第四旗所属を示す徽章《きしょう》も、クライアの目には本物に映《うつ》る。

——クリムトと司馬《ゴズ》が御館様を説き伏せてくれたのだろうか。

クライアはそうも思ったが、この推測も違和感が残る。もちろん、二人がクライアのために尽力してくれたことは疑っていないが、式部がその願いを受け入れたという点がどうにも信じがたいのだ。

そういったクライアの迷いと逡巡をどのように受け取ったのか、ヘイジンが声を低めて続けた。

「ベルヒ様、ご安心ください。人であれ、物であれ、御身を縛っているものは我ら四旗が奪い返しますゆえ」

「それはどういう意味ですか？」

「見たところ、ベルヒ様は行動の自由を保証されていらっしゃる。見張りの影もありませぬ。にもかかわらず、虜囚の身に甘んじているということは、なにかしら弱みを握られておいでなのでしょう？」

「……ああ！　そういうことですか」

ヘイジンの誤解に気づいたクライアがかすかに口元をほころばせる。確かに、人質なのに自由に動き回っているクライアを見れば、そう思われても仕方ない。

実際のところ、空は逃げるなら逃げろと思っているだけだろう。むしろ、クライアが逃げることを期待さえしているに違いない。

ここでクライアは先日の疑問——どうして急にティティスの森からイシュカに居を移されたのか——についての答えを得た。

ティティスの森にいてはクライアと第四旗が接触できない。だから空はクライアをイシュカに連れて来たのだ。それはつまり四旗をはじめとした御剣家の動きが空に読まれていることを意味している。

「御館様が空殿に何と返答したのか分かりますか？」

「は。存じておりますが……」

それが今、何の関係があるのか、と言いたげにヘイジンがクライアを見る。

クライアは相手の疑問に気づいたが、かまわずに答えを求め、そして「一ヶ月後に島に来るように」という式部の言葉を知った。

「御館様は空殿の力量を確かめるために島に呼び出したのですよね。それなのに、四旗に私の救出を命じたのですか？」

それを聞いたヘイジンは、すっと目を伏せた。

「それがしは島外の任務に従事しておりましたゆえ、くわしい経緯は存じませぬ。ただ、ラグナ様が動かれたことはうかがっております」

「ラグナ殿が？」

クライアはかすかに眉根を寄せる。クリムトからラグナへ、ラグナから式部へ。そういう形で事が決したのだろうか。だとしても、今の時点で式部が四旗を動かす理由は薄い――と、そこまで考えたとき、不意にクライアの脳裏にひらめくものがあった。

些事であると考えて忘却していた事実を、眼前のヘイジンを見ているうちに思い出した。

「第四旗……先に空殿に討たれた慈仁坊《じじんぼう》殿も四旗でしたね」

「――は。我が同輩でした。つけくわえれば、それがしの恩人でもあります」

それを聞き、事の次第を察したクライアは小さく息を吐き出した。

たしかゴズの話では、先に殺された慈仁坊の任務はアドアステラ皇帝の勅命だったはず。四旗としてでも早急に手を打たねばならないが、それにはドラグノート公に与《くみ》している空を排除する必要がある。

ラグナはその焦慮を見透かして四旗を動かし、クライアを助け、さらには空を討たせようと目論んだのだろう。勅命を理由にすることで、式部の許可を引き出しやすくもなる。

式部も式部で、このラグナの企みを、空の力を証明する第一の試練にするつもりなのかもしれない。

「ヘイジン殿」

「は」

「私を助けるためにここまで来てくださったこと、心から感謝いたします。ですが、私は今イシュカから離れるわけにはまいりません。司馬が報告した空殿の武勲はまことのもの。空殿が島に戻れば、皆がそのことを認めるでしょう。御館様は、空殿の力量が証明されれば鬼人のことを任せてもよいと仰せになったのですよね？　そうなれば、空殿は何の問題もなく私を解放してくださるでしょう。このこと、御館様にお伝えください」

「……かしこまりました」

「繰り返しますが、幻想種を討った空殿の武勲はまことのものです。あなた方は他にも命令を受けているようですが、決して空殿や、空殿の周囲にいる者に手を出してはなりません。これは空殿に敗れた私からの忠告です」

「お言葉、たしかにうけたまわりました」

ヘイジンはそう言って頭を下げた後、足音を殺してその場から立ち去った。

残ったクライアは軽く唇をかむ。

今、ヘイジンはクライアの言葉を「うけたまわった」といっただけで忠告に従うとはいわなかった。つまりはそれが答えなのだろう。

「四旗にしてみれば、勅命を果たすためにも空殿は除かなければならない。それはわかるのですが……」

ただでさえ四旗は他隊に軽く扱われている。その上で勅命をしくじったとなれば、当主からの評価は地に落ちる。これではどうあっても空と四旗はぶつからざるをえない。

このことを空に告げるべきだろうか、とクライアは考えた。

しかし、これを空に伝えるのは鬼ヶ島に対する明白な裏切りである。

かといって、伝えずにいればどうなるか。

空は四旗の動きを見透かしてクライアをイシュカに戻した節がある。空はクライアの無言を四旗に通じた証と見なし、脱走を企んだ咎《とが》で責めてくるに違いなかった。

右に進んでも左に進んでも袋小路《ふくろこうじ》しか見えない。こんなことなら洞穴暮らしを続けていた方が気楽だった――そんなことを考えながら、クライアは来た道を引き返す。

どうするべきかと内心で自問しながら。

3

「帰ってきたか、クライア」

とぼとぼと力ない足取りで外門をくぐったクライアが屋敷に向かって歩いていく。その背に向けて声をかけると、クライアが大げさなくらい、びくり、と肩を震わせた。

慌てて振り返るクライア。門近くの壁に背をあずけ、クライアの帰りを待っていた俺は、わかりやすく「にぃ」と唇の端を吊りあげた。

「そ、空殿……」

「おやおや、ずいぶん顔色が悪いな。大丈夫か？」

そう告げると、ただでさえ青かったクライアの顔がさらに青くなった。紅い目に恐怖と疑念が交互に浮かび上がる。

そんなクライアに対し、俺はもう一度にやりと笑いかけた。

――あたかも全てを見透かしているような物言いだが、実のところ、半分くらいあてずっぽうである。

正確にいえば、イシュカに怪しい連中が入り込んでいることは知っていた。以前の慈仁坊《じじんぼう》の一件から、アドアステラとカナリアの国境にはドラグノート公爵の目が光っているし、イシュカには奴隷商組合の情報網が張り巡らされている。

本職の密偵ならば、そういった監視の目をかいくぐることもできようが、鬼ヶ島の旗士《きし》たちはそこまで多芸ではない。彼らはあくまで戦士であって、間諜《スパイ》ではないのだ。

だから、彼らの動きはだいたい把握できていた。

問題は、連中がどのタイミングでクライアと接触するかが分からないことである。

間諜《スパイ》ではないとは言ったが、さすがに街中で見張りをつければ勘付く者も出て来るだろう。向こうに慎重になられてしまうと、こちらとしても色々とやりにくい。

だから、俺はあえて連中を放置しておいた。注意すべきはクライアだけ。連中が接触してくれば、クライアの言動にも変化が出るはずだ。

当然、これには逃亡の危険がつきまとうのだが、クライアの容貌では気づかれずに城門を出ることは難しい。仮にうまく城門を出られたとしても、俺が全力で追いかければ、鬼ヶ島に着くまでに捕捉できる。

俺はそんな風に考えながらクライアの帰りを待っていた。

で、その結果が眼前の青ざめたクライアである。うん、顔に出すぎだろう、クライア・ベルヒ。疑う必要すらなく、鬼ヶ島と接触したと確信できたわ。

まあ、なんだかんだでクライアはベルヒの一族、黄金世代として周囲から期待されてきた身だ。いわばエリートであり、今のように人質にされた状況で冷静に振る舞うことは難しいのだと思われた。

——さて、ここで俺がゴズとクリムトに出した条件を復唱しよう。

『まずはゴズとクリムトを鬼ヶ島に帰し、俺の要求を伝えさせる。要求とはもちろんスズメのこと。御剣の当主に対し、スズメのことは俺に一任し、御剣家は今後一切関わらないことを誓わせるのだ』

『クライアはその誓約がなされるまでの人質である。むろん、当主が俺の要求を拒否した場合は相応の覚悟をしてもらうことになる』

父は俺に対して「鬼人を任せてほしくば島に出向いて力を証明せよ」といって寄越しただけだ。こちらがクライアを解放する理由はない。

この状況で鬼ヶ島がクライアの奪還に動いたならば、こちらは人質に対して報復をおこなうだけである。クライアもそのことを承知しているからこそ、こんな顔色になっているのだろう。

ただ、これは俺の手落ちなのだが、俺は「一人たりとも旗士《きし》を送るな」とは伝えなかった。向こうが「クライアの安全を確認するためにやってきただけだ」と強弁すれば、報復の名分は立たなくなる。それがどれだけ見えすいた嘘だったとしても、だ。

もちろん、そういった小難しい理屈を抜きにして行動することもできた。

すべてはクライア奪還のための行動だと決め付け、怪しい連中を切り捨ててクライアの魂をむさぼることもできた。

だが、そうやって強引にクライアを組み伏せてしまうと、今後のクライアの行動に常に目を光らせておかないといけなくなる。

ただでさえ色々と厄介事が立て込んでいるのだ。クライアは今のところ、きちんと人質としての理非をわきまえて行動している。そのクライアを無用の反抗に駆り立てるのは下策であろう。

なによりも。

俺の見るところ、生真面目なクライアは自分が約定を破ったと判断すれば、こちらの報復を当然の結果として受けいれる。クライアをその状態に持っていくことができれば、それに越したことはないのだ。

「どうした、街中で誰かに会ったのか？　青林旗士《せいりんきし》がそんな顔をしなければいけない相手は、いったい誰なんだろうな？」

「……それは」

こちらがどこまで把握しているのかがつかめず、クライアは言葉を詰まらせる。

クライアにしてみれば袋小路に追い込まれた気分だろう。俺に嘘をついて報復の口実を与えるか。事実を口にして御剣家を裏切るか。どちらにせよ、クライアはのっぴきならない立場に追い込まれることになる。

だからこそクライアは沈黙の砦に立てこもっているわけだが、それはそれで望むところである。

俺は三度《みたび》にやりと笑った。

「言えないなら言えないでかまわないが、お前が黙っていたということはおぼえておくからな」

「うぅ……」

クライアの紅い目に焦燥が浮かび、渦を巻く。

救出の企みを知りながら無言を貫いたとなれば、それは救出に協力したと同じこと。青林旗士《せいりんきし》を片付けた後、クライアを追い詰める武器になる。

繰り返すが、俺は今日のクライアの行動を知らないので、正確には言いがかりに過ぎない。クライアが奪還の企みなど知らなかったと強弁すれば、それ以上のことはできないのだが——まあ、眼前のクライアを見るかぎり、間違いなく効果は覿面《てきめん》だろう。

思いのほか早く、青林旗士《せいりんきし》の魂を喰らうことができそうだった。

4

「言えないなら言えないでかまわないが、お前が黙っていたということはおぼえておくからな」

「うぅ……」

空《そら》の宣告を聞いたクライアは思わずうめくような声をもらしていた。言質《げんち》を取られたことを正確に理解したからである。

先ほど会ったヘイジン――第四旗の旗士は間違いなく空を襲う。その企みを知りつつ黙っていたということは、向こうの企みに協力したと同じこと。

事が終わった後、空はそういう論法でクライアをねじふせにかかるだろう。そして、クライアはこれに抗《あらが》うことができない。

それを避けようと思えば今からでもヘイジンのことを明かすしかないが、御剣家を裏切るに等しいその行為もまた、クライアにとっては選ぶことのできない選択肢だった。

袋小路に追いつめられたクライア。

そんなクライアが選んだのは、第三の選択肢だった。

「空殿、稽古をしましょう！」

「…………………ぬ？」

クライアが覚悟を決めて申し出ると、空は鳩が豆鉄砲を食ったような顔をする。パチパチと目を瞬《しばた》かせるその姿は、どこか昔の空に似ていた。

ややあって、我に返った空が怪訝そうに眉をひそめる。

「稽古といったか？　これから？」

「はい！」

「……」

空がすっと目を細める。

クライアは真っ向からその視線を受けとめると、ゆっくり言葉を紡いだ。

「本気で――互いに心装を用いての稽古です」

それを聞いた空は驚いたように目をみはる。しかる後、クライアの意図を悟って愉快そうにくつくつと笑った。

「なるほど、そういうことか」

楽しげに笑う空の姿をクライアは真剣そのものといった様子で見つめる。

クライアは今日まで空との間に稽古を重ねてきたが、心装を抜いたことは一度としてない。いや、正確にいえば、空に言われてクライアが抜いたことはあったが、空自身が心装を抜いたことは一度もなかった。

空の心装は他者の力を喰らう。以前に戦ったとき、クライアはそのことを知った。

クライアとて木石ではない。それを知っていれば、空が心装を抜かなかった理由も推測がつく。クライアが人質として従っているかぎり、必要以上の危害を加えないというのが空なりの決め事だったに違いない。

今、クライアは自分からその決め事を取りのぞいた。

実力で及ばぬと知っている身がそれを口にするということは、自分の力を喰ってくれといったも同然である。

それでも、約定を破った上で襲われて喰われるよりはマシだろう。

なにより、稽古という形で空と本気でぶつかれば、その勁圧《けいあつ》は間違いなく第四旗の知るところとなる。

繰り返すが、第四旗、それも島外の任務を主とする旗士《きし》たちは、青林八旗の中では落ちこぼれだ。黄金世代たるクライアとの力の差は雲泥といってよい。

そして、そのクライアさえ圧倒する空との差は、もはや形容しようもない。

クライアと空の激突を知れば、ヘイジンたちはあまりの勁圧《けいあつ》に震えあがるだろう。自分たちが何を相手にしようとしているかを悟り、空を討つことは不可能であると諦める。いいや、諦めさせる。

そのためにこそ、こうして空に稽古を求めているのである。

ただ、懸念もあった。空が稽古を拒否すれば、クライアとしては如何《いかん》ともしがたい。まさか、こちらから心装を抜いて襲いかかるわけにもいかないのだ。

「いかがでしょうか？　私は虜囚の身です。無理強いはできませんが……」

「確かに、お前を好きにしようと思えば、ここで拒否するのも一つの手だな」

それを聞いてクライアは唇を噛む。が、空はすぐに楽しそうに言い足した。

「でもまあ、さすがにここで断るのはカッコ悪い。正直一本取られたぞ、クライア。うまいこと考えたじゃないか」

「では！」

「いいさ、心装で稽古をしよう。どのみち、俺の能力はゴズ経由で知られている。別段、隠しておく必要もない――心装励起《しんそうれいき》」

その言葉と共に現れ出でる、夜よりも昏《くら》い黒の刀。

まだ抜刀してもいないのに、全身が押し潰されてしまいそうだった。

「――心装励起《しんそうれいき》」

クライアは腹の底から声を絞り出し、翡翠の長刀を呼び起こす。

これから始める稽古は、クライアの同源存在《アニマ》にとってはえらく迷惑なことだろう。気のせいか、手の中の長刀が抗議するようにふるふると震えている。

クライアは内心で彼女に謝りながら、それでもためらうことなく抜刀した。

「出ませい、倶娑那伎《くさなぎ》！」

「喰らい尽くせ、ソウルイーター」

二つの心装が同時に抜き放たれる。

黒と翠《みどり》、二色の閃光がイシュカの空にきらめいた。

余話　同調とは

かつて、アドアステラ帝国に一人の聖《ひじり》――高徳の僧がいた。

若いながら慈愛に富み、寛仁《かんじん》に満ちた僧の人となりは多くの人々に慕われた。

僧は優れた術師でもあり、棒術にも長け、地にはびこる悪鬼妖魔を調伏《ちょうぶく》することに熱意を燃やしていた。

あるとき、僧は法衣をまとって故郷を出る。向かう先は三百年の怨念がこびりついた妖魅《ようみ》の島。

その地には世の魔物が生まれ出でる原因とされる鬼門があった。この鬼門を閉じることができれば――いや、閉じるだけでは足りない。魔を生み出す元凶たる門を破壊することができれば、多くの人々が救われるはず。若き僧はそう信じて鬼ヶ島に足を踏み入れたのである。

魔物退治を繰り返してきた僧はあぶなげなく幻想一刀流に入門することができた。そして、試しの儀を経て青林八旗の一員となった。

以来、寝食をけずって任務に励み、周囲の信頼を得て、その地の娘を妻に娶《めと》ることもした。公私に充実した日々が続き、僧は一年、二年、三年と年を重ねていく。

悲願である鬼門の破壊こそならなかったが、僧の功績は人々の口の端にのぼり、周囲からは信頼と敬意を向けられる。隣には気立てがよくて優しい妻。他者から見れば羨望すべき生活だったろう。僧自身、幸福を感じていたのは間違いない。

ただ、鬼ヶ島に来て数年が経ったころ、僧の中にはひとつの焦りがうまれていた。

幻想一刀流の奥義たる心装を、いっこうに習得することができなかったからである。

僧は鬼ヶ島の外から来た外様《とざま》の身。成人（十三歳）の頃から幻想一刀流を学んできた島出身の者たちに届かないのは納得できた。

だが、僧と同時期、あるいは僧より後に鬼ヶ島にやってきた者たちの中に、僧より早く心装を習得する者がいることには納得できなかった。

その者たちが僧より才能に長けている、あるいは僧より努力しているというならともかく、いずれも僧より劣るような者でさえ心装を習得しているのである。

実際、僧の武術、魔法の腕は青林八旗の上位に位置していた。心装に至っていない者の中で、という条件をつければ、上から片手の指で数えられるレベルに達していた。

それでも心装を習得できない。

心装とは何なのか？　同源存在《アニマ》の力を形にしたものである。

では同源存在《アニマ》とは何なのか？　心の中、魂の奥に棲《す》むもう一人の自分である。

そう教えられた。

だが、どれだけ探しても同源存在《アニマ》など見つからない。いくら瞑想しようとも、断食を行おうとも、もう一人の自分は声ひとつ発しない。

それでも若いうちはよかった。心装がなくとも、自分自身の力量で戦いの場に立つことができたからだ。

だが、三十、四十と年齢を重ねていけば、どうしても衰えがあらわれる。若い頃から激しい戦いに身を投じてきた僧の身体は衰えるのも早かった。

こうなれば前線で戦うことは難しい。かといって、術師として後方から支援するという選択もできない。そもそも、鬼ヶ島の戦いには前衛だの後衛だのといった区分はない。魔物はいつでも、どこからでも現れる。自分自身を守れない術者など足手まとい以外の何物でもないのである。

自分自身の限界を感じながら、それでもなんとか青林八旗にとどまろうとあがく僧に対し、妻はためらいがちに言った。

そこまで無理をすることはないのではないか。若いときから懸命に戦ってきたのだ。もう休んでもいいのではないか。一線から退き、後進の育成をするのも立派な生き方ではないか、と。

それを聞いた僧は激怒した。

反論の余地もない正論。僧自身、幾度も自問し、その都度、鬼門を破壊するという志のために弱気な自分をねじ伏せてきた。

妻以外の人間の言葉だったら聞き流すこともできただろう。

だが、誰よりも近くで自分を支えてくれた妻の言葉だからこそ許せなかった。自分の努力も、志も、無意味なものだったのだと切り捨てられた気がした。

――その日、僧は夫婦になって以来、はじめて妻に手をあげた。

――その日、僧は旗士《きし》になって以来、はじめて同源存在《アニマ》の声を聞いた。

同源存在《アニマ》とは心の中、魂の奥に棲《す》むもう一人の自分。いかなるごまかしも欺瞞《ぎまん》もきかない裸の本性。

努力と修練の果てに目指した理想の自分が、必ずしも同源存在《アニマ》と重なるわけではない。

清く正しく生きる者に、醜く歪んだ同源存在《アニマ》の声は届かない。

同調とは、己の在り方と同源存在《アニマ》を重ね合わせることである。

余話　セーラ司祭

1

その日、俺はめずらしくセーラ司祭から頼み事をされた。できれば明日メルテ村に連れて行ってくださいませんか、と。

もちろん俺に否やはなかった。

ヒュドラはすでに倒れ、魔獣暴走《スタンピード》は収まり、解毒薬の改良も進んでいる。

ミロスラフいわく、おそらく俺の大量レベルアップのおかげで竜血の効果が大幅に増しており、今ならばほぼ確実に死毒の影響を消し去ることができるだろう、とのことだった。

どうして「ほぼ」という言葉がついているのかといえば、まだヒュドラを討ってから時が経っていないので、一ヶ月後、二ヶ月後の長期的な再発の可能性は残されているからである。

ともあれ、これで毒に冒されているラーズの治療の目処はついた。セーラ司祭もそう考えて帰還を願い出てきたのだろう。

クラウ・ソラスに乗ればメルテ村までは半日とかからない。クライアを救出に来たとおぼしき連中も、連日の本気稽古に恐れをなして逃げ散ったようだし、今ならイシュカを離れても問題ないだろう。

そんなわけで俺はこころよくセーラ司祭の願いにうなずいたわけだが、一つだけ心配な点があった。司祭がこのままメルテに戻ってしまうのではないか、という点である。

諸々の問題が片付きつつある今、それを言われると引き止めるすべがない。

俺はそう思ってこっそり焦ったのだが、連れて行ってほしいのは自分ひとり、という司祭の言葉に胸をなでおろした。セーラ司祭がチビたちを置いていくわけがない。となると、まだしばらくは俺の屋敷に逗留《とうりゅう》してくれる気なのだろう。

この事実に喜んだのは俺ばかりではない。

セーラ司祭に来てもらってからというもの、食事は基本的にお任せしているのだが、出される料理は全員に大人気。先日来、肩を縮めながら屋敷で生活しているクライアでさえ、控えめにおかわりを要求するくらいである。

最近は、もういっそ定住してくれないものか、と本気で考えている。

そんなことを考えながら、俺はメルテに戻る準備をはじめた。そうすると自然と心が浮き立つ。

なぜといって、クラウ・ソラスでメルテ村に向かうということは、当然ながらセーラ司祭と一緒に鞍に乗るわけで、密着するわけで、それが何時間と続くわけで、俺的には願ってもない好機なのである。

こっちに来るときはチビたちが騒いでそれどころじゃなかったしな！

というわけで内心ウキウキしながらセーラ司祭に承諾の返事をした俺は、すぐにもクラウ・ソラスに鞍を乗せるつもりでこう言った。

「なんなら、今から向かってもかまいませんよ」

「あ、いえ、そんなに急いでいただかなくても大丈夫です。まだ鶏肉の準備もできていませんので……」

明日の帰還が可能かを確認したかっただけなのだ、とセーラ司祭は申し訳なさそうに続ける。

俺としても別に文句はないのだが、直前の一語には首をかしげざるをえなかった。

「鶏肉、ですか？」

「明日は夫の命日なんです。夫は鶏肉を甘辛く煮付けたものが好物でしたので、毎年墓前に供えています」

「……そ、そういうことでしたか」

思わずどもってしまう。まるで俺の邪念に釘を刺すかのようなセーラ司祭の物言いだった――いや、まあ偶然だと思うけれども。

俺はごまかすようにごほんごほんと咳払いした。

「そういうことならイリアも連れて行った方がいいのでは？」

「それが、あの子は冒険者として村を発つときに夫に誓いを立てていまして、それを果たすまでは父の前に顔を見せられないと頑《かたく》なに」

セーラ司祭はそう言って困ったように頰に手をあてる。

誓いの内容についてセーラ司祭は語らず、俺も問わなかった。母親とはいえ、軽々に他人に話す内容ではないし、他人が訊ねていいことでもあるまい。知りたいなら本人に直接訊《き》くべきだった。

で、後になって実際にそうしたところ、イリアいわく、父と同じ第四級冒険者になるまでは墓前に参じないと決めているそうな。なお、セーラ司祭も冒険者時代は第四級だったとのこと。「神官」ではなく「神官戦士」として。

……おっとりした性格のせいでついつい忘れそうになるが、イリアに回復魔法と格闘術を仕込んだのはセーラ司祭だったたな。

俺は脳裏でセーラ司祭の姿を思い浮かべる。今のゆったりと落ち着いた司祭服が似合うのは言うまでもないが、案外イリアみたいなぴっちりした神官戦士の装備をしても似合うのかもしれない。

頭の中でイリアの服をセーラ司祭に着せ替えてみる…………ありだな。まあ胸部の大きさ的にイリアよりもかなり戦いにくそうではあるが。

などと考えていると、邪念を感知したらしいイリアにじろっと睨まれてしまった。俺は肩を縮めてイリアから離れ、その足でクライアの姿を求めて歩き出す。

今日も今日とてお互い気持ちよく汗を流して稽古をするためだった。

2

セーラ司祭と共にクラウ・ソラスに乗ってメルテの村に戻った俺は、例によって解毒薬やら体力《スタミナ》回復薬《ポーション》やら聖水やらを大量に持ち込んだ。

ヒュドラと魔獣暴走《スタンピード》の爪痕が残るイシュカで、これだけの薬品をかき集めるのはけっこう手間だったから、できるだけ有効に使ってほしいものである。

以前に村を訪れたときの大盤振る舞いは村人の信頼を得るためだったが、今回のこれは信頼を得るためではなく、メルテの住人に向けた詫《わ》びのようなものだった。村が大変なときにセーラ司祭とイリア、二人の神官を連れ出したことの詫びである。

ちなみに、ラーズは普通に起きて生活できるまでに回復していた。

ヒュドラが放った八重咆哮《オクテットロア》はこの地まで鳴り響いていたようで、それについてあれこれ訊《き》かれて、とても面倒くさかったことを追記しておく。

どうもイシュカから逃げ出した人々によって、ヒュドラや魔獣暴走《スタンピード》の情報はえらく誇大《こだい》に伝わっているようで、カナリア南部はちょっとした恐慌《パニック》状態に陥《おちい》っていた。

魔獣暴走《スタンピード》終息の情報は、カナリア王国の伝令によって最優先で伝えられているのだが、その内容はといえば「魔獣暴走《スタンピード》は終息した。詳細は追って伝える」というもの。これで不安をぬぐえ、というのは無理な話だろう。

こういうときに頼りになるセーラ司祭は俺が村から連れ出してしまったし、むしろ不安をぬぐえる要素が何ひとつない。こう考えると俺の行動の影響は甚大だ。回復薬《ポーション》をたくさん持って来て良かった良かった。

そんなことを考えながら、俺はヒュドラが討ち取られたこと、魔獣暴走《スタンピード》が終息した詳細、死毒については今回持ち込んだ解毒薬があれば心配いらないこと、さらに今回も薬品の代金はいらないこと——そういったことをできるだけ丁寧に伝えていった。

村長はじめ村の人々からはえらく感謝されたが、微妙に居心地が悪い。

ともあれ、伝えるべきことは伝えた。俺の『竜殺し』もしくは『偽・竜殺し』の二つ名について伝えなかったのは、今以上に面倒くさくなることが目に見えていたからである。特にラーズあたりが。

遠からず、噂という形で伝わるだろうが、その頃には俺はもうメルテにいないだろうから関係ない。己の功績については奥ゆかしく胸におさめた謙譲の士として、勝手に美化してくれることを期待しよう。

そうして、俺は今、村の外れにある墓地に来ている。セーラ司祭の姿が見えなかったので、たぶんここに来ているのだろうと思って足を運んだのだ。しつこく話しかけてくる村長たちから逃げてきたともいう。

――そこで俺は、一つの墓の前で頭を垂れ、両手を合わせているセーラ司祭の姿を目にした。

その墓が亡くなったセーラ司祭の夫、イリアの父のものであることはすぐにわかった。司祭の祈りを邪魔するつもりはなかったから、俺はすぐに引き返そうとしたのだが――それができなかったのは、一心に祈りを捧げるセーラ司祭の姿があまりに綺麗だったからである。

静謐《せいひつ》で、神聖で、それでいて温かい。一幅《いっぷく》の絵画のような、といえば大げさに聞こえるだろうが、俺にとって眼前の光景はそういうものだった。

セーラ司祭がどれだけ夫を愛していたのか、今なお愛しているのか、それが千言万語《せんげんばんご》を費やすよりもはっきりと伝わってくる。

気がつけば、声もなく見入っていた。

わずかに遅れて、胸の奥から膨大な感情があふれてくる。

それははじめ、嫉妬《しっと》だった。死んでから十年以上経っているのに、これほどセーラ司祭に愛されている人物への妬《ねた》み。

だが、その感情はすぐに流れ去り、かわって俺を捉えたのは羨望《せんぼう》だった。こういう夫婦になれたのなら、それはどんなに幸せな人生なのだろう、という気持ち。

子供の頃、許婚《いいなずけ》と共に築こうとしていた理想がここにある。そんな風に思った。

思って、唇を曲げるように苦く笑った。

自分の中にそんな感情が――あるいは感傷が――残っていたのが意外だった。

いや、たしかにセーラ司祭に対しては、情欲とか魂喰いとか、そういった欲求とは異なる思いを抱いていることは自覚していたけれども。

俺がセーラ司祭に抱いている感情は、たぶん、子供の頃にアヤカに向けていた感情と近しいだろう。俺は復讐だ心装だと猛り立つ裏側でこんな光景を望んでいたわけだ。

我が事ながら目を瞠《みは》る思いだった。人間、自分のことはなかなか分からないものだ――

「いや、そうでもないか」

セーラ司祭に聞こえないように小声でつぶやく。

先ほど、俺はセーラ司祭たちの夫婦の絆を羨望《せんぼう》した。羨望とはつまり、手が届かないものへの憧れである。なんだ、しっかり自分のことを理解してるじゃないか、俺。

意図的に皮肉な笑みを浮かべ、あらためてセーラ司祭を見やる。

あいかわらず、その姿を綺麗だと思った。

この女性を手に入れようと思えば、きっとできるだろう。

俺はメルテの村に返し切れないほどの恩を売った。その恩を返せといえば、セーラ司祭はたいていのことは受け入れてくれるに違いない。

それでなくとも今の俺は竜殺しだ。名誉と功績は余人の追随を許さない。村長たちを利用して外堀を埋め、セーラ司祭を正妻に迎えてしまえば、いずれ司祭の心を亡夫から奪える日も来るのではないか。

そうしたい、と願う自分は確かにいる。実際、軽口にまぎらわしつつ、そのための動きをしていたのも事実である。

だが、それをすれば、この光景を綺麗だと思う心もなくしてしまうに違いない。そのことに気がついた。

——それはきっと、とてもつまらないことだ。

ごく自然にそう思う。

俺は、ほぅ、と息を吐いた。司祭の後ろ姿を見ながら、深く、長く。これまで溜め込んでいたものを吐き出すために。

それが終わった後、俺は夫婦の語らいを邪魔しないように踵《きびす》を返す。

不思議と足取りは軽かった。

書き下ろし　公爵令嬢の返礼

「空殿《そら》、お話があるので少しだけお時間をいただけませんか？」

アストリッド・ドラグノートからそう頼まれたとき、俺は一も二もなくうなずいた。

カナリア王国で知らぬ者とてないドラグノート公爵家の長女にして、竜騎士団の副団長。血筋や地位を考えれば雲の上の人物といっても過言ではないのに、人柄は温厚で、口調は丁寧で、目下に対しても礼儀を欠かさない——そんな人物に対して好意を抱かない者がいるだろうか？　いいや、いない。

というわけで、俺は喜んでアストリッドのために時間をとった。俺の部屋で二人きりで、と言われたときも妙な勘違いはしなかった。

今、この家にはアストリッドの妹クラウディアがいる。彼女に関する内密の話があるのだろうと推測できたからである。

この推測は外れておらず、アストリッドの口から語られたのはカナリア王都における不穏な政争だった。

事の起こりは、隣国のアドアステラ帝国がアザール王太子と咲耶《さくや》姫の婚姻に本腰を入れはじめたことだという。慈仁坊《じじんぼう》による策動は知らぬ存ぜぬを貫き、カナリア王国の混乱に事寄せて一気に婚姻を推し進めようとしているそうだ。コルキア侯をはじめとした親帝国派の貴族もさかんに動き回っているらしい。

当然、これに賛同しない貴族たちは反発した。そんな彼らの目は王太子のかつての婚約者であるクラウディアに注がれた。

「空《そら》殿によって呪いを解いていただいた後、クラウディアは見違えるように健康になりました。それこそ連日のように翼獣《ワイバーン》に乗って王都を飛び回るくらいに、です。それ自体は喜ばしいことなのですが、その話を聞きつけた貴族の中に、再びクラウディアをアザール殿下の婚約者に据えるべし、と主張する者があらわれたのです」

ため息まじりのアストリッドの言葉に、俺は慎重に応じた。

「アドアステラの姫を迎え入れれば、どうあっても帝国の影響を受けずには済みませんからね。となると、その主張をしているのはドラグノート公爵家に近い方たちなのでは？」

「そのとおりです。だからこそ、一喝して退けるというわけにもいかず……」

公爵家としては、クラウディアがもっとも苦しいときに見舞いはおろか手紙のひとつも寄越さず、婚約破棄すら父王経由で済ませた王太子には愛想をつかしているという。

それゆえ、クラウディアが健康を取り戻してからも、婚約者の座に戻れるよう画策することはなかったのだが、ドラグノートの与党である貴族たちはそういった身内の感情に目を向けず——というか気づきもせず、貴族的な思考で再びクラウディアをアザール王太子と結びつけようとしているそうである。彼らにしてみれば、自分たちはもちろん、ドラグノート公爵家にもよかれと思っての行動なのだろう。

で、当然のように、この動きはコルキア侯らに伝わった。クラウディアは健康を回復するや、政争の渦中に身を置くことになってしまったのである。

今回、ドラグノート姉妹が危険を押してイシュカにやってきたのは、そういった動きを掣肘《せいちゅう》するためだった。

ようするに、クラウディアにはもう俺という婚約者がいますよ、と周囲に知らしめるわけである。未婚の姫が独身の男性の家に世話になるというのは、そういう意味だった。

「空殿《そら》にはご迷惑をおかけすることになってしまいますが、なにとぞクラウのこと、よろしくお願いいたします」

「迷惑だなんてとんでもありません。私がクラウディア様のためにお役に立てるのなら、それは願ってもない光栄というものです」

やや大げさに、しかし心からの本音を述べる。

アストリッドはこちらの真情を正確に汲み取ってくれたようで、びっくりするくらい綺麗な笑みを浮かべて俺の手を握ってくれた。

貴族としての高貴さと、騎士としての秀麗さが重なり合った美貌が目の前にある。ふわりと鼻先をくすぐる芳しい匂《かぐわ》いは、香水のものか、生来のものか。

アストリッドと握り合っている手が少しずつ湿っていくのが感じられて、俺は慌てて手を離そうとした。

ところが、その動きはアストリッドによって封じられてしまう。はっきりと力を込めて俺の手を握ってくるアストリッド。

驚いて向こうの顔を見れば、公爵令嬢はなにやら頬を赤くして緊張している様子だった。

「……あの、アストリッド様、どうなさいました？」

「……空殿《そら》。私は空殿《そら》にお礼をしなければなりません」

「お礼、ですか？」

はて、と首をかしげると、アストリッドは一語一語、確かめるようにゆっくりと言葉を紡いだ。

「先の王都でのこと、こたびのこと。ドラグノート公爵家は――いえ、私は空殿《そら》に返しても返しきれない恩があります。私は恩知らずと呼ばれたくありません。少しずつでも恩に報いていきたいと、そう考えています」

「い、いえ、私は別に恩を売るつもりは――」

「空殿《そら》にその気はなくとも、私の気がすまないのです」

気にしないでいいですよ、と言おうとした台詞は瞬く間にさえぎられてしまった。

アストリッドはなおも続ける。

「何をもって恩に報いるか、私なりに考えました。地位や財貨ではお礼にならない。そもそも私個人の恩返しに公爵家の力を使うのは筋が通りません。騎士を辞して空殿《そら》に仕えることも考えましたが、それをすれば父上への不孝となり、王国への不忠となってしまう。不孝不忠の従者など百害あって一利なしです」

「は、はい」

「ですので、空殿《そら》が最も欲するものを差し上げることにしました――私の魂を」

そう言うや、アストリッドは双眸に決意を満たして顔をぐっと近づけてきた。

対する俺はいまだ混乱から抜けきれていない。

ソウルイーターの能力については、慈仁坊《じじんぼう》との戦いの後でドラグノート公やアストリッドに説明している。俺の能力が魂に関わるものであることは、クラウディアを助ける折に伝えてしまっていたので、ことさら隠し立てする必要はないと判断してのことだった。

だから、アストリッドが魂喰いについて知っていることに疑問はない。ないのだが、まさか、れっきとした公爵令嬢が「お礼に私の魂を食べてください」なんて言い出すとは夢にも思わなかった。

俺が魂を喰うのは俺に敵意、害意を持つものだけだ。だからアストリッドの申し出は断らなければ――いや、待て。すべての事情を把握した上で、それでも魂を食べてもよいと言ってくれた相手ならば問題ない、とシールのときに結論したじゃないか。

ならば、ここでアストリッドの魂を食べても問題はないはず。紫水晶《アメジスト》の瞳に向けられていた視線が、自然と下がっていき、形の良い桜色の唇に据えられる。

それでも最後の一線を越えられずに躊躇《ちゅうちょ》していると、ためらいがちなアストリッドの声が耳朶を揺らした。

「もし、私のような大柄な者と唇を重ねたくないとお思いでしたら、断っていただいても――むぐ!?」

アストリッドの声に秘められていた哀しげな響きが、最後のためらいを押し流す。

公爵令嬢の身体を抱き寄せると、アストリッドはわずかにためらった末に俺に身体をあずけてくれた。

アストリッドの身長は俺以上。騎士として鍛え上げた身体には確かな重みがあって、その点、これまでの女性とは異なっているが、それは興奮をかきたてる材料にこそなれ、気持ちを冷ますものにはならない。

直前のアストリッドの物言いからして、カナリア宮廷では色々と口さがないことを言われていたようだが、そんな中傷はまったく気にする必要はないと思う。

そんな思いを込めてアストリッドの身体を抱きしめると、戸惑いがちな抱擁が返ってくる。

魂を喰うためには唇を合わせるだけでいい、という事実はこのさい忘れることにした。

あとがき

拙作を手にとっていただきありがとうございます、作者の玉兎《ぎょくと》と申します。

第一巻が発売されてからはや半年。九月に一巻を、十二月に二巻を、そして今回めでたく三巻を出すことができました。これもひとえに読者の皆様の応援の賜物であり、作者として幾重にもお礼を申し上げます。今後も四巻、五巻と巻数を重ねていけるよう精進していきたいと思います。

さて、二巻のあとがきでもちらっと述べましたが、この三巻をもって反逆のソウルイーター第一部は終了となります。第一部に名前をつけるならカナリア王国編ということになるでしょうか。故郷を追放された主人公が異郷の地で力を得て、己を追放した者たちを見返していく。お約束とでもいうべきこの流れこそ作者が書きたかったものであり、一巻、二巻、三巻と続く中で、第一部で書くべきことはすべて書けたと考えています。カナリアの地で力を得た主人公は満を持して故郷鬼ヶ島に乗り込むことになるでしょう。ぜひ期待してお待ちください。

ここからは作品にたずさわってくださった方々への謝辞になります。

イラストを担当してくださった夕薙先生、今回も素敵なイラストをありがとうございます。巻数を重ねるごとに冴え渡るイラストは圧巻の一語でした。簡潔に表現すると、クライア超可愛いです。編集を担当してくださった古里様、いつもご尽力いただきありがとうございます。あいかわらずちょくちょくミスをする作者で申し訳ありません。

そしてこの作品を応援してくださっている読者の皆様。先ほども申し上げましたが、こうして無事に続巻を出すことができたのはひとえに皆様のおかげです。今後もＷＥＢ、書籍の双方をがんばっていきますので、どうかよろしくお願いいたします。

それでは四巻でまた皆様に挨拶できることを願いつつ、このあたりで筆をおかせていただきます。ありがとうございました。

ありがとうございました！

もよろしくお願いします！

バルヒ姉弟好きなので活躍を見てみたいです

3巻

次

個人

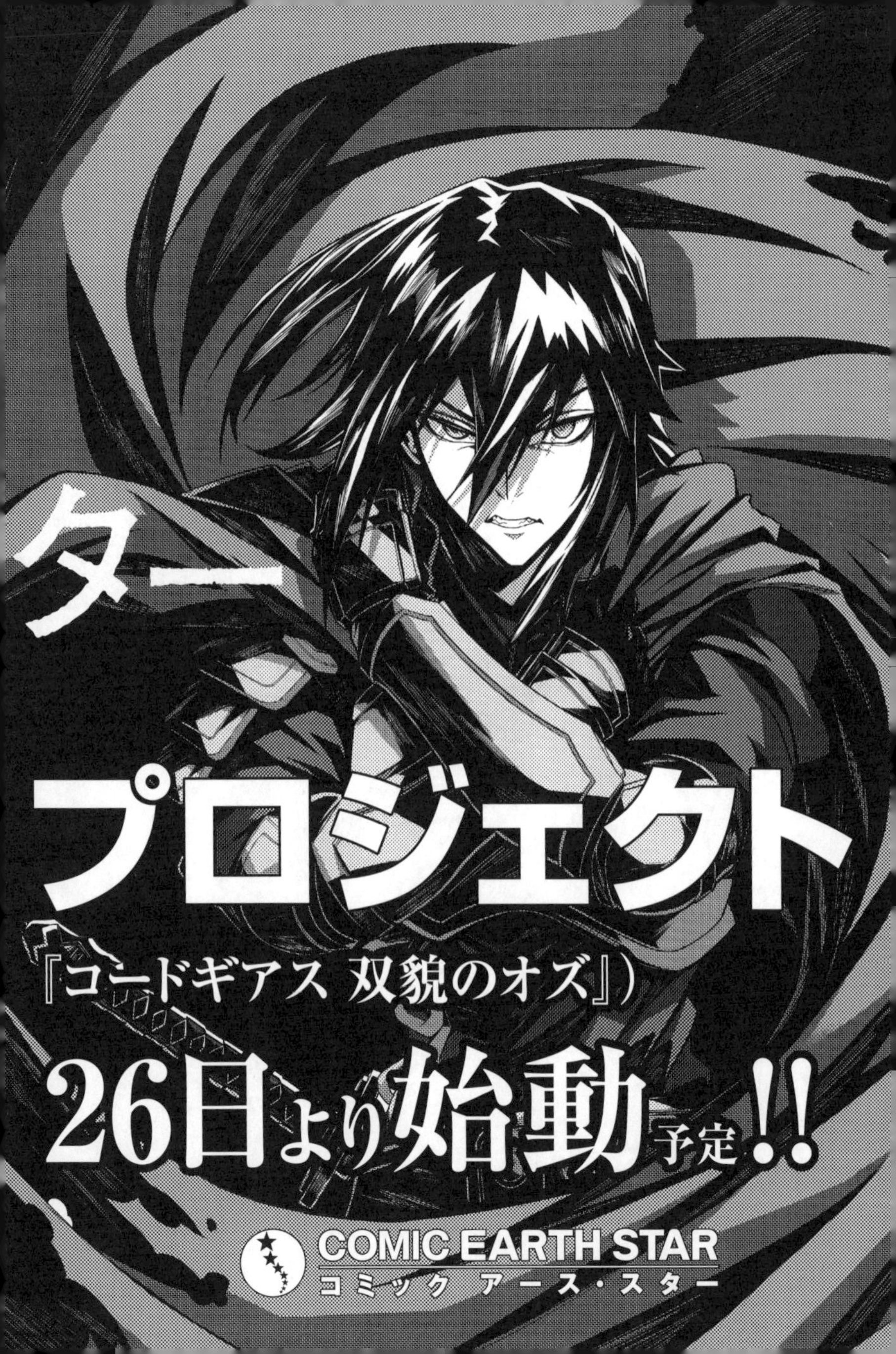
ター
プロジェクト
『コードギアス 双貌のオズ』）
26日より始動予定!!
COMIC EARTH STAR
コミック アース・スター

がココにある。
私の従僕
私、能力は平均値
でって言ったよね!
二度転生した少年は
Sランク冒険者として平穏に過ごす
～前世が賢者で英雄だったボクは
来世では地味に生きる～
転生したら
ドラゴンの卵だった
～最強以外目指さねぇ～
戦国小町苦労譚
領民0人スタートの
辺境領主様
毎月15日刊行!!
https://www.es-novel.jp/

あなたの“好き”
反逆のソウルイーター
～弱者は不要といわれて
剣聖（父）に追放
されました～
転生した大聖女は、
聖女であることをひた隠す
冒険者になりたいと
都に出て行った娘が
Sランクになってた
即死チートが
最強すぎて、
異世界のやつらがまるで
相手にならないんですが。
人狼への転生、
魔王の副官
アース・スター ノベル
EARTH STAR NOVEL

EARTH STAR NOVEL

反逆のソウルイーター　3
～弱者は不要といわれて剣聖（父）に追放されました～

発行 ――――― 2020年3月14日　初版第1刷発行

著者 ――――― 玉兎

イラストレーター ――― 夕薙

装丁デザイン ――― 舘山一大

発行者 ――――― 幕内和博

編集 ――――― 古里 学

発行所 ――――― 株式会社 アース・スター エンターテイメント
〒141-0021　東京都品川区上大崎 3-1-1
目黒セントラルスクエア　5F
TEL：03-5561-7630
FAX：03-5561-7632
https://www.es-novel.jp/

印刷・製本 ――――― 中央精版印刷株式会社

ISBN 978-4-8030-1401-3